目录

序

一生要怎么过，一生又是怎么过来的，这是摆在女人面前的真正的终身大事。

她的一生，是在“情”与“欲”、“灵”与“肉”的旋涡中度过的。不必问她是谁，无论她是雅娜还是安娜，只要是女人，只要一生不幸，那么她的悲剧，多半是卷入这种旋涡的缘故。请看雅娜的一生。

雅娜生于一个其乐融融、喜气洋洋的贵族之家。母亲多愁善感，沉湎于风流往事的回忆中。父亲勒佩丘·德沃男爵生性温厚淳朴，乐善好施；他热爱大自然，热爱动物、田野和树林；他特别信奉卢梭的“顺乎天性”的教育思想，这一点对雅娜的成长尤为重要。

在这种教育思想的指导下，雅娜十二岁时入修道院，一住五年，与人世隔绝，以免受社会环境的毒害。因此，直到十七岁出修道院开始她的一生时，她仍然是个纯情天真、富于幻想的姑娘。她回到白杨田庄，在海边田野憧憬美好的人生、奇妙的爱情，渴望梦想中的那个人来叩田庄的大门。命运似乎对她特别慷慨，不久便派来一个相貌堂堂的贵族青年德·拉马尔子爵。二人一见钟情，很快由热恋而结婚。从少女到新娘，雅娜首先遇到的是情和欲的冲突。她刚刚情窦初开，以纯情投入决定她一生的结合，还难以接受子爵的性欲，敏感的心灵一开始就受到了伤害。蜜月旅行到科西嘉岛，新婚夫妻在幽谷山泉戏水时，雅娜才完成性觉醒的转变，在短暂的时间内，夫妻间的情和欲达到了协调。这段美好的日子，成为她一生弥足珍贵的唯一记忆。

然而，情和欲的这种协调，如昙花一现。雅娜的幸福来得迅疾，去得也迅疾，好似流星转瞬即逝，闪光熄灭之后，给她留下的是一片更加幽暗的夜空。这就是先慷慨后吝啬的命运给她安排的一生。结婚之后，德·拉马尔子爵就摘下温文尔雅的面具，露出了卑劣淫邪、薄情寡义的嘴脸。蜜月旅行回来，他立刻把庄园和财产的管理大权抓在手中，甚至苛刻地限制雅娜的花销用度，暴露了他那贪婪而自私的本性；他稍不如意，就对雅娜和岳父岳母提高嗓门儿，说话就跟争吵一样，表明了他那专横跋扈、缺乏涵养的品性。这一切，雅娜都可以忍受，都可以渐渐习惯；然而，她那颗纯洁的心灵最不能容忍的，就是她丈夫那种不择手段、永难餍足的肉欲。

德·拉马尔子爵初次应邀到白杨田庄吃晚饭，就同雅娜的使女罗莎莉私通了。蜜月旅行归来的当天夜晚，他就抛开妻子，去同罗莎莉重温旧情。直到他们有了个私生子，雅娜也没有觉察丈夫的奸情，只是在一天夜里，她无意中发现丈夫和使女睡在床上，精神立刻受到极大的刺激，穿着单薄的睡衣跑到积雪的荒野，要跳崖自杀。此后她大病一场，早产生下一个儿子，便移情把希望完全寄托在儿子身上。德·拉马尔子爵恶习难改，又同本地的富维尔伯爵夫人野合，二人经常骑马到树林幽谷私会，奸情被伯爵发现后，遭到报复而双双死于非命。

雅娜的儿子在全家人的溺爱中长大，离家上中学后，很快就堕落了。他赌博成性，并且寻花问柳，同暗娼私奔。数年间，不但提前把名下继承的财产挥霍殆尽，还欠下大笔债务，逼得雅娜不得不忍痛卖掉白杨田庄。雅娜晚年的凄凉境况可想而知，她只能从儿子和暗娼生下的女婴身上，得到一点点人生的温暖。

同《包法利夫人》中的爱玛一样，雅娜的一生也是个悲剧。在少女时期，二人都在修道院里过了一段禁锢的生活，都抱着幻想走向人生。她们的渴望不尽相同，但其命运可谓殊途同归。爱玛抱着浪漫的幻想开始人生，从“欲”出发，感到自己的丈夫缺乏情感情趣，渴望结识一个风度翩翩、谈吐风雅的男子，终于做人情妇，纵情声色，结果身败名裂，不得不服毒自杀。如果说爱玛想入非非，有几分自作自受的话，那么雅娜所向往的，不过是一个钟情体贴的丈夫、一种相亲相爱的婚姻和家庭生活，这是一个纯真少女最正当、最现实的渴望。然而，她入世所抱的纯情的理想，却被淫欲横流的现实所击破。连这种最起码的追求都难实现，这就不能不引起读者的极大同情了。

《一生》是莫泊桑的名篇，显然受了福楼拜《包法利夫人》的启发和影响。然而，爱玛是追求幻想而不可得，雅娜却是追求现实而不可得。前者的悲剧是可想而知的，后者的悲剧则出人意料，因而愈加可悲。可不可以设想，如果雅娜遇到另一种类型的男人，她的一生就不是悲剧了呢？当然可以。但是，《一生》便不再成其为名篇，列入著名小说之列了。在这部小说中，莫泊桑没有扮演道德说教的角色，而是投注了真挚严肃的感情，这不仅因为他母亲的不幸婚姻同雅娜相似，还因为他不回避社会的现实和他自身的现实。作者固然赞赏纯情的理想主义，但并不信奉。在他短短的四十三年生命里，尤其在1880年发表《羊脂球》一举成名之后的十余年，他不仅在小说创作上硕果累累，而且在猎艳方面也战绩卓著。从贵妇人到年轻女工，都被列入他的战利品的名单。他有三个私生子，只供养而不承认。他讨厌结婚，也讨厌建立家庭。那个时代淫风普遍存在，社会就是情和欲的大旋涡，对此谁也无能为力，任何批评指责，就算不是虚伪，也是苍白无力的。

李玉民

主要人物表

勒佩丘·德沃男爵——诺曼底贵族，有祖传三十余座田庄。

男爵夫人——也称阿黛莱德夫人。

雅娜——男爵夫妇的独生女儿。

于连·德·拉马尔子爵——破落贵族子弟。

罗莎莉——男爵家的使女。

比科神甫——乡村教士。

德·富维尔伯爵——诺曼底贵族。

奇蓓特·德·富维尔伯爵夫人——仪容修美的少妇。

丽松姨妈——寄居在男爵家的老处女。

保尔——雅娜的儿子。

一

雅娜打好行装，走到窗口张望，雨还是没有停。

大雨下了一整夜，敲打着玻璃窗和房顶。天空低沉，装满了雨水，仿佛胀破了，雨水倾泻到大地上，大地像糖一般溶化了，变成一片泥浆。不时刮过阵风，送来一股闷热。阴沟的水漫出来，哗哗流淌，灌满了行人绝迹的街道。临街的房舍海绵似的吸足了水分，从地窖到顶楼的墙壁都湿透了。

雅娜昨天出了修道院，这一生总算自由了，要及时享受她梦想已久的各种幸福。从清晨起，她就不停地观望天色，唯恐天气不放晴，父亲就不肯动身。

雅娜忽然发现忘了把日历放进旅行包里，于是她从墙上摘下小小的月份牌。月份牌的图案正中烫金印出“1819”这个年份，她拿起铅笔，画掉头四栏和每个圣徒日，一直画到五月二日，这正是她出修道院的日子。

“小雅娜！”门外有人叫她。

“进来，爸爸。”雅娜答应一声，只见她父亲走进房间。

他就是勒佩丘·德沃男爵，名唤西蒙-雅克，是上个世纪的老派贵族。他追随卢梭，热爱大自然、田野、树林和动物，表现出情人般的温存。

他既然出身贵族，就本能地痛恨1793年[①]；不过，他又受了非正统教育，具有哲人的气质，因而憎恶暴政，但只是发泄不满，讲些无关痛痒的话。

仁慈，既体现他的巨大威力，也体现他的致命弱点。他这种造物主式的仁慈，要爱怜，要施舍，要广为行善，有求必应，倒显得意志薄弱，缺乏主见，几乎成了一种毛病。

男爵崇尚理论，为女儿的教育拟订一整套计划，要把女儿培养成为快活、善良、正直而温柔的女性。

雅娜在家生活到十二岁的时候，就被送进了圣心修道院，母亲的眼泪也未能阻挡。

父亲严令，让她在修道院幽居，与外界隔绝，不与人事接触。他希望女儿到十七岁回家时仍然天真无邪，以便亲自调理，让她沐浴在理性的诗中，让她驰骋在丰饶的田野里，观察动物天生的爱恋和单纯的温情，观察生命的客观法则，从而开启性灵，走出蒙昧无知的状态。

现在，她出了修道院，喜气洋洋，显得充满活力又渴望幸

---

① 这是法国资产阶级革命的第四个年头，资产阶级左翼雅各宾党开始专政，处死了国王路易十六和王后。（本书注皆为译者所加）

福，急于要尝一尝各种欢乐和各种艳遇的滋味。况且这一切，她在修道院穷极无聊的白日里，在漫漫的黑夜和孤独的期待中，早已从精神上品尝遍了。

她的相貌宛如韦罗内塞[①]的一幅肖像画，那黄灿灿的金发仿佛给她的肌肤着了色，华贵的肌肤白里透红，覆盖着纤细的寒毛，仿佛罩了一层淡淡的丝绒，只有在阳光的爱抚下才能依稀分辨。一对明眸呈深蓝色，就像荷兰制造的小瓷人的眼睛那样。

她的左鼻翼上长了一颗小小的美人痣，右腮下也长了一颗，并带有几根不易分辨的与肌肤同色的寒毛。她身材修长，线条优美，胸乳也已丰满。她嗓音清脆，有时听来过于尖细，笑起来却那么开心，给她周围制造了一种喜悦的气氛。她有一种习惯动作，双手时常举到鬓角，仿佛要抿头发似的。

她冲上去，紧紧拥抱父亲，说道：

“哎，到底走不走啊？”

父亲微微一笑，摇了摇长满苍白长发的头，又指了指窗外：

“怎么，这样天气，你还想上路啊？”

雅娜撒起娇来，恳求父亲：

“嗳！爸爸，求求你了，走吧！下午天儿就会晴的。”

“你母亲也绝不会答应的。”

“会答应的，我担保，我去跟她说。”

“你若是能说服你母亲，那我也同意。”

雅娜立即冲向男爵夫人的房间，因为她已急不可耐，早就盼

---

① 韦罗内塞（1528—1588）：十六世纪威尼斯画派的主要画家和著名的彩色大师。

望动身这一天了。

她到鲁昂城，进入圣心修道院之后，就没有离开，父亲规定她到一定年龄之前不准分心。只有两次例外，父母接她回巴黎各住半个月，但毕竟是待在城里，而她一心向往去乡村。

现在，她要到白杨田庄去消夏。那座古老的庄园是祖传的产业，建在伊波附近的悬崖峭壁上。她期望到了海边能自由地生活，得到无穷的乐趣。再说，那份产业早已确定留给她，她结婚之后就要在那里定居。

这场大雨，从昨天晚上下起，一直未停，这是她有生以来头一个大烦恼。

可是，刚过三分钟，她就跑出母亲的房间，满楼叫嚷："爸爸！爸爸！妈妈答应啦！快套车吧！"

滂沱大雨根本不见小，当四轮马车驶到门口时，反而下得更大了。

雅娜要上车了，男爵夫人才由丈夫和使女搀着下楼。那名使女个头儿高大，身体健壮，像个小伙子。她是诺曼底地区人，年龄还不满十八岁，看上去却像二十出头了。她名叫罗莎莉，是雅娜的奶姊妹，因此在府上被当作第二个女儿。

罗莎莉的主要差使就是搀扶老夫人。原来几年前，男爵夫人患了心脏肥大症，身体逐年发胖，现在肥胖得变了形，弄得她叫苦连天。

老夫人刚走到古老公馆的台阶前，就已经气喘吁吁了，她望着水流成河的院子，咕哝道："这可真有点胡闹。"

男爵一直笑呵呵的，应声说："这可是您拿的主意呀，阿黛莱德夫人。"

他妻子起了个华贵的名字，男爵叫她时总加上“夫人”这种称谓，恭敬中却含有几分讥笑的意味。

男爵夫人又朝前走去，吃力地上了车，压得车身的弹簧咯吱咯吱乱响。男爵坐到她身旁，而雅娜和罗莎莉则坐在背向的车凳上。

厨娘吕迪芬拿来一抱斗篷，盖在他们的膝上，又拎来两个篮子，塞到他们的腿中间，然后她爬上车，坐到西蒙老头的身边，并用一条大毯子裹住全身。门房夫妇向前施礼送行，关上了车门，主人又最后叮嘱他们注意随后运送行李的两轮大车，这才吩咐启程。

车夫西蒙老头顶着大雨，弓着背，低着头，整个人缩进三层领的外套里。急风暴雨呼啸着击打车窗，雨水淹没了路面。

两套马车沿河岸大道飞驰，一旁闪过靠岸排列停泊的大船，只见桅杆、横桁和绳索像脱叶的树木，光秃秃的，挺立在凄风苦雨的天空里。继而，马车拐入长街，行驶在里布台山林荫大道上。

不久，马车又穿过一片片牧场，时而望见一株淋雨的柳树，像尸体一般枝叶低垂，黯然兀立在烟雨中。马蹄发出嗒嗒的声响，四个车轮抛起飞旋的泥浆。

车上的人沉闷不语，他们的神思好像大地一样，都淋得湿重了。老夫人仰头靠在车厢上，闭起了眼睛。男爵无精打采地凝望雨中单调的田野景象。罗莎莉膝上放着一个包裹，像牲畜一样发愣，一副平民百姓常有的神态。在这温煦的雨天，唯独雅娜感到复活了，好似久久放在室内的一盆花草移到了户外。她那快活的情绪，犹如繁茂的枝叶，遮护她的心免遭忧伤的侵袭。她虽然默默无语，但是真想放声歌唱，真想把手伸到车外接雨水喝。她观望外面，景物凄凉，全淹没在雨中，而她坐着马车飞驰，既躲风又避雨，心中好不快活。

在滂沱大雨中，两匹马皮毛光亮的臀部腾腾冒着热气。

男爵夫人渐渐入睡，她那由六束整齐的鬈发镶衬的脸庞慢慢垂下来，软绵绵地托在颏下的三道厚褶上，而下端的褶皱则没入汪洋大海般的胸脯里。她的脑袋随着呼吸一起一落，两边腮帮子鼓起来，从微张的嘴唇里发出响亮的鼾声。丈夫朝她俯过身去，将一个皮夹子轻轻放到她交叉搭在肥硕阔腹上的双手里。

这一触碰把她惊醒，她睡眼惺忪，直愣愣地看着这件东西。皮夹子滑下去，震开了，里面的金币和钞票撒了满车。这一来，她才完全清醒，而女儿看着开心，咯咯大笑。

男爵拾起钱币，又放到夫人的双膝上，说道：

“喏，亲爱的朋友，埃尔托田庄只剩下这些钱了。我卖了那座田庄，好修缮白杨田庄。从今往后，我们就要常去住了。”

男爵夫人数了数，总共六千四百法郎，数完便把钱从容地放进自己兜里。

祖传三十一座庄子，这是卖掉的第九座。余下的田产每年约有两万法郎的进项，如果经营得当，每年收入三万也很容易。

男爵一家生活相当简朴，这笔收入本来够用，可惜家里始终有一个敞着口的无底洞，即乐善好施。乐善好施吸光他们手上的钱，就像太阳晒干沼泽地的水分一样。钱哗哗流淌，很快流光了。怎么花出去的呢？谁也说不清楚。家里总有人说：“真是怪事儿，今天我花出去一百法郎，还见不到买了什么东西。”

不过，这种慷慨好施的行为，倒是他们生活中的一大乐趣。在这一点上，他们都心照不宣，达到了可歌可泣的默契的程度。

雅娜问道："现在，我那庄园修得很美了吧？"

男爵兴冲冲地回答："孩子，你去看看就知道了。"

雨势渐渐小了，不久就飘着雨雾，化为霏霏细雨。天空密布的乌云仿佛飞升，颜色由黑变白。突然间，斜阳的一长束光芒，从看不见的云隙中射到牧场上。

云层裂开了，露出蓝色的天穹。继而，云隙越裂越大，就像面纱撕开一样，只见澄净幽邃的碧空扩展开来，笼罩着大地。

一阵清爽的和风吹过，宛若大地欣慰地长出了一口气。就在马车沿着园林行驶的时候，不时听见一只晒羽毛的鸟儿在欢唱。

暮色降临。车上的人，除了雅娜之外，全都打起了瞌睡。他们在乡村小旅店停了两次车，让马歇歇脚，喝点水吃点燕麦饲料。远处响起钟声。到了一座小村庄，他们点上了车灯，天空也点亮了繁星。上了灯的庄户稀稀落落，时而一点光亮穿透了黑暗。猛然间，从一道丘冈后面，穿过杉树林的枝叶，升起一轮圆月，又大又红，仿佛还没有睡醒。

夜晚十分温煦，车窗玻璃放下半截。雅娜在梦幻中游累了，饱览了美好的憧憬，现在也休息了。不过，一种姿势坐久了就会肢体麻木，她时而睁开眼睛动一动，望一望车外，在明亮的月夜中，看见路边闪过一家庄户的树木，或者散卧在牧场上并抬头观望的奶牛。她换了个姿势，想重温一场恍惚的梦境，然而，马车持续不断的隆隆声响充斥她的耳朵，令她神思倦怠，于是，她重又合上眼睛，只觉得精神和躯体都疲惫不堪。

马车总算停下了。男男女女手提灯笼，站在车门口迎候。终于到了。雅娜猛然醒来，一纵身跳下车。男爵和罗莎莉由一名庄户照亮，几乎是把男爵夫人抬下车的。老夫人的确精疲力竭了，她难受得哼哼呀呀，声息微弱地重复道："唉！老天哪！我可怜的孩子们！"她不吃不喝，只想睡觉，刚上床就睡着了。

只有雅娜和父亲共进晚餐。

父女俩相视而笑，隔着餐桌手拉着手，两个人都像孩子一样高兴，接着他们一道观赏修缮一新的庄园邸宅。

这座诺曼底式的邸宅介于城堡和农舍之间，又高又大，十分宽敞，能住下一个家族的人，一律白石结构，只是年深日久而变成灰色了。

中厅特别宽敞，从前到后将楼体分成两部分，前后对开着两扇大门。一进门左右都有楼梯，到二楼合起来，形同一座桥梁，横跨于门厅上面，为堂厅腾出很大的空间。

楼下右首有一个异常宽大的客厅，墙上挂着花鸟图案的壁毯。全部家具都罩着精美的绣锦，清一色拉封丹《寓言》的插图。雅娜惊喜交加，发现她小时爱坐的一把椅子，那锦罩上绣的正是《狐狸和仙鹤》的故事。

大客厅的隔壁是书房，珍藏着满满一屋子古书，接下去两个房间尚未派上用场。左首有新镶了壁板的餐厅、床上用品存放室、餐具室、厨房，以及带浴室的一小套房间。

一条走廊贯穿整个二楼，两侧排列着十扇房门。右首最里端是雅娜的一套卧室。父女俩走进去。这套卧室，男爵刚刚叫人修理一新，但是所用的帷幔和家具，都是闲置在顶楼上的存货。

卧室壁毯是弗朗德勒的产品，相当古老，图案上尽是古怪的人物。

雅娜姑娘一看见自己的雕床，便高兴得叫起来。床的四脚有四只橡木雕刻的大鸟，全身乌黑油亮，托载着床体，仿佛守护天使。床体侧面的浮雕是鲜花和水果组成的两个大花篮。四根精雕细刻的床柱顶端是科林斯柱式[①]的，支着雕有玫瑰花和扭在一起的小爱神的天盖。

这张雕床过分高大，但仍不失典雅，尽管年代已久，木料失去光泽，显得黯淡一点儿。

床罩和天幕闪闪发光，犹如星辰交相辉映的天穹，那全是用深蓝色的古绸做成的，上面绣有硕大的金黄色百合花。

雅娜姑娘仔细观赏了雕床之后，又举烛照亮壁毯，看一看织的是什么图案。

一名贵族少年和一名贵族小姐，身着红黄绿三色奇装异服，正在一棵白果累累的蓝色树下交谈。旁边一只大白兔正在吃灰色小草。

在这两个人物的正上方是远景画面，有五所尖顶小圆房子。再往上瞧，几乎连着天空的地方，却竖着一架红色风车。

这幅壁毯四周围绕着大型花卉图案。

另外两幅的图案跟这一幅相似，所不同的是房子里走出四个小人儿，他们全身弗朗德勒人装束，都朝天举起双臂，表示万分惊愕和愤慨。

最后一幅壁毯上织的是一幕惨景：兔子仍在吃草，那青年横倒在旁边，好像死去了。少女凝视着他，正用利剑刺进自己的胸膛，树上的果子已然变黑了。

---

① 科林斯柱式起源于希腊，是三种古典建筑柱式中最为华丽的一种。

雅娜不明白画面的意思，正要走开，忽又发现边角有一只极小的野兽，好似一片草屑，图案上那只兔子若是活的，准能把它一口吃掉。然而，那只兽却是一头狮子。

雅娜这才明白，这是皮拉姆斯和西斯贝[1]的悲惨故事。她认为图案过分天真，虽然觉得好笑，但是这一爱情遭遇能时刻唤起她美好的憧憬，这种古老传说中的温情每夜都在她的梦中盘旋，在这种氛围中安歇倒是差强人意的。

室内其余的家具陈设风格各异，全是世世代代的家传，从而使这类古宅变成古董杂陈的博物馆。一个路易十四时代的五斗柜，做工十分精美，黄铜的包角还金光耀眼；五斗柜两边各摆一把扶手圆椅，却是路易十五时代的，还罩着当年的花绸椅套。一张香木造的写字台和壁炉遥相对应，壁炉台上摆了一个球形罩的帝国时代的座钟。

座钟好似铜制的蜂笼，由四根大理石柱吊在金花盛开的花园上空。一根细长的钟摆从蜂笼下方长长的缝隙中探出来，摆锤就是珐琅质翅膀的一只蜜蜂，永世在花园上飞来舞去。

钟盘是彩瓷的，镶在蜂笼中间。

座钟响了，打了十一下。男爵亲了亲女儿，回房休息去了。

雅娜还余兴未尽，勉强上床安歇。

她最后环视一下卧室，这才吹熄蜡烛。这张床只有床头靠墙，左首挨着窗户，月光射进来，流泻在地上，恍若一汪晶莹的

---

① 罗马诗人奥维德在《变形记》中所讲述的一个爱情悲剧。巴比伦这对恋人因家庭反对而私奔，相约在一棵桑树下会合。西斯贝先到，被母狮的吼声吓跑，慌忙中丢掉了面纱。皮拉姆斯发现被母狮撕破的面纱，以为西斯贝被母狮吃掉，便举刀自刎。西斯贝回来看到此景，也自杀身亡。从此白色的桑葚变成了黑色。

水泉。

月光反射到墙上，淡淡的，悄然爱抚皮拉姆斯和西斯贝静止的恋情。

再从床对面的窗口望出去，只见一棵大树沐浴在溶溶月光中。

雅娜翻过身去侧卧，闭上眼睛，过了片刻又睁开了。

她总觉得还在车上颠簸，隆隆的车轮声还在脑海里震响。起初她静卧不动，以为这样就能入睡，然而，心情上的焦急，不久又传遍周身。

她感到两条腿不时抽动，浑身越来越燥热，于是干脆起身下床，赤脚赤臂，只穿着无袖长睡衣，幽灵一般踏过洒在地板上的水洼似的月光，去打开窗户，向外眺望。

夜色清朗，皎皎如白昼，雅娜姑娘认出儿时所喜爱的一景一物。

她首先望见对面那一大片草坪，在月夜中，淡黄的芳草仿佛涂上了一层黄油。主楼前面矗立着两棵大树，靠北的那棵是梧桐树，靠南的那棵是菩提树。

一丛小灌木林连接着这片草坪，还有五排古榆，成为宅院的屏障，阻挡海上暴风的袭击，但是受肆虐的海风不断的侵蚀，一棵棵枝柯蜷曲，冠顶光秃倾斜，像屋顶一样。

这个庭园左右各有长长的林荫路，将主宅同毗邻的两栋农舍隔开，一栋住着库亚尔一家，另一栋住着马尔丹一家。

林荫路两侧是参天的杨树，诺曼底地区称为白杨，这就是白杨田庄名称的由来。田庄外围平展展一大片原野尚未开垦，长满了荆豆，海风不分昼夜，在这片原野上呼啸冲荡。再往前不远处，海岸陡然倾斜，形成白岩的悬崖峭壁，直下百米，没入滔滔的海浪中。

雅娜远眺，只见狭长的海面波光粼粼，在星光下仿佛睡着了。

在这阳光藏匿的宁静时刻，大地的各种香气都扩散开来。一株爬到一楼窗口的茉莉花不断吐出馥郁的芳香，同嫩叶的清香混在一起。海风徐吹，送来咸味空气和海藻黏液的刺鼻气味。

雅娜姑娘畅快地呼吸，乡村恬静的气氛使她平静下来，就像洗了个凉水澡。

傍晚醒来的各种动物，都在昏暗中悄悄地忙碌起来，在静谧的黑夜里默默地度过一生。大鸟无声无息地掠过天空，犹如消逝的黑点、出没的影子。看不见的昆虫的嗡鸣传至耳畔。有什么东西悄然奔跑，穿过挂满露珠的草地或者阒无一人的沙径。

只有几只忧伤的蟾蜍冲着月亮，发出短促而单调的哀吟。

雅娜觉得自己的心境渐渐扩大，像这月夜一般充满了絮语，又像周围有声的夜行动物一样，无数蠢动的欲念突然活跃起来。她的心境和这种生机盎然的诗境灵犀相通。在这月光柔媚的夜晚，她感到神秘莫测的震颤在传递，无法捕捉的渴念在悸动，她感到了一种类似幸福的气息的东西。

于是，她开始幻想爱情。

爱情！两年来，她春心萌动，越来越焦灼难耐了。现在，她可以自由地去爱了，只需同那人，同“他”邂逅！

“他”会是怎样一个人呢？雅娜心中并不了然，甚至连想都没有想。反正“他”就是“他”。

她只知道自己会一心一意地爱他，而他也会百般体贴地爱她。他们俩要在同样的月夜中，在朦胧的星光下一道散步，要手拉着手，身子偎依着身子，听得见两颗心的跳动，感觉到对方臂膀的温煦。他们的爱情同夏夜的自然甜美融会一起，二人到了心心相印的程度，仅凭相互间深情的力量，就能彼此窥透内心最隐秘的念头。

这种相亲相爱的情景，将在难以描绘的柔情蜜意中持续永生。

她猛地感到他就在面前，同她紧紧相偎；一阵肉欲销魂的震颤，突然从脚下隐隐传至头顶。她双臂下意识地紧紧搂住胸口，仿佛抱住她的梦幻。她伸向那个陌生人的嘴唇，感到什么东西掠过，宛若春风给她的一个爱吻，她不禁心醉神迷，几乎倾倒了。

她蓦地听见邸宅后面的路上，有人乘夜色行走，心中不禁一阵狂喜，竟然确信不可能的事情，确信天缘的巧合、神谕的预感和命运的浪漫结合，不禁暗暗想道："莫不是他吧？"她惴惴不安地倾听那行人有节奏的脚步声，确信他到大门口会停下，前来投宿。

然而，那人走过去了，雅娜一阵伤心，仿佛受了愚弄。不过，她很快意识到自己渴望过甚，竟至痴心妄想，不觉哑然失笑了。

于是，她平静下来一点儿，让自己的思绪顺着更合情理的梦想之河漂流，极力推测自己的未来，设计自己的一生。

她要和他在这里生活，住在这俯临大海的静谧的庄园里。自不待言，她要有两个孩子，给他生个男孩儿，给自己生个女孩儿。她恍若看见两个孩子在梧桐树和菩提树中间的草坪上奔跑，而父母注视着他们，相互交换深情的目光。

她这样幻想了许久许久，直到月亮行空走完了路程，就要沉入大海中了。

空气更加清凉了，东方的天色开始泛白。右边农舍里一只公鸡打鸣，左边农舍的公鸡遥相呼应。嘶哑的鸣声隔着鸡舍壁板，仿佛从遥远的地方传来。无垠的天穹不知不觉泛白，繁星也纷纷隐没了。

不知什么地方，一只鸟儿啾啾叫起来。啁啾之声从树丛里传出，起初很细微，继而越来越响亮，从一枝传到另一枝，从一棵树传到另一棵树，终于唧唧喳喳闹成一片了。

雅娜忽然感到一片光明，她放开捂住脸的双手，抬头一望，就被曙光晃得立刻又闭上眼睛。

半掩在白杨林荫路后面的一大片紫色云霞，将血红的光芒投射到苏醒的大地上。

巨大的火轮，渐渐拨开耀眼的云霞，将无数火焰掷到树丛、田野和海面，掷到天地之间。

雅娜顿时欣喜若狂。面对这光辉灿烂的景象，她的心醉了，简直受不了这极度的欢悦、这无限的柔情。这是她的曙光！这是她的朝阳！这是她生活的开端！这是她希望的腾飞！她双臂伸向绚烂的天宇，真想拥抱太阳。她要倾诉，要欢呼像这黎明一样的神圣事物。但是，她却呆若木雕，激情满怀而又无从行动，双手捧住额头，只觉热泪夺眶而出，于是她畅快淋漓地哭起来。

她重又抬起头来的时候，日出的绚丽景象已经消失。她感到心情平静下来，有几分倦怠，仿佛兴头过去了。她没有再关上窗户，就又上床躺下，胡思乱想了一会儿，这才进入梦乡，一直酣睡到八点钟，父亲叫她不答应，只好进房来把她唤醒。

父亲要带她去看邸宅，“她”的邸宅修葺一新的情况。

主楼对着田庄内的一面，隔了一个苹果园便是村路，顺着这条村路走出去两公里，就上了从勒阿佛尔通费岗的大道了。

一条笔直的甬道，从木栅栏大门一直通到主楼台阶。庭院两侧各有一排厢房，是沿着两座农舍的水沟用鹅卵石砌成的茅顶小屋。

主楼的房顶已经翻新，门窗和墙壁全部修好，房间也都重新裱糊过，整个内部粉刷一新。高大而灰突突的门脸最近修补过，又新换上银白色的窗板，使这座灰暗的古宅倒像长了许多斑痕。

主楼背面正是雅娜卧室一扇窗口的方向，隔着灌木林和被海风侵蚀的榆树墙，便可眺望大海。

雅娜和父亲挽着手臂，到各处察看了一遍，连一个角落都不放过，然后父女俩又沿着长长的白杨路漫步。白杨路就是这座庭园的边缘，树下的青草宛若铺开的地毯。庭园里端的灌木林十分优美，条条曲径通幽。树丛里突然蹿出一只野兔，让姑娘受了一惊，而那野兔跳过树墙，向崖边跑去，钻进荆豆丛中去了。

午餐之后，阿黛莱德夫人还说疲惫不堪，要去休息，男爵提议带女儿去伊波看看。

父女俩出门了，先是穿过白杨田庄所在的爱堵风村。三个农民向他们施礼问好，仿佛一向就认识他们似的。

二人顺着一道弯谷，走进一片树林，这是一块坡地，向海边倾斜。

不久便望见伊波村。一些妇女坐在各家的门口，缝补破烂衣裳，瞧着这对父女走过去。街道稍微倾斜，路中间有水沟，每户门口都堆着垃圾，散发着一股刺鼻的盐卤气味。各户之间晾着棕色渔网，上面还挂着小银币似的一片片鱼鳞。每间房都是独居室，住一大家子人，屋里难闻的气味都从门口散发出来。

几只觅食的鸽子在水沟边徘徊。

雅娜觉得这一切很新奇，就当是观看舞台上的布景。

拐过一道墙角的时候，她猛然看见大海，深蓝色平滑的海面一望无际。

父女二人在海滩前面停下来，观赏海景。远处海面行驶的白帆，好似飞鸟展翅。左右两侧都矗立着悬崖峭壁，有一侧岬角挡住了视线，另一侧海岸线无限延伸，最后变成一道虚线了。

附近有几道海湾，只见一道海湾里有码头和房舍。轻波细浪从鹅卵石上滚过，发出哗哗的声响，给海岸镶上浪花的白边。

当地的渔船被拉上岸，侧身卧在石滩坡上，涂了沥青的椭圆形船舷冲着太阳。几名渔夫正收拾渔船好赶晚潮。

一名水手上前兜售鲜鱼，雅娜买了一尾菱鲆鱼，并要亲手拎回白杨田庄去。

那人一高兴，还请他们上船游海，并一再重复他的名字："拉斯蒂克，约瑟凡·拉斯蒂克。"好让他们牢牢记住。

男爵答应绝不会忘记。

雅娜拎着那条大鱼太累，便把父亲的手杖穿到鱼鳃上，二人各抬一头。他们迎着风，眼睛神采奕奕，一路上高高兴兴，重又登上崖坡，像两个孩子一样不停地唠叨，而他们的胳膊渐渐累了，只好让肥大的鱼尾巴拖在草地上。

二

雅娜过着悠闲自在的生活。她看看书，遐想遐想，独自到周围转一转。她顺着大路漫步游荡，思想却踏入梦乡。有时她连蹦带跳，走下蜿蜒的小山谷。只见两个小圆丘上盛开着荆豆花，就像戴着金灿灿的头巾，花香浓烈，再由热气熏发，好似醇酒一般令雅娜心醉了。远处传来波浪在滩头滚动的声响，她的神思就在波涛间颠荡。

有时她感到慵怠，便躺在斜坡茂密的青草上。有时她转过一道谷口，在草洼间猛然发现一角蓝色的海，望着海面在阳光下粼粼闪光，天边还漂浮一角白帆，她不禁喜出望外，好像在她头顶盘旋的幸福神秘莫测地临近了。

在这清新优美的乡间，在这天际浑圆的静谧中，她开始喜欢独来独往，常常坐在丘冈上久久不动，甚至小野兔都会蹦到她的脚边。

她还时常在悬崖上奔跑，迎着海风，丝毫不知疲倦，只觉得这样活动畅快无比，宛如水中的游鱼，天上的飞燕。

雅娜到处播下记忆，犹如农夫在田地撒下种子，这些记忆在此扎根生长，直到消殒的一天。在这山谷的一沟一壑，她都投下了一份心意。

她对游泳产生了浓厚的兴趣。她仗着身体健壮，胆子又大，意识不到危险，每次都游出去很远。在这清凉而蔚蓝的水中游浮摇荡，她感到十分惬意。她游到离岸很远的地方，就仰卧在水面上，手臂交叉在胸前，极目望着深邃的蓝天，只见不时掠过一只飞燕或一只白色海鸟的轻影。她再也听不见人语，唯闻远处波浪在岩岸的絮语，唯闻从陆地滑到水面上的、隐隐约约难以分辨的喧闹。继而，她在水中立起，放声呼喊，双手连连拍水，高兴得简直发了狂。

有几回她游得实在太远，一只小舟便划过去接她。

她回田庄时，饿得脸上失去了血色，但是步履轻快，嘴角浮现微笑，眼里则充满喜悦的神采。

至于男爵，他正筹划重大的农事，要进行试验，采用新技术，试用新农具，引进外国良种，因此一天大部分时间都同农民交谈，而农民听了他的打算连连摇头，不相信能成功。

他也常跟伊波村的船夫下海。他游遍了周围的岩洞、水泉和峰顶，又想去捕鱼，充当一名普通的水手。

在风快帆轻的日子里，椭圆的渔船在波浪上疾驶，从两边船舷放下长线，一直放到海底，让成群的鲭鱼追逐。男爵拉着渔线，激动得手直发抖，不久便感到一条鱼上钩挣扎而扯动细细的长线。

有时他还乘着月色，去起头天下的网。他爱听桅杆咯吱咯吱的声响，爱听清凉晚风的呼啸。他凭借一处岩顶、一座钟楼和费岗的灯塔辨识方向，在海上长时间逡巡，以便寻找渔网的浮标，直到旭阳的朝晖射在甲板上，照得扇形宽鳐鱼的黏背和大菱鲆鱼的肥肚皮闪闪发亮，他这才坐下来，一动不动，觉得真是一种享受。

一上餐桌，他就兴致勃勃地讲述他下海的情况。夫人也对他说，她在白杨路上来回走了多少趟，但走的是右侧靠库亚尔家的那一条，因为另一侧照不进多少阳光。

她是遵从“多活动”的医嘱，才勉力出去多走走。只要夜间的寒气一消散，她就扶着罗莎莉的胳膊下楼来，可是全身还捂得严严实实，身上裹了一件斗篷，又搭了两条披肩，头上戴着黑色风帽，还包了一条红色毛围巾。

她拖着有点笨重的左脚，从主楼的墙角到灌木丛的第一排树，沿着笔直的路一来一往，无休无止地重复，左足下竟然踏出两条土印，草都不长了。她还吩咐在这条路的两端各安放一张长椅，每走五分钟她就停下脚步，对搀着她的可怜的好性儿使女说：“咱们坐一坐吧，孩子，我有点乏了。”

每次停歇时，她就往长椅上撂点东西，先是包头的围巾，接着是一条披肩，继而是另一条披肩，然后是风帽，最后就是斗篷了。这些东西在路两端的长椅上堆起两堆，到开午餐的时候，罗莎莉就用那条闲着的胳膊抱回去。

下午，男爵夫人又出去散步，但是走得更缓慢，歇息的时间拖长，有时躺在椅子上打盹，一睡就是一小时，这是专门为她推到外面的一把躺椅。

她把这称为“我的锻炼”，就像说“我的心脏肥大症”一样。

她十年前感到胸闷看过病，听大夫说了心脏肥大症这个名称。从那以后，这个字眼就深深刻在她的头脑里，尽管她不大明白是什么意思。她总让男爵、雅娜和罗莎莉摸她的心脏，可是这颗心脏深深埋在她肥厚的胸脯里，谁也摸不出什么。然而，她决不再让任何大夫检查，生怕查出别的病症。她开口闭口就是“她的心脏肥大症”，说惯了，就好像这是她的特殊病症，非她莫属，好比唯她独有、别人不能染指的一件物品。

男爵说“我妻子的心脏肥大症”，雅娜说“妈妈的心脏肥大症”，就像说她的“衣裙、帽子或者雨伞”一样。

男爵夫人年轻时非常漂亮，苗条的身材赛过一根芦苇。在帝国时期，她同所有军官跳过舞，还看过小说《柯丽娜》①，并感动得流下眼泪。打那以后，她的身心就像打上了这部小说的烙印。

随着身体一天天发福，她的心灵却越来越充满诗的激情，等到胖得离不开坐椅时，她就神游物外，想象自己经历种种艳情的际遇。有些艳遇她特别喜爱，就总出现在她的幻想中，宛如八音盒上了发条，没完没了地奏同一支曲子。凡是哀婉的浪漫曲，里面叙述飞燕，叙述女子落难的故事，都能无一例外地引出她的眼泪。她甚至爱听贝朗瑞②的一些香艳的歌谣，因为歌中表现了

---

① 法国浪漫主义先驱者之一斯达尔夫人（1766—1817）的小说。女主人公柯丽娜是一个具有浪漫气质的天才诗人，因社会偏见，在爱情上遭受挫折，成为悲剧人物。

② 贝朗瑞（1780—1857）：法国19世纪具有鲜明的民主倾向的诗人，诗作富于揭露性和战斗性，但也有一些吟咏酒色的香艳歌谣。

缺憾感伤的情调。

她常常几个钟头静坐不动，神思在梦幻中远游。她无限喜爱白杨田庄，只因近几个月来迷上瓦尔特·司各特[①]的书，觉得周围的景物如树林、荒原和大海，恰恰向她提供了这些心爱小说的背景。

每逢下雨天，她就关在卧室里，检阅她所说的“珍藏”，全部是从前的信件，有她父母的，有她订婚后男爵写来的，以及其他书信。

这些信件全部收在写字台的抽屉里，这个写字台是桃花心木的，四面包角的铜片上有狮身人面像。要检阅时，她总是以特别的声调说：“罗莎莉，我的孩子，把装‘念心儿’的抽屉给我拿来。”

小使女去打开柜门，取出那个抽屉，放在夫人身边的椅子上。男爵夫人便一封一封细读旧信，时而一滴眼泪掉在信页上。

有时雅娜代替罗莎莉，搀扶母亲出去散步，母亲就向她讲述童年的记忆。雅娜姑娘在从前的故事中看到自己的影子，尤为诧异的是，她和母亲当年的念头和渴望何其相似。的确，每一个人都认为，唯独自己的心灵有种种的感受和悸动，而其实最初的人早已经历过，最后一代男人和女人也会有同样的感受。

母女俩走得很慢，正合缓慢叙述的节奏。有时男爵夫人一阵气喘，叙述就中断一会儿。雅娜刚听一个开头，神思就赶到故事的前边，奔向充满欢乐的未来，在希望之乡流连忘返。

一天下午，母女俩正在白杨路里端的长椅上歇息，忽见一位

---

① 司各特（1771—1832）：苏格兰诗人和历史小说家。

胖神甫从路口朝她们走来。

神甫老远就施礼，笑呵呵地走近前又施礼，朗声说道：“哎呀，男爵夫人，这一向可好？”他就是本堂神甫。

老夫人出生在哲学家辈出的世纪，又赶上革命的年代，由不大信教的父亲教养成人，因此她难得光顾教堂。她倒是挺喜欢神甫，但那是女性本能的一种宗教感情。

男爵夫人早把比科神甫忘得一干二净，一看见是他，不禁面有愧色。她表示歉意，说这次回田庄没有通知神甫。比科神甫倒是位好好先生，对此毫不介意。他端详着雅娜，称赞她气色很好，说罢坐下来，将三角帽放在膝上，连连擦额头上的汗水。他身体肥胖，满面红光，可是大汗淋漓，不时地从衣兜里掏出一条已经浸透汗水的方格大手帕，擦脸又擦脖颈，刚把湿手帕放回教袍兜里，肌肤上就又出了一层汗珠，落到大腹鼓起的教袍襟上，和走路所挂的飞尘掺和起来，形成一个个圆圆的小斑点。

他是个地道的乡村教士，性格开朗，非常健谈，为人非常宽厚。他讲述了好些事情，谈到当地的人，仿佛根本没有发觉他这两名教民还没有去做弥撒。男爵夫人懒得去教堂，自然同她的信仰不明确有关；而雅娜早已厌腻了礼拜的仪式，乐得从修道院里脱身。

男爵来了。他是泛神论者，对基督教教义不感兴趣。不过，他认识这位神甫已有多年，对他很热情，还留他共进晚餐。

这位神甫善于讨人喜欢，见什么人能说什么话。哪怕是最平庸的人，一旦因偶然的机会有了管别人的权力，由于掌握别人的灵魂，就会无形中养成这种狡狯的态度。

男爵夫人对他优礼相加，大概是因为物以类聚，感到特别投缘。这个大胖子充血的面孔、短促的呼吸，自然讨她这气喘吁吁的胖妇的喜欢。

晚餐快上甜食的时候，这位本堂神甫越发来了兴致，洒脱不拘，在愉快的一餐接近尾声时，他的言谈举止就显得十分随便了。

他仿佛有了一个得意的念头，突然嚷道："嘿！本教区新来了一个人，德·拉马尔子爵，我应当把他引见给你们！"

本省的贵族世家，男爵夫人都了如指掌，她不禁问道："他是厄尔省德·拉马尔府上的人吗？"

神甫点头应道："正是，夫人，他就是去年去世的若望·德·拉马尔子爵的公子。"

阿黛莱德夫人最崇尚贵族，于是她提了一连串的问题，了解到这个青年为了偿还父债，将子爵府老宅卖掉，他在爱堵风村有三个庄子，就先在一个庄子落脚。三个农场每年有五六千法郎的进项，幸而子爵生来尚俭，量入为出，他打算住在这普通的农舍，过两三年简朴的生活，待有些积蓄，再到上流社会上也好有点颜面，以便攀上一门条件优渥的婚姻，既无须借贷，也不必将庄田抵押出去。

本堂神甫还补充说："他是个很讨人喜欢的青年，安分守己，又非常稳重。不过，他在这里无以消遣。"

于是男爵说："神甫先生，把他带来吧，让他不时到这儿来散散心。"

他们又转到别的话题上去了。

他们进入客厅喝罢咖啡，神甫告便，要到庭园走一走，因为他饭后有散步的习惯。男爵陪他出去，两人在主楼刷白的门脸前边来回散步。他们的身影时而在前，时而在后，因他们面向或背向月亮而异。有趣的是这对身影一个精瘦细长，一个肥胖滚圆还冠以圆蘑帽。本堂神甫从兜里掏出一支卷烟，放到嘴里嚼着烟屑，以乡下人的直率口气解释说："这可以解嗝逆，我有点消化不良。"

继而，他望着皓月行空的景象，突然感叹道："这景象永远也看不厌。"

说罢，他回楼向两位女士告辞。

三

到了星期天，男爵夫人和雅娜去做弥撒了，因为不好辜负本堂神甫的一番雅意。

弥撒之后，她们等候神甫，想邀请他星期四去吃午饭。神甫从圣器室出来，身边跟着一个高个子的漂亮青年，并同他亲热地挎着胳膊。他一看见两位女士，便露出惊喜的神情，高声说道："真是巧遇啊！男爵夫人，雅娜小姐，请允许我给二位介绍你们的邻居，德·拉马尔子爵。"

子爵躬身施礼，说他久仰芳名，结识两位女士是他的夙愿，接着他侃侃而谈，表明他深谙世事，又是个有教养的人。他生了一副女人都梦寐以求、男人都十分讨厌的好面孔。乌黑的鬈发半遮住他那微褐色光润的额头，两道匀称的浓眉仿佛修饰过，衬得他那眼白发蓝的暗灰色眼睛更加深沉而温柔。

他的睫毛又密又长，因而眼神富有感染力，能令沙龙里高傲的美妇人动心，能使街头上手提篮子头戴便帽的贫家女回首。

他那无精打采的目光有一种魅力，给人以思想深刻、咳唾成珠的印象。

他那浓密的胡须又精美又鲜亮，遮住稍嫌宽阔的腮骨。

大家寒暄了一阵便分手了。

过了两天，德·拉马尔先生首次登门拜访。

他到来时，男爵一家人正议论一张粗木长椅，这是上午才安在客厅窗户对面的梧桐树下的。男爵主张在菩提树下再安一张，也好对称。男爵夫人最讨厌对称，表示反对。问及子爵的看法，他说同意男爵夫人的主张。

继而，子爵谈起当地情况，声称这里的风光十分“秀丽”，说他独自散步时，发现许多赏心悦目的“景点”。他的目光时而同雅娜的目光相遇，仿佛纯属偶然。然而，雅娜却有一种特殊的感觉，这突然扫来又迅即移开的一瞥，流露出一种温情的赞赏和一种初醒的倾慕。

去年故去的德·拉马尔老先生，生前恰巧认识男爵夫人的父亲德·居尔托先生的一位好友。这一层关系的发现又引出话头，什么联姻关系、交往的日期、亲戚套亲戚的网络，谈起来无休无止。男爵夫人显示其惊人的记忆力，列举一些世家的先祖与后裔，在错综复杂的谱系的迷宫里游荡，绝不会迷失方向。

“子爵，请告诉我，索努瓦·德·瓦弗勒那个家族，您听说过吗？长子贡特朗娶了库尔西府上的一位小姐，即库尔西–库尔维尔的一个千金；次子娶了我的表姐德·拉罗什–奥贝尔小姐；我这位表姐后来又同克里臧日府联姻。而德·克里臧日先生又是家父的至交，他也一定认识令尊大人。”

“不错，夫人。不就是流亡国外、其子倾家荡产的那位德·克里臧日先生吗？”

“正是他。他还向我姑母求过婚，当时我姑父德·埃特里伯爵已经谢世。但是，我姑母嫌他有吸鼻烟的习惯，没有答应。对了，维洛瓦兹那家人近况如何，您知道吗？他们家道中落之后，约在1813年离开都兰，迁到奥弗涅去，我就再没有听人提起过。”

“据我了解，夫人，老侯爵坠马身亡，留下两个女儿，一个嫁给了英国人，另一个嫁给一个叫巴梭勒的人，据说那是个富商，把她勾引过去了。”

幼年听老辈人谈论而记住的这些姓名，如今又翻腾出来。在他们的思想里，这些门当户对的婚姻，就跟国家大事一样重要。他们谈论那些从未谋面的人，就跟议论熟人一样。同样，在其他地方，那些人也议论他们。尽管相隔遥远，彼此却有亲近感，几乎算得上故友亲朋，只因为大家同属于一个阶级，都有同样的血统。

男爵生性孤僻，所受的教育又同本阶级的信仰和偏见相抵牾，因此他不大了解住在这个地区的世族大户，便向子爵打听。

德·拉马尔先生回答道：“哦！这一地区贵族人家不多。”他讲这话的口气，就像说海岸一带兔子不多一样。接着，他详细介绍，这方圆不太远仅有三家，一是库特利埃侯爵，堪称诺曼底大区的贵族首领；二是布里维尔子爵夫妇，都出身名门世家，却深居简出；最后就是富维尔伯爵，一个凶神恶煞的家伙，住在临水塘的窃蠹田庄，唯好打猎，据说他把妻子折磨得抑郁而死。

此外，有几个暴发户在当地置田产庄园，但是与他们之间没有交往，子爵并不认识。

子爵要告辞了，他最后一眼瞥向雅娜，显得更亲热更深情，仿佛特意向她告别。

男爵夫人觉得他挺可爱，尤其温文尔雅。男爵应声说："是啊，毫无疑问，他是个很有教养的青年。"

下一周，他们邀请子爵共进晚餐。此后他就成为常客了。

他往往在下午四点光景到来，去"她的林荫路"找见男爵夫人，再让她挽着胳膊帮她"锻炼"。雅娜若是没有出门，就在另一侧搀扶母亲。三个人沿着长长的笔直林荫路缓步而行，从一端走到另一端，不断地往返。子爵不大同雅娜姑娘说话，然而，他那黑绒般的目光，却经常同雅娜蓝玛瑙似的目光相遇。

有好几回，这对年轻人和男爵一道去伊波。

一天傍晚，他们正在海滩上，拉斯蒂克老头过来搭讪。他嘴上总叼着烟斗，他少了烟斗怕是比缺了鼻子还令人诧异。他上前说道："爵爷先生，趁这风天，赶明儿，往埃特塔跑一趟多来劲，回来也不费劲儿。"

雅娜双手合拢，说道："嘿！爸爸，你愿意去吗？"

男爵转头问德·拉马尔先生："子爵，您去吗？我们一同到那里用午餐吧。"

事情随即定下来。

次日天刚亮，雅娜就起床了，等着父亲慢腾腾地穿好衣裳，父女俩这才踏着朝露，穿过田野，走进响彻鸟儿歌声的树林。到了海边，只见子爵和拉斯蒂克老头已经坐在绞盘上等候了。

有两名海员帮着拖船下水。几个男人用肩膀抵住船帮，使出全身力气推船，在鹅卵石上艰难地向前移动。拉斯蒂克把涂了油的圆木塞到船底下，再回到自己的位置上，他拖长嗓音，不停地呼着号子："嗨哟！嗨哟！"好让大家随着号子声一齐用力。

船推到斜坡上时，一下子就自动滑行了，擦过鹅卵石，发出布帛撕裂的声响。船体一下到轻波细浪上，便戛然停住。众人上了船，在长凳上落座，留在岸上的那两名海员用力一推，就把船送了出去。

从远海来的微风不断地吹拂，海面漾起涟漪。扯起的风帆微微鼓胀，小船在海上平稳地行驶，几乎感觉不到颠簸。

帆船先是远离海岸。天幕低垂，同海洋连成一片。陆上悬崖矗立，在脚下投了一大片阴影，但有几处洒满阳光的草坡将阴影劈开几个缺口。向后眺望，只见几片棕帆驶出费岗的白堤；向前眺望，又见一块有孔洞的大岩石，圆圆的，造型奇特，好像把长鼻插进水中的大象。那便是小小的码头埃特塔。

雅娜举目远望，一只手抓住船帮，在波浪的摇荡中感到有点眩晕。她觉得自然万物中，真正算得上美的只有三样：阳光、空间和水。

谁也不讲话。拉斯蒂克老头掌着舵和帆后角索，不时地从凳下取出酒瓶喝一口，并且不断地抽他那破烟斗。那烟斗似乎永不熄灭，总冒着一缕青烟，而另一缕同样的青烟则从他的嘴角飘逸出来。谁也没见他重新点燃比乌木还黑的烟斗，也没见他往里添烟叶。有时，他抬手从嘴里取下烟斗，从喷烟的嘴角朝海里喷出一长条棕色唾液。

男爵坐在船头，监视着风帆，顶一名水手使用。雅娜和子爵则并排坐着，两个人都有点局促不安。一种无形的力量时时吸引他们的目光相遇，两人都同时抬起眼睛，就好像有一种亲和力的作用。他们之间已经飘浮着一种朦胧的、难以捕捉的柔情。的确，两个青年在一起，小伙子长得不丑，姑娘容貌又美，他们之间就很快会萌生这种柔情。雅娜和子爵相互挨着感到愉悦，也许由于彼此在相互思慕吧。

太阳升起来了，仿佛要居高纵观下面浩瀚的大海，而大海似乎要卖弄风骚，裹上了一层雾气的轻纱，遮住阳光的青睐。这层雾气贴近水面，呈淡黄色，又是透明的，什么也遮不住，却使远景更为柔和。金轮投射光焰，融化了明亮的雾霭，当它施展全部威力的时候，雾气就消散，化为乌有了。于是，大海平滑得赛过镜子，在朗照下开始熠熠闪光。

雅娜非常激动，喃喃说道：“多美呀！”

子爵附和道：“哦！是啊，真美呀！”

清朗恬静的晨景，似乎在他们心中唤起了回声。

埃特塔的高大拱门赫然出现在面前，好似悬崖的两条腿跨入大海，拱高可以行船，一根尖尖的白色石柱矗立在第一道拱门前面。

帆船靠岸了。男爵头一个跳下船，拉住缆绳，把船系在岸边。子爵把雅娜抱上岸，免得她湿了脚。然后，他们并肩走上难行的鹅卵石滩，心情还为刚才短暂的拥抱而激动。忽然，他们听见拉斯蒂克老头对男爵说："照我看，他俩在一起，还挺般配的。"

他们来到海滩附近的一家小客栈，在欢快的气氛中共进午餐。在无垠恬静的大海上，他们的声音和思想似乎变得迟钝，都默默无言。到了餐桌，他们的话多起来，像度假的学童一样喋喋不休。

一点点小事都能给他们增添无穷的乐趣。

拉斯蒂克老头落了座，将还在冒烟的烟斗小心翼翼地收到贝雷帽里，逗得大家哄堂大笑。他那酒糟鼻子大概有吸引力，一只苍蝇屡次三番落到上面，他用手驱赶时，想抓住动作又慢。苍蝇飞开，落到蝇屎斑斑的薄纱窗帘上，似乎还贪婪地窥视着船夫红红的大鼻子，一忽儿又飞回来要落在上面。

苍蝇每飞一回，都引起一阵大笑。老汉鼻子被搔得发痒，实在不耐烦了，便咕哝一句"这家伙跟娘儿们一样缠人"，逗得雅娜和子爵前仰后合，笑出了眼泪，赶紧用餐巾捂住嘴，尽量抑制

住笑声。

喝完咖啡，雅娜提议说："出去散散步吧。"

子爵立即站起来，但是，男爵愿意在石滩上晒太阳，说道："你们去吧，孩子们，过一小时再到这儿来找我。"

两个年轻人一直走去，经过当地的几家茅舍，又路过一座好似大农舍的小庄园邸宅，眼前便展现空旷的山谷。

风帆在海上摇荡，打破了他们日常的平衡，使他们精神倦怠，而咸味的空气又刺激了他们的食欲。接着一顿美餐，身子不免发懒，而餐桌上快活的气氛又令他们兴奋。此刻他们真有点忘情，就想在田野里飞跑狂奔。雅娜听到耳朵里嗡嗡作响，感到心潮澎湃，蓦地产生种种新的感觉。

头上烈日炎炎，路两旁成熟的庄稼晒得垂下了头。蝈蝈儿多得像青草，在小麦和黑麦田里，在岸边的灯芯草丛中，各处都响起细微而聒噪的鸣声。

在这溽暑熏蒸的天空下，再也听不见别种声音。蓝天金灿灿的，就像金属接触炉火一样，霎时间就要烧红。

他们望见右首不远处有一片小树林，便朝那个方向走去。一条狭窄低洼的路径穿入树林，两边大树参天，浓荫蔽日。二人一走进林中，就感到清凉的潮气袭来，刺激皮肤打寒战，一直沁入肺腑。这里终年不见阳光，风也透不进来，因此寸草不生，地面只覆盖着一层青苔。

他们继续往前走。

"瞧那边，咱们可以去坐一坐。"雅娜说道。

两棵枯死的老树，给葱郁的枝叶开了一个天窗。一束阳光倾泻下来，晒暖了地面，唤醒了青草、蒲公英和葛藤的新芽，催开了薄雾状的小白花和纺锤形的毛地黄。各种各样的飞虫：蝴蝶、蜜蜂、短粗的胡蜂、像苍蝇骷髅一样的巨型库蚊、带斑点的粉红色瓢虫、闪着绿光的甲虫、长着触角的黑壳虫，都麇集在这从清凉的浓阴重影中凿开的一口明亮温暖的天井里。

二人坐下来，头躲在阴凉里，脚伸到暖阳下，观赏着一束阳光就能使之营营活跃的小生命。雅娜感叹道：

“在这里多舒服！乡间多好啊！有时候，我真想变成苍蝇或者蝴蝶，躲藏在花丛中。”

他们谈起各自的情况，各自的习惯和情趣，就像交心那样娓娓倾谈。子爵说他已经厌恶上流社会，不想再过那种无聊的生活，说那种生活总是老一套，根本见不到一点真心和诚意。

上流社会！雅娜很想去闯一闯，然而她事先就确信，上流社会绝比不上乡间的生活。

两颗心越靠近，两个人就越是客气，互相称呼“先生”和“小姐”。同时，两副目光也越来越含笑，越来越交织在一起。他们感到自身萌生了一颗慈爱之心、一种博爱之情，萌生了对万物从未有过的兴趣。

两个人返回时，男爵已经步行去观赏“闺房”了，那是悬在崖顶的一个石洞，他们只好在小客栈等候。

男爵在崖顶走了许久，直到傍晚五点钟才回来。

几个人重又上船。风顺帆轻，船稳稳地行驶，一点也不颠荡，毫无行进的感觉。熏风徐徐，时断时续，船帆也时而张起，时而瘫软在桅杆上。浑厚的大海仿佛变成一片死水。太阳也散尽了热力，沿着圆形的旅程，逐渐靠近海面。

大海这么凝重，船上人又不觉缄默了。

过了一会儿，雅娜终于说：“我多么喜欢旅行啊！”

子爵应声说：“是啊，不过，独自一人旅行太寂寞了，至少要有个旅伴，彼此可以交流旅途的观感。”

雅娜沉吟片刻，又说道：“这话也对……然而，我还是愿意一个人散步……独自一个人遐想该有多好啊……”

子爵凝视她许久，说道：“两个人也可以遐想啊。”

雅娜垂下眼睛，心中暗道：这是有意试探吗？也许吧。她抬头凝望天边，似乎要看得更远些，继而，她慢声慢语地说：

“我想去意大利……还要去希腊……嗯！对，去希腊……还要去科西嘉！那里一定非常美，富有蛮荒的野趣！”

子爵却喜欢瑞士，喜欢那里的木房和湖泊。

雅娜则说：“不，我喜欢的地方，要么是像科西嘉那样新开发的，要么是像希腊那样非常古老而充满史迹的国家。我们从小就知道那些民族的历史，现在再去寻找遗迹，观赏发生历史大事件的地方，发古人之幽思，该多有趣味啊！”

子爵没有这种情怀，他说：“英国，对我倒很有吸引力，到那里能学到许多东西。”

就这样，二人神游全世界，从南北两极直到赤道，议论每个国家的美景名胜，赞赏他们臆想中的风光，以及一些像中国和拉普兰[①]的奇风异俗。然而，谈论到最后，还是认为世界上最美的国家当数法兰西，因为这里气候温和，冬暖夏凉，既有肥沃的田野、茂密的森林、平静的大江大河，又有辉煌雅典的时代之后再未出现过的艺术的繁荣。

谈到这里，二人也都住口了。

夕阳坠得更低，仿佛在流血，一条宽宽的光波，一条光彩炫目的大路，从海洋的边际一直延伸到帆船漾起的波浪。

---

① 斯堪的纳维亚半岛北部地区。

风完全停了，水波平复，染红的风帆也静止不动了。无边的岑寂仿佛麻痹了整个空间，在自然景观的周围布下一片幽静。这时在天空下，大海袒露出她那流体光灿的胸腹，等待着一团烈火的情郎投入怀抱。太阳仿佛燃烧着情欲，浑身通红，加速冲下去，终于同大海结合，渐渐被海水吞没。

一股凉风随即从天边吹来，大海起伏的胸脯一阵战栗，就好像被吞没的火轮向尘世发出快意的叹息。

黄昏特别短促，夜幕很快降下来，镶缀着闪闪的亮星。拉斯蒂克老头划起双桨。这时再望大海，只见粼光闪烁。雅娜和子爵并排坐着，凝视抛在船后起伏荡漾的波光。他们几乎什么也不想了，只是心不在焉地观赏，沉溺在甜美舒适的夜色中。雅娜的一只手扶在坐凳上，而子爵的一根手指仿佛无意中触到她的手，她感觉到这轻微的接触，并没有把手抽回来，只是感到有点吃惊、喜悦和害羞。

晚上回到闺房时，雅娜觉得自己的心情特别激动，总要触景生情，看见什么都想流泪。她凝视着座钟，心想小蜜蜂来回摆动，正像心跳，一位朋友之心的跳动。小蜜蜂将是她一生的见证，以活泼而均匀的滴答声伴随她的欢乐和忧伤。于是，她抓住金黄色的蜜蜂，在它的翅膀上吻了一下。现在，她见到什么都想亲吻，忽然想起抽屉里还收着一个旧日的布娃娃，便去翻了出来，简直乐坏了，就像见到心爱的朋友一样，把布娃娃紧紧地搂在怀里，在那涂红的脸蛋和浅黄色鬈发上连连热烈地亲吻。

她抱着布娃娃，陷入沉思。

她心中千呼万唤的终身伴侣，仁慈的天主安置在她人生之路上的人，难道就是“他”吗？她要把自己的一生奉献给专门为她而生的人，难道就是“他”吗？两情相依，孕育爱情，紧紧结合而永不分离，难道这就是他们二人的共同命运？

她还从来没有体验过周身骚动不安的这种激情、这种如痴如狂的陶醉、这种她以为是炽热爱情的内心冲动。然而她觉得自己爱上他了，因为她一想到他，就感到心醉神迷，不能自已，而且，她总是不由自主地想起他来。他在面前，就搅得她心神不宁；目光相遇时，她的脸就红一阵白一阵；听到他的声音，她就感到浑身战栗。

这一夜，她几乎未眠。

此后春心荡漾，爱的欲念日益强烈，日益侵扰她的心。她不断地叩问自己的心声，也常常数花瓣、望云彩、掷钱币，以占卜自己的命运。

忽然，一天傍晚，父亲对她说："明天早晨，你好好打扮打扮。"

她不禁问道："有什么事儿吗，爸爸？"

父亲答道："这是个秘密。"

次日，雅娜换了一身浅色衣裙，更加焕发青春的光彩。她下楼走到客厅，看见桌子上摆满了糖果盒子，椅子上还放着一大束鲜花。

一辆马车驶进庭院，只见车厢上写着："费岗勒拉糕点铺，承办婚宴。"厨娘吕迪芬和一个帮厨打开车后门，取出好多香味四溢的扁形提篮。

德·拉马尔子爵到了。他的裤腿绷得笔直，用带子系在脚下；一双亮光光小号皮靴，显出他的脚特别纤小；掐腰的长礼服十分合体，胸前露出衬衣的花边；一条精致的领巾缠了几道，迫使他高高挺起脑袋，那褐发俊美的头显得严肃高贵，派头十足。他的神态也异乎寻常，最熟悉的人一经打扮，就会突然判若两人。雅娜十分惊诧，仔细打量他，就好像从未见过面似的，觉得他器宇轩昂，从头到脚都表明是个大贵族。

子爵躬身一礼，笑呵呵地说道："喂，这位小姐，准备好了吗？"

雅娜嗫嚅地问道："准备什么呀？究竟是怎么回事儿？"

男爵答道："一会儿你就明白了。"

套好的马车驶过来了。阿黛莱德夫人盛装打扮，由罗莎莉搀扶下楼。罗莎莉一见德·拉马尔先生这副堂堂仪表，不由得万分激动和艳羡，男爵看在眼里，便小声对子爵说："瞧瞧，子爵，我觉得我们的小使女看上您啦！"

子爵的脸刷地红了，一直红到耳根，他佯装未听见，急忙捧起那一大束花，献给雅娜。雅娜接过花束，更加诧异了。四个人登上马车。厨娘吕迪芬端来一碗冷肉汁汤，给男爵夫人垫垫肚子，她也感叹一句："真的，夫人，这真像办喜事儿。"

到了伊波，大家下了车，徒步走进村子。船夫们换上存放的皱褶的新装，从家门出来，向一行人施礼，并同男爵握手，随即跟在后面，仿佛宗教仪式的行列。

子爵让雅娜挽着手臂，走在队伍前头。

到了教堂门前，队列停下。唱诗班的一名儿童走出教堂，直挺挺地举着一根银质大十字架，后面跟着一名儿童，身穿红白两色袍衫，双手捧着带有圣水刷的圣水盂。

随后又出来三位唱圣诗的老者，其中一位是跛脚，接着又是吹蛇形风管的乐师。最后本堂神甫走出来，只见他那突出的肚腹上交叉佩着金黄色的襟带。他以微笑和点头道了早安，随即眯起眼睛，口中念念有词，将那顶三角帽压到鼻子上，跟在他这身穿白法袍的班子后面，一直朝海边走去。

一大群人等候在海滩上，围着一只披彩的新游船。桅杆、风帆和绳索上都挂了彩带，随风飘舞，船尾赫然漆了金黄色的船号：“雅娜”。

拉斯蒂克老头就是这只由男爵出资建造的游船的船长，他迎着队列走过来。这时，所有男人都一齐脱帽，而一排身穿大褶垂肩的黑色宽道袍的修女，一望见十字架，便围成一圈跪在地上。

本堂神甫由唱诗班两名儿童陪伴，走向游船的一端，而那三位唱圣诗的老者则走到另一端。他们身穿白色法衣，但是蓬头垢面，胡子拉碴，好在态度十分严肃，眼睛紧盯圣诗唱本，放开喉咙，在清朗的早晨高声歌唱。

每当他们止声换气的时候，蛇形风管便独自继续呜咽。乐手吹得十分起劲，鼓起两腮，把灰色的小眼睛都挤没了，前额和脖子的皮肤好像要挣脱骨肉似的。

平静而透明的大海敛容静默，仿佛参加这只游船的命名典礼，它只有一指高的轻波细浪，擦着鹅卵石岸，发出细微的声响。白色的大海鸥展翅在蓝色的天幕上画着弧线，飞远了，盘旋一圈又回来，仿佛也要看看下面跪着的人究竟在干什么。

随着拖了五分钟的一声“阿门”长腔，唱诗便停止了。神甫咕哝几句拉丁文，但声音浊重，只能听出拉丁文响亮的词尾。

然后，神甫围着游船走了一圈，同时洒着圣水，接着，他站在船舷，面对着执手伫立的游船的教父和教母，开始诵祷祝圣词。

游船的教父保持着英俊青年的庄重神情，而教母，这位少女，却突然激动得喘不上气来，双腿发软，浑身抖得厉害，连牙齿都打战了。近来萦绕心头的梦想，在一种幻视中，骤然化为现实了。有人说过办喜事，而神甫又在这里祝福，身穿白色法衣的人唱着圣诗，此情此景，难道不是为她举行婚礼吗？

她的指间难道仅仅是神经质的颤动，这萦绕心头的梦想，会不会通过她的脉管传到她身边这个人的心中呢？他领悟了吗，猜出了吗？他会像她一样，也沉醉在爱情中吗？或许，他无非凭经验就知道，哪个女子也抗拒不了他吧？雅娜突然感到他的手握紧了，先是轻轻地，继而越来越用力，简直要把她的手捏碎了。子爵脸上不动声色，趁着没人注意的时候，他悄声说，一点不错，他十分清楚地说：“唉！雅娜，您若是愿意的话，这就算我们的订婚礼吧。”

雅娜缓缓地垂下头去，也许就表示首肯。神甫洒圣水时，有几滴恰巧落到他们的手指上。

仪式结束，修女们站起来。返回的路上，队列就乱了。唱诗班儿童举着的十字架丧失了威严，而且东倒西歪，有时向前倾斜，几乎触到地上。神甫也不再诵祷，跟在后面一路小跑。唱圣诗的老者和蛇形风管的乐手，都抄近路钻进一条小街，以便尽快换下法衣。同样，船户们三五成群，也都匆匆赶路。他们头脑里转着同一个念头，犹如厨房里的香味。这一念头促使他们腿伸得更长，刺激他们流下口水，还钻进他们的肚子里，搅得他们的肠胃咕噜噜直叫。

一顿丰盛的午餐，正在白杨田庄等候他们。

一张大餐桌摆在庭园的苹果树下，有六十位宾客入席，都是船户和农夫。男爵夫人坐在正中主位，左右首则坐着两位神甫，即伊波和白杨田庄的本堂神甫。男爵坐在对面，左右首则是乡长夫妇。乡长夫人已经上了年纪，是个瘦骨嶙峋的乡下妇女，她向四面八方频频点头致意。她那窄窄的脸庞，紧紧裹在诺曼底式的大布帽里，真像一个长着白冠子的鸡脑袋，而眼睛却圆圆的，总是一副惊奇的神色。她在餐桌上一小口一小口吃得很快，就像用鼻子在餐盘里啄食一样。

雅娜坐在游船的教父子爵身边，她一声不响，还在幸福之乡游荡，头脑里一片欢乐的喧闹，对周围的一切视而不见，听而不闻了。

忽然，她问子爵："您的爱称，究竟是什么？"

子爵回答："叫于连。原先您不知道吗？"

雅娜没有再应声，心里却想："这个名字，今后我要常常挂在嘴边上！"

吃罢午餐，男爵夫妇一行人把船户们丢在庭园里，走到邸宅的另一边。男爵夫人由丈夫搀着，由两位神甫陪同，开始她的锻炼。雅娜和于连则一直走向灌木林，钻进枝叶茂密的小径。于连猛地抓住她的双手，问道："怎么样，您愿意做我的妻子吗？"

雅娜又垂下头去，于连又嗫嚅地追问：

"我恳求您，给我个答复吧！"

雅娜缓缓地抬起眼睛看着他。从雅娜的眼神里，他看到了回答。

四

一天早晨，没等雅娜起床，男爵就走进她的闺房，坐到床脚边上，对她说："德·拉马尔子爵先生来向我们求婚了。"

雅娜一听，真想用被单把脸捂住。

父亲又说道："我们没有立刻答复。"

雅娜呼吸急促，激动得说不出话来。过了半晌，男爵微笑着补充说："我们不跟你商量，不愿意作出任何决定。你母亲和我，都不反对这门亲事，不过，我们也不想替你做主。你可比他富有多了，然而，生活要想幸福，就不能只考虑钱财。他父母双亡，你若是肯嫁给他，那么咱们家就等于招了一个进门女婿；你若是嫁给另外一个人，那么你呀，我们的女儿，就要到陌生人家去生活了。这个年轻人，挺讨我们喜欢的。你呢……他也讨你喜欢吗？"

雅娜脸红到头发根，结结巴巴地说："爸爸，我也愿意。"

父亲始终微笑着，盯住女儿的眼睛，低声说道："我看出点苗头了，小姐。"

这一天直到晚上，雅娜仿佛喝醉了酒，不知道自己在做些什么，常常随手拿错东西，没有走两步路，两条腿却软绵绵的，疲惫不堪。

傍晚六时许，雅娜正陪着母亲坐在梧桐树下，只见子爵来了。

姑娘的心怦怦狂跳起来。年轻人从容地走到母女二人跟前，伸手托起男爵夫人的手指吻了吻，接着又托起少女颤抖的手，把嘴唇紧紧贴在上面，给了一个深情而感激的长吻。

于是，他们进入了订婚后的美好季节。二人往往单独交谈，不是躲在客厅的角落里，就是坐在灌木林中的斜坡上，面对着荒野。有时，他们在男爵夫人的白杨路上散步，于连谈论着将来的生活，而雅娜则眼睛低垂，注视着被母亲踏得露出泥土的足迹。

婚事一定下来，就要及早成亲，商定六周之后，即八月十五日举行婚礼，然后年轻的新婚夫妇立刻动身旅行，去度蜜月。让雅娜挑选她要游览的地方时，她决定去科西嘉，说是那里要比意大利的城市清静得多。

他们等待着确定下来的婚期，但心情并不特别焦急，只是情意缠绵，哪怕轻轻的爱抚、手指微微的触摸、炽热的眼神，他们都体味到妙不可言的甜美，而深情的目光久久对视，仿佛两颗心灵交会起来了。不过，心旌有时也隐隐动摇，朦朦胧胧地渴望那交欢之夜。

办喜事的时候，决定只请丽松姨妈，不邀外客。这位姨妈是男爵夫人的胞妹，作为俗人寄宿在凡尔赛的一所修道院里。

父亲谢世后，男爵夫人想接妹妹来一处生活。可是，这位老小姐认定自己是个无用而又碍事的人，会给全家人带来不便，就决定隐居。修道院有房子，租给一生孤苦伶仃的人居住。

她有时也到姐姐家住上一两个月。

丽松姨妈个子矮小，平时不言不语，不惹人注意，到用餐时才露面，餐后又上楼去，终日关起门来待在卧室里。

她样子和善，虽然才四十二岁，却显出老态，目光蔼然而忧伤。她在家中一向毫无地位，小时候既不调皮，模样儿又不俊美，没有什么人拥抱亲吻，总是安安静静地躲在角落里。此后，她就一直被视为无足轻重的人。及至长成大姑娘，也没有任何人理睬。

她就像一个影子或者一件熟悉的物品，就像一个活家具，司空见惯而从来无人关注。

她姐姐未出阁时，受家里习惯看法的影响，也把她视为没有出息的、无足挂齿的人。大家对待她十分随便，和蔼的态度里隐藏着蔑视。她本名叫丽丝，好像总觉得不配这个年轻娇艳的名字。后来大家见她没有嫁出去，而且绝不可能嫁出去了，就把丽丝改为丽松了。雅娜出生之后，她就成为“丽松姨妈”。这个卑微的亲戚有洁癖，胆子小得要命，连见到姐姐和姐夫都害羞。姐姐和姐夫待她挺不错，但也是出于泛泛的情意，其中掺杂着无关痛痒的温存、不自觉的怜悯和天生的仁慈。

有时候，男爵夫人提起自己年轻时遥远的往事，为了表明一个时期，便说“就是丽松干出荒唐事的那时候”。

但是从来没有进一步说明，因此，这件“荒唐事”始终笼罩着迷雾。

原来，丽丝二十岁那年，一天傍晚，她突然投水自杀，不晓得是什么缘故。看她平日的行为举止，绝料不到她会干出这种傻事。她被救起来时已经气息奄奄。父母暴跳如雷，朝苍天举起手臂，但并不追究这种行为的隐衷，只说“荒唐，荒唐”，就算了事，就像谈起不久前马出了事一样。那匹叫“科科”的马崴在车辙里折断了一条腿，后来就只好宰掉了。

丽丝，即不久之后的丽松，此后就被看成一个神经脆弱的人。全家人对她轻微的蔑视，慢慢渗入周围所有人的心里。就连小雅娜，凭着儿童天生的敏感，也不把她放在眼里，从来不上楼到床前去亲她，从来不走进她的卧室。只有使女罗莎莉要收拾打扫房间，似乎才知道她住在哪儿。

丽松姨妈走进餐厅用午餐时，“小家伙”才按照习惯，走过去把脑门伸给她亲一下，仅此而已。

平时谁要同她说话，就派个仆人去叫她，她若是不在，谁也不会注意，谁也不会想到她，更不会担心地问起来：“咦，今天早晨，我怎么还没见到丽松呢？”

她在家中毫无地位，她这种人，就是连亲人也一直感到很陌生，死了也不会给家里留下空虚和缺憾。她这种人枉生一世，既不能进入生活，入世随俗，也不能赢得在她周围生活的人的爱心。

称她“丽松姨妈”时，这几个字在任何人的思想里，也不会唤起丝毫感情，就跟讲“咖啡壶”或者“糖罐子”一样平常。

她走路总是迈小碎步，无声无息，从不触碰任何物品，仿佛赋予物品以绝无反响的特性。她的双手像是棉絮做的，无论触摸什么东西，都是那么轻轻的，软软的。

她是七月中旬到的，听说这件婚事特别激动，带来了一大堆礼品，但是人微物轻，别人几乎视若未见。

她到达的次日，别人就不再注意她的存在了。

然而，她的内心却无比激动，眼睛总盯着这对未婚夫妇。她亲手给新娘做贴身衣物，独自关在无人来看她的房间里，好像一个普通的裁缝，干得十分起劲，十分精心，投入了极大的热忱。

她不时地把亲手锁了边的手帕、绣了编号的餐巾拿给男爵夫人看，问道："你看这样行吗，阿黛莱德？"而男爵夫人随意看一眼，回答说："我可怜的丽松，你可别费这个心啦！"

七月底的一天，白昼暑气熏蒸，到了晚上，月亮升起来，夜色清朗而温煦。这种夜色恰能乱人心曲，撩人情怀，令人百感丛生，心潮澎湃，仿佛唤醒心灵中全部隐秘的诗情。田野温馨的气息进入宁静的客厅。在罩灯投在桌上的亮圈里，男爵夫人正在无精打采地打牌。丽松姨妈坐在他们身边织东西，而一对青年人则倚在敞着的窗口，观赏洒满清辉的庭园。

菩提树和梧桐将影子播在大片草坪上，草坪泛白而亮晶晶的，一直延展到黑乎乎的灌木林。

夜色如此柔媚，草木树林月光朦胧，雅娜经不住这种魅力的吸引，回身对父母说："好爸爸，我们要到楼前的草坪上散散步去。"

男爵眼睛没有离开牌回答说："去吧，孩子们。"说罢仍继续打牌。

两个年轻人出了楼，开始漫步，在大片明亮的草坪上一直走到后面的灌木林。

时间渐晚，他们还不想回来。

男爵夫人疲倦了，想上楼回房歇息，她说："应当把那对恋人叫回来了。"

男爵朝明亮的大庭园望了一眼，看见那对俪影还在月下游荡，于是说道：

“随他们便吧，外边的月色多美好！丽松会等着他们的，对不对呀，丽松？”

老小姐抬起神色不安的眼睛，怯声怯气地回答说：“当然，我要等着他们。”

由于持续一天的高温，男爵也感到困乏，他扶起夫人，说道：“我也要歇息了。”

于是，他搀着夫人走了。

这时，丽松姨妈也站起来，把刚开始的活计，毛线和长针搭在椅子扶手上，她走到窗口，扶住窗栏，观赏明媚的夜色。

那对未婚夫妻在草坪上走个没完，从灌木林到楼前台阶，又从楼前台阶到灌木林。他们紧紧握着手，谁也不讲话，仿佛脱离了形骸，同大地散发的有形的诗意交合融会了。

雅娜猛然望见窗口由灯光映现的老小姐的身影，她说道：

“咦，丽松姨妈望着咱们呢！”

子爵抬起头，不假思索地随口应道：

“是啊，丽松姨妈望着咱们呢！”

说罢，他们继续幻想，继续漫步，继续沉浸在热恋中。

不过，夜露打湿了草坪，凉气袭人，他们微微打了个寒战。

“咱们回去吧。”雅娜说道。

于是，二人回到楼内，走进客厅，只见丽松姨妈重又打起毛线，低头做活，纤细的手指略微发抖，仿佛太累了。

雅娜走到近前，说了一句：

“姨妈，该去睡觉了。”

老小姐扭过头去，眼圈发红，好像流过泪，不过，这对恋人丝毫没有留意。然而，年轻人忽然发现姑娘秀丽的鞋全打湿了，不免担心，深情地问道：

“这双宝贵秀气的脚，一点也没觉得冷吗？”

姨妈的手指猛然剧烈地颤抖起来，活计从手中滑落，线团在地板上滚出去很远。她慌忙用双手捂住脸，失声呜呜地哭起来。

未婚夫妇一时愣住，惊愕地看着她。雅娜慌了神儿，一下子跪到地上，一再追问：

“丽松姨妈，你怎么啦，到底怎么啦？”

可怜的女人伤心得浑身抽搐，还带着哭声，断断续续地答道，“是因为他刚才问你……这双宝贵秀气的脚……一点……一点也没觉得冷吗？……从来没有人对我……说过这种话……对我……从来没有……从来没有……”

雅娜又惊讶，又觉得可怜，可是一想到有人向丽松谈情说爱的情景，就要忍俊不禁。子爵已经转过身去，掩饰他窃笑的快活神情。

这时，姨妈霍地站起身，毛线落到地上，活计扔到椅子上，没有照亮就冲进昏暗的走廊，摸索着回了房间。

客厅里只剩下两个年轻人了，他们面面相觑，觉得又开心又哀怜。雅娜轻声说道：

“这个可怜的姨妈！……”

“今天晚上，她又有点犯病了。”于连答道。

二人执手相对，还舍不得分开，于是，在姨妈刚坐过的空椅子前面，轻柔地，极为轻柔地，他俩的嘴唇贴近，第一次接吻。

第二天，他们就不再想老小姐流泪的事了。

婚礼前的两个星期，雅娜的心情相当平静，就好像经历这一阵热恋，情意缱绻，她感到倦乏了。

大礼之日的整个上午，雅娜也没有时间多想，浑身只有一种空乏的感觉，仿佛皮肤里血肉和骨骼全溶解了，她发现手接触物品时抖得厉害。

直到在教堂举行仪式的时候，她才静下心来。

结婚啦！她这就算结婚啦！从清晨起所发生的一系列事情，一系列忙乱和热闹的场面，全都恍若一场梦，一场名副其实的梦。人生总要经历几次这种时刻：我们周围一切事物仿佛全变了，甚至一举一动都有了新的含义，就连时辰也像错了位，与往常不同。

雅娜觉得头晕目眩，尤其有点惊异之感。她的生活，直到昨天还毫无变化，只不过她时刻不忘的一生的希望更迫近了，几乎伸手可及了。昨晚睡下时还是姑娘，而现在却做了妻子。

看来，她越过了这道似乎遮住未来的屏障，望见了全部欢乐和梦想的幸福。她觉得面前的大门洞开，就要举步走入“期待的佳境”。

仪式完毕时，他们走进圣器室。因为没有邀请外客，里面显得空荡荡的，继而，他们又退出来。

当他们出现在教堂门口的时候，猛然一阵巨响，吓得新娘往后一跳，吓得男爵夫人惊叫起来。原来，这是农夫们鸣枪庆贺，而且枪声不断，一直伴送他们回到白杨田庄。

一桌茶点摆好，男爵一家人、庄园主教区神甫、伊波村神甫、新郎，以及从当地大庄户挑选出来的证婚人，这些宾主先行食用。

然后，他们在庭园里逛了一圈，以便等候喜宴。男爵夫妇、丽松姨妈、乡长和比科神甫，都在男爵夫人的白杨路上闲步。而在对面的林荫路上，另一位神甫一边大步走着，一边诵读日课经文。

从主楼的另一边传来农夫们的欢声笑语，他们在苹果树下畅饮苹果酒。当地的居民全换了新装，挤满了一院子。小伙子和姑娘们相互追逐打闹。

雅娜和于连穿过灌木林，登上土坡。二人都默不作声，举目眺望大海。虽然时值八月中旬，天气却有点凉了，阵阵北风吹来。在一碧如洗的天空，太阳仍在发射万道光芒。

这对年轻人要找个隐蔽的地方，他们朝右拐穿过荒野，走向通往伊波的草木丛生的起伏山谷。他们一走进灌木丛，就感到一丝风也没有了，随即又离开乡路，拐进一条枝叶茂密的小径，二人几乎不能并肩行走。这时，雅娜觉得一只手臂悄悄伸过来，搂住了她的腰。

她默不作声，但喘息急促，心跳加速。低矮的枝叶拂弄着他们的头发，他们时常弯下腰才能过去。雅娜摘了一片叶子，只见叶下蜷缩着一对瓢虫，宛如两个纤细的红贝壳。

这时，她稳下神儿来，天真地说："咦，还是一对呢。"

于连用嘴唇拂她的耳郭，说道："今天夜晚，你就要做我妻子了。"

雅娜不免吃惊，她住到乡间以来，虽然明白了不少事情，但是对于爱情，想的还只是诗意的一面。做他的妻子？她不已经是他妻子了吗？

于连说着，就连连吻她的鬓角和靠发根的脖颈。雅娜还不习惯这种男性的亲吻，每一吻她都本能地偏过头去，躲避这种令她销魂的爱抚。

不觉到了树林的边缘，雅娜站住了，奇怪怎么走出了这么远。别人会怎么想呢？

"咱们回去吧。"她说道。

于连抽回搂着她腰的胳膊，两人同时转身，正巧面对面，离得特别近，脸上都感到对方的呼吸。他们四目相对，凝视的眼神那么锐利，能穿透一切，而两颗心灵仿佛交织起来了。他们彼此要在对方的眼睛里寻找自己，要透过对方的眼睛，在这难以窥透的陌生者心目中寻找自己。他们默默而又执着地相互探询。他们彼此究竟意味什么？他们共同开始的生活究竟如何？他们在终日相对、不再分离的漫长的夫妻生活中，会给对方多少欢乐、多少幸福，或者多少幻灭呢？两个人都觉得他们彼此素昧平生。

这时，于连把双手搭到妻子的肩膀上，突如其来地给了她一个深情的长吻。这样深情的长吻，她还从未接受过，它仿佛深入进来，透进她的脉管和骨髓里，在她身上引起一种神秘莫测的战栗。于是，她用双臂拼力推开于连，而自己也险些仰身跌倒。

“咱们走吧。咱们走吧。”她结结巴巴地说。

于连没有应声，只是抓住她的双手，紧紧握住不放。

他们一直走回家，谁也没有再讲话。下午后半晌过得很慢。

黄昏时分，大家才入席。

一反诺曼底人的风俗习惯，这次喜宴既简单，持续时间又短。宾客显得有点拘谨，只有两位神甫、乡长和四名应邀证婚的庄户活跃一些，表现出喜宴上所应有的粗俗的快乐情绪。

欢笑声仿佛止息，要沉闷下来，而乡长一句话又把大家逗乐了。大约九点钟，该去喝咖啡了。外面，在前院的苹果树下，乡村舞会已经开始，从敞着的窗口能望见跳舞的整个场面。挂在树枝上的彩灯，给树叶涂上青灰色的光泽。男男女女的乡民围成舞圈，一边蹦蹦跳跳，一边吼着粗犷的舞曲，而伴奏的两把小提琴和一支单簧管，声音则显得微弱。三名乐手站在厨房用的大案桌上。农户喧嚷的歌声，有时完全淹没了乐器的声音。细弱的音乐被放肆的歌喉撕碎，那支离破碎的音符，仿佛一片一片从天上飘落下来。

一圈火炬照亮了两只大酒桶，任凭贺客们畅饮。两名女仆不停地在一只小木桶里洗碗和杯子，拿出来水淋淋的，就在酒桶的龙头下接红色的葡萄酒，或者金黄色的纯苹果酒。跳舞感到口渴的人、安安稳稳的老人、满头大汗的姑娘们，都迫不及待，纷纷伸长手臂，随便抓住一样盛了酒的器皿，再仰起头来，把自己爱喝的饮料，咕嘟咕嘟倒进喉咙里。

一张桌上摆着面包、黄油、奶酪和香肠。每个人都不时地过来塞一口。坐在客厅里的那些闷得发慌的贵宾，望着树丛彩灯下狂欢的热闹场面，也都跃跃欲上，要去跳跳舞，接着大肚酒桶痛饮，吃一片涂黄油的面包和一个生葱头。

乡长用餐刀敲着音乐的节拍，高声说道：

“好家伙！真热闹，就像假拿石的喜筵。”

大家听了不禁窃笑。比科神甫是政权的天敌，他驳斥一句：

“您是想说迦拿[①]吧。”

乡长不吃他那一套：

“不，神甫先生，我清楚自己想说什么，我说假拿石，就是假拿石。”

这时，大家起身去客厅。不久，他们又到欢乐的庶民堆里待了一阵，这才向主人告辞。

男爵夫妇仿佛小声争吵什么事。阿黛莱德夫人越发喘得厉害，她似乎正拒绝丈夫的要求，最后几乎提高嗓门说：

---

① 迦拿的喜筵：据《圣经·新约全书》记载，迦拿的地方有人娶亲设宴，耶稣和门徒应邀赴宴，酒已喝完。耶稣吩咐往六口石缸里倒满水，取出来变成好酒，这是耶稣第一次显灵。乡长把迦拿误说成了假拿石。

“不行，朋友，我干不了。这种事，让我怎么说呢！”

男爵无奈，突然丢下妻子，走到雅娜跟前：

“孩子，跟我出去走走，好吗？”

雅娜十分激动，回答说：

“随你便了，爸爸。”

于是，父女一道出去了。

他们一走到朝海一侧的门前，就感到飕飕的凉风袭来，这种夏季的凉风已有秋意了。

乌云在天空中奔驰，星光时隐时现。

男爵把女儿的胳膊紧紧压在胸口，同时深情地爱抚她的手。父女俩走了片刻。男爵似乎心绪不宁，还犹豫不决，最后狠了狠心，说道：

“我的宝贝，这个角色，本来应当由你母亲担当，我来充当就勉为其难了。不过，既然你母亲执意不肯，我只得替代她。我不了解，你究竟懂得多少人生的事情。人生有些秘密，父母总是千方百计向子女隐瞒，尤其不让女儿知道。因为，女孩子应当保持心灵的纯洁，保持白璧无瑕，直到把她送入男人的怀抱为止。那个男人要为她造福，也要揭开罩在人生欢乐的奥秘上的轻纱。然而，女孩子若是一直未通人道，猛一看见隐藏在梦想后面显得粗暴的现实，就不免产生厌恶的情绪。女孩子在心灵上，甚至在肉体上受到伤害，就会拒绝顺从人类法律和自然法则赋予丈夫的绝对权利。我的心肝儿，我不能再对你多讲了。不过，千万记住这一点：你是完全属于你丈夫的。”

她究竟领悟了什么呢？她究竟猜测出几分呢？只见她浑身开始颤抖，仿佛有一种预感，一时被惨苦的忧伤压得喘不上气来。

父女俩往回走，刚到客厅门口，又惊骇止步，看到一个意外的场面。阿黛莱德夫人倒在于连的怀里痛哭流涕。她那哭泣，她那喧响的哭泣，好像受炼铁炉鼓风箱的吹动，同时从她鼻孔里、嘴里和眼睛里冒出来。她要把她的心肝儿、宝贝，她的掌上明珠托付给这个年轻人。而年轻人却不知所措，笨拙地托着倒在他手臂上的这位胖妇。

男爵疾步上前，劝道：

“嗳！别闹啦，求求您，别这样大动感情啦。”

男爵说着，接过妻子，扶她坐下，而她还在擦眼泪。男爵随即转身，对雅娜说：

“好啦，孩子，快去亲亲你母亲，马上去睡觉吧。”

雅娜也忍不住要哭了，她匆匆地吻过父母，便急忙走开了。

丽松姨妈早已回房去了。客厅里只剩下男爵夫妇和于连，三个人都特别尴尬，谁也不知道说什么好。两位先生身穿晚礼服，站在那里眼神儿发直。阿黛莱德夫人则瘫软在椅子上，喉咙里还不时哽咽。这局面实在难堪，男爵便提起蜜月旅行，说几天之后，两个年轻人即可动身。

在新房里，罗莎莉正帮着雅娜宽衣，小使女哭成了泪人儿，双手慌乱地摸索，连婚礼长裙上的带子和别针都找不到，显然她比府上小姐还要激动。然而，雅娜不大留意使女的眼泪，她恍若进入另一个世界，踏上另一片大地，远离了她所熟识的一切、她所珍爱的一切。无论在她的生活中，还是在她的思想里，似乎都发生了天翻地覆的变化，甚至还产生这样的怪念头：“我爱我丈夫吗？”猛然间，她觉得于连成了陌生人，几乎不了解。三个月前，她还根本不知道有他这个人，而今却做了他的妻子。为什么会这样呢？为什么这样快就落入婚姻的罗网中，就像失足跌进坑里一样呢？

雅娜换上了睡衣，赶紧钻进被窝里。衾被有点凉，肌肤不觉微微颤抖，这更加重了两小时以来压在她心头的这种凄冷、孤寂和忧伤之感。

罗莎莉一直哭哭啼啼，侍候完小姐，就赶紧退出去了。雅娜则等待着，她心头抽搐，惴惴不安地等待着她隐约猜出又说不清的、由她父亲含糊其辞宣示的事情，等待着神妙般揭示所谓爱情的最大秘密。

她没有听见有人上楼，却忽然听见房门轻轻敲了三下。她惊恐万状，不敢吱声。外面重又敲门，继而门锁喀嚓响了一下。她的头慌忙缩进被里，就像有贼入户一样。皮靴踏在地板上，弄出轻微的咯吱咯吱的声响。突然，有人触碰她的床。

雅娜惊跳一下，不觉轻轻叫了一声，从被窝里探出头来，看见于连站在面前，正微笑着注视她。

“噢！您让我好害怕！”雅娜说。

“怎么，您不是在等我吗？”于连问道。

雅娜并不回答。他身穿晚礼服，一副英俊青年的庄重面孔。在这个衣着如此整齐的男人面前，自己却躺在床上，雅娜感到无地自容。

在这决定他们终生美满幸福的关键时刻，他们不知道该说什么好，该做什么好，甚至不敢对视。

也许于连隐约感到这场战斗有多么危险，他需要多么沉着机灵，表现出多么狡黠的温情，才不至于损伤一颗充满幻想的纯洁的心灵，不至于一丝一毫损伤它高度的廉耻心和异常的敏感。

于是，他拉起雅娜的手，轻轻地吻了一下，随即跪到床前，就像跪在祭坛前面一样，以轻如气息的声音低语：

“您愿意爱我吗？”

雅娜一下子放下心来，从枕头上抬起戴着大花边睡帽的脑袋，微笑着答道：

“我已经爱您了，我的朋友。”

于连将妻子的纤指放在自己的嘴唇上，他从指缝中说话，声音就变了：

“您愿意向我证明您爱我吗？”

雅娜心中又一阵不安，脑海里又浮现出父亲的话，便代以回答，却又不知所云：

“我是您的人了，我的朋友。”

于连湿润的嘴唇连连吻她的手腕。继而，他缓缓站起来，凑近妻子重又捂起来的脸。

突然，他伸出一只手臂，隔着衾被搂住妻子，另一只手臂则探到枕头下面，将她的头托起来，声音极轻极轻地问道：

“这就是说，您愿意在身边给我让出一点点位置啦？”

雅娜害怕了，这是本能的一种恐惧，她结结巴巴地说：

“嗳！先不要这样，求求您了。”

于连颇为失望，面有愠色，虽然仍在央求，但是有点粗声粗气，他又说道：

“迟早总要这样，何必往后推呢？”

雅娜心里怪他这样讲，但还是温婉顺从，再次重复说：

“我是您的人了，我的朋友。”

于连立即钻进盥洗室，雅娜清清楚楚地听见他弄出的声响：脱衣裳的声音、兜里的钱币哗啦哗啦响、靴子相继落地的声音。

突然，他疾步穿过房间，把表放到壁炉台上，而全身只穿着一条短裤和一双短袜。接着，他又跑回小小的盥洗室，弄出一阵洗漱的声响。雅娜听他要过来了，赶紧转过身去，闭上眼睛。

她感到一条腿钻进来，毛茸茸的，冰凉冰凉，贴在她的腿上，她不禁惊跳一下，好像要扑下床，一时惊慌失措，双手捂住脸，差点喊叫起来，整个身子蜷缩在被窝里。

虽然雅娜背对着他，于连还是一下把她搂住，贪婪地亲吻她的脖颈、她睡帽的垂边和睡衣的绣花领子。

雅娜胆战心惊，身子僵硬，不敢动弹，只觉得一只有力的手朝胸脯摸来。她用双肘护着胸脯，呼吸急促，被这种粗暴的接触搅得意乱心烦，真希望能逃走，跑出这房子，藏到什么地方，远远躲开这个男人。

于连不动了。雅娜背上感到他热乎乎的体温，于是，她的恐惧又平息了几分，忽然想到，她只要一翻身，就能和他拥抱了。

于连终于不耐烦了，怏怏不乐地说：

“这么看来，您根本不愿意做我的爱妻喽？”

雅娜从指缝轻声答道：

“难道现在我还不是吗？”

于连没有好气地回答：

“当然不是，亲爱的，好啦，您可别拿我开心了。”

雅娜听出他的不满情绪，受了极大触动，她立刻翻过身来，请求他原谅。

于连一把将她搂住，就像饿狼一般，快速吻遍她的面颊和脖颈，这是咬噬的、发狂的吻，发狂的爱抚，把她弄得六神无主。她张开了双手，任凭他摆布，思想陷入一片混乱，不明白自己在干什么，他在干什么。这时，她感到一阵撕肝裂胆的剧痛，不禁呻吟起来，身子在他的手臂中扭动：她被他粗暴地占有了。

后来又发生了什么事？她已经昏了头，记不清楚了，只有一点印象：他感激的轻吻，雨点一般落到她的嘴唇上。

后来，他肯定跟她说过话，她也肯定跟他对话了。接着，他再次尝试温存一番，却被她惶恐地推开了。她挣扎的时候，碰到他的胸毛，跟她刚才感到的腿毛一样又密又硬，吓得她连连往后缩。

于连徒然地央求了半晌，最后也不免厌倦，便仰身躺着不动了。

这时，雅娜却浮想联翩，她感到失望的情绪袭入她的内心深处，幻想破灭了，这同她所陶醉的憧憬大相径庭，热切的期待落空了，向往的幸福成了泡影，心中暗道：

“哼，他所说的做他的妻子，原来就是这么回事儿！原来就是这么回事儿！”

她黯然神伤，这样待了许久，失神地望着壁毯，望着环抱闺房的这一古老的爱情传说。

然而，于连不再说话，也不动弹了，雅娜这才把目光慢慢移过去，发现他已经睡着啦！他睡着啦！他半张着嘴，安安静静地睡着啦！

雅娜气愤极了，简直不能相信，竟然把她当作偶然遇合的女人看待，这种酣睡比他粗暴的求欢更使她蒙受侮辱。这样一个夜晚，他还能睡觉？看来，他们俩之间所发生的事情，对他丝毫不足为奇？噢！她宁愿遭毒打，再受凌辱，宁愿受到可恶的爱抚的百般折磨，直到丧失知觉。

雅娜用臂肘支撑，俯过身子，一动不动地久久凝视他，倾听他嘴唇发出的轻微气息，时而略带鼾声的气息。

天亮了，起初是暗灰色，渐渐明亮起来，继而出现粉红的霞光，最后放射万道光芒。于连睁开眼睛，打了个哈欠，伸一伸懒腰，看着妻子，微微一笑，问道：

“你睡得好吗，亲爱的？”

雅娜发现他现在对她用“你”的称谓，不免惊诧，便答道：

“好啊。您呢？”

“嗯！我吗，好极了。”

于连说着便转过身去，亲了她一下，接着娓娓纵谈起来。他向妻子阐述生活的打算，以及节俭的思想，他多次提到“节俭”这两个字，叫雅娜好不奇怪。雅娜只是听着，望着他，但不大明白他说的是什么意思，而她却千头万绪，多少事情飞快地掠过心头。

钟敲响了八下。

“好啦，咱们该起床了，”于连说，“起来太晚，会叫人笑话的。”

他头一个下床，梳洗打扮好了，又殷勤地侍候妻子梳妆，不让她叫罗莎莉来。

要出新房的时候，他又叫住妻子：

“要知道，咱俩之间，现在可以你我相称了。不过，当着你父母的面，还要等一等为好。等咱们旅行度蜜月回来，再这样相称就自然了。”

直到午餐时雅娜才露面。这一天过得跟平常一样，仿佛毫无变化，家里只是添了一个男人。

五

四天之后，驶来一辆四轮旅行马车，要送新婚夫妇去马赛。

在新婚之夜的惶恐之后，雅娜已经习惯了于连的接触、亲吻和爱抚了，不过，她对枕席之欢仍然厌恶。

她觉得于连很漂亮，也很爱他，而且重又感到幸福而快活了。

这次道别的场面持续时间很短，也不显得悲伤。唯有男爵夫人动了感情，在马车要启程的时候，她将一个沉甸甸的大钱包塞到女儿手中，说道：

“你当了新娘，这是给你路上用的零花钱。”

雅娜随手将钱包放进兜里，这时马车也启动了，飞驰而去。

傍晚时分，于连问她：

“你母亲在这钱包里给你装了多少钱？”

雅娜早已把这事置于脑后，听他一问，便拿出钱包往膝上一倒，倒出一大堆金币，共有两千法郎。她拍着手说："这可够我挥霍的了。"说着，她又把钱收起来了。

一路天气酷热，走了一星期，他们终于到达马赛。

次日，他们上船去科西嘉，开往那不勒斯的小邮船"路易王号"正巧中途要在阿雅克肖[①]港停泊。

科西嘉！丛林！强盗！深山！拿破仑的故乡！雅娜恍若脱离现实，在完全清醒的状态下进入了梦境。

她和于连并肩站在甲板上，眺望渐渐远逝的普罗旺斯海岸的悬崖。大海静止不动，碧蓝碧蓝，在炎炎烈日的照耀下，仿佛凝固而变硬了。天空一望无际，湛蓝的彩色似乎多涂了一层，显得有点扎眼。

"你还记得吗？"雅娜说道，"咱们那次乘拉斯蒂克老头的小帆船，在海上游玩？"

① 阿雅克肖：科西嘉首府，拿破仑的家乡。

于连没有回答，只是迅速地吻了吻她的耳朵。

邮船的蒸汽机轮拍击水面，惊扰了大海的沉睡，船后留下长长的一条航迹，只见白浪滚滚，泡沫翻飞，好似启瓶的香槟酒，这条泛白的宽展的航迹笔直地延伸到迷茫的天际。

忽见一条大鱼，一条海豚赫然跃出水面，随即又扎进水中，离船头只不过几法寻①远。雅娜吓得惊叫一声，急忙偎到于连的胸口。继而，她意识到自己吓成这个样子，又咯咯笑起来。接着，她急巴巴地注视海面，看看那动物是否还会出现。过了几秒钟，它果然又从水中蹿出来，犹如一个机械的大玩偶，随即钻进水中，再次跃出水面。随即有两条、三条、六条，几条海豚围着航船上下跳跃，仿佛护送它们的兄弟，这条木身铁鳍的巨大的鱼怪。它们忽而游到船左舷，忽而回到船右舷，忽而成群结队，忽而鱼贯相随，好像在做游戏，欢快地追逐，飞跃出水，在空中画了个弧形，再依次扎进水里。

那些体大而灵活的游泳好手每次出现，雅娜都惊抖一下，又高兴得直拍手。她的心同海豚一样，在童稚的欢乐中发狂地跳跃。

海豚倏然消失了，只是在远远的海面上又望见一次，随后便无影无踪了。一时间，雅娜感到惜别的忧伤。

夜幕降临，这是一个清朗璀璨、静谧安宁的夜晚。天空和海面都没有一点震颤，海天寰宇的这种休憩，扩展到心灵，以致沉醉的心灵也没有一丝波动。

巨大的太阳徐徐下沉，沉向那望不见的非洲，而非洲，那片燃烧的大地，似乎让人感到一阵阵灼热袭来。然而，每当夕阳沉没，便有清爽的气息拂面，尽管尚未兴起一丝微风。

雅娜和于连嫌客舱里散发着邮船所特有的恶臭，不想回舱，

---

① 旧时的水深单位，1法寻合1.624米。

便裹着披风，并排躺在甲板上。于连马上进入了梦乡，而雅娜却睁着眼睛，还因这未卜的旅行而辗转反侧。机轮旋转的单调声响催她入睡，而她却仰望那一片片明灿的繁星，觉得在这南方的天空里，水汪汪星光闪烁，格外耀眼。

快要黎明的时候，雅娜迷迷糊糊地入睡了，后来又被喧哗和嘈杂的声音吵醒。水手们正唱唱咧咧地冲洗甲板。雅娜推醒仍在酣睡的丈夫，二人便站起来。

雅娜畅快地吮吸带有咸味的海雾，只觉得雾气一直浸入她的指尖。周围一片汪洋。然而在前方，有一个灰蒙蒙的景物，在晨曦中还模糊不清，仿佛是漂浮在海波上的一块积云，犬牙交错，形状怪异。

继而，那景物渐渐清晰，形状更为鲜明地印在晴朗的天空上。前方出现的是轮廓奇崛突兀的群山，那正是披着薄雾轻纱的科西嘉岛。

朝阳从岛后面升起，把所有突峰绝顶绘成黑影。继而，所有山巅都照得通红明亮，而岛上其余部位依然笼罩在雾气中。

船长走上甲板，他是个身材矮小的老人，由于长年在海上风吹日晒，皮肤黝黑枯干，整个儿人收缩硬化，抽干变小了，又由于三十年来发号施令并在暴风雨中喊叫，他的嗓音也沙哑了。他对雅娜说：

“那个婊子的气味，您闻到了吗？”

雅娜的确闻到了草木浓郁的奇香，一种野生花草的芬芳。

船长又说：

“夫人，科西嘉花开时节就是这样，这就是她这个漂亮女人所特有的香味。哪怕二十年不见，离五海里远，我也能闻出她的芳香。我是这岛上人。他[1]呢，在远方，在圣赫勒拿岛上，据

① 指被囚禁在圣赫勒拿岛上的拿破仑。

说，他总谈论这种香味，谈论他这故土的芳香。他和我是一个家族的人。”

船长说罢，摘下帽子，向科西嘉致敬，并且隔着海洋，向囚禁在远方，与他同族的伟大皇帝致敬。

雅娜十分激动，几乎要流下泪来。

接着，船长抬手指着天边，说道：

“那就是桑吉奈尔群岛！”

于连搂着妻子的腰，二人并肩而立，眺望远方，想找到船长所指的目标。

他们终于望见金字塔形的几堆岩礁。过一会儿，邮船就要从那里绕过去，驶入水域十分宽阔的平静海湾。海湾环抱高山，低矮的山坡似乎覆盖着一层苔藓。

船长又指着那片绿色地带，说道：

“那就是丛林。”

邮船继续行进，而群山仿佛兜在后边合抱了。这时，船缓缓行驶在碧波湖上，水极清澈，时而见底。

山城赫然出现，坐落在海湾尽头，依山傍水，一片白晃晃的房舍。

几艘意大利小海船在港口停泊。四五条小艇划过来，围上“路易王号”，招揽乘客摆渡上岸。

于连把几件行李集中起来，低声问他妻子：

“给服务员二十个苏，恐怕够了吧？”

这一周来，他不厌其烦地问这种事，每次雅娜都觉得难堪。这回，她颇不耐烦地答道：

“没把握够不够，那就多给点嘛。”

于连总跟旅店老板、伙计，跟车夫、商贩讨价还价。每次费了一番口舌，少给一点钱之后，他总是搓着手掌，对雅娜说：

“我可不想让人骗我的钱。”

雅娜一看见送来账单就不寒而栗，事先就确信她丈夫要逐项质疑。这样斤斤计较，她感到丢脸，尤其看到仆役手中掂着数目不足的小费，以轻蔑的目光注视着她丈夫，她更觉得无地自容，脸会一直红到耳根。

于连同送他们上岸的船夫又有一场争论。

雅娜上岸见到的头一棵树，正巧是棕榈！

他们走到一片大广场的拐角，在一家空荡荡的大旅馆下榻，立时叫了午饭。

他们吃完甜食，雅娜起身要上街逛逛，于连一把拉住她的胳膊，附耳对她悄声说：

“咱俩去睡一会儿，好吗，我的小猫咪？”

雅娜不禁愕然：

“睡一会儿？可是，我不觉得累呀。”

于连搂住她，又说：

“想跟你亲热亲热。你明白我的意思吗？足足有两天啦！……”

雅娜羞得满脸通红，结结巴巴地说：

“啊？这个时候！可是，别人会怎么说呢？大白天的，你怎么好意思要客房呢？嗳！于连，求求你别这样。”

然而，于连却打断她的话：

“旅馆的人爱怎么想就怎么想，爱怎么说就怎么说，我才不在乎呢。你瞧我的，我是不是难为情。”

说着，他就摇了摇铃。

雅娜垂下眼睛，不再做声了，然而，无论在心灵上还是肉体上始终怀着反感。面对丈夫这种无休止的性欲，她仅仅怀着厌恶的心情屈从，把这看作是兽性、堕落的表现，总之是一种龌龊的行为。

她的性欲还在沉睡，而她丈夫现在却以为她已经分享了情欢。

旅馆伙计应声前来，于连吩咐带他们去客房。这个伙计是个地道的科西嘉人，络腮胡子一直长到眼角，他起初没明白顾客的意思，还说保证备好房间，不耽误晚上休息。

于连不耐烦了，向他解释说：

“嗳！马上就要。我们旅途上疲倦了，想休息一下。”

伙计听了，大胡子里闪现一丝微笑，雅娜真想逃开。

一小时过后，他们下楼来，雅娜简直不敢在人面前经过，深信别人会在背后窃笑议论他们。她心中怪于连不明白这一点，缺乏这种深致的廉耻和天生的敏感。她感到他们两人之间存在一道障碍，仿佛隔了一层幕布。她第一次发现两个人绝不可能心心相印、意气相投，只是并排行走，有时虽然勾肩搭背，但并没有水乳交融，每个人的精神生命永远茕茕孑立。

这座小城隐蔽在海湾里，有高山为屏障，气候炎热，赛过火炉。他们将在这里逗留三天。

他们确定了游玩的路线，并决定租用马匹当脚力，以免到了难走的地段废然而返。一天清晨，他们出发了，骑的是两匹科西嘉种马，虽然个头儿瘦小，但是目光凶悍，能吃苦耐劳。随行的一名向导骑着骡子，携带食品，因为一路荒山野岭，找不到旅店。

道路起初沿着海湾逶迤，后来进入浅谷，渐渐攀向高山。他们时常穿过几乎干涸的涧溪，乱石下还有潺潺的水声，好似隐伏的野兽发出咕噜咕噜的细微声响。

这是一片不毛之地，看上去光秃秃的，只有山坡上覆盖着高高的荒草，而在这酷热的季节，野草都发黄了。路上有时碰见一个山民，徒步赶路，或者骑着小马，或者骑着比狗大不了多少的毛驴。不过，人人都背一杆大枪，虽是生了锈的旧式武器，但装好了弹药，掌握在他们手中，还是让人望而生畏。

岛上遍地生长香草，散发着浓郁的芬芳，连空气似乎都变浓了。这时，道路在深山里蜿蜒，缓缓地向上盘旋。

山顶上的花岗岩呈现蓝色或粉红色，给这空旷的山野景物染上仙境的色彩。这一带地势起伏跨度极大，下面山坡大片大片的栗树林，倒像绿油油的灌木丛了。

有时，向导举手指着绝壁山岩，说出一个名称来。雅娜和于连顺着方向望去，却什么也没有看见，最后才发现一点灰蒙蒙的东西，好像从峰巅滚落的一堆岩石。原来那是一个小村落，小石村悬挂在巍峨的高山上，真像一个鸟巢，很难发现。

这样挽辔徐行，时间长了，雅娜不免烦躁，她说道："咱们跑一程吧。"于是策马奔跑起来。过了一会儿，她没有听到身边有于连跑马的声响，便回头望去，看见他在马上那副样子，不禁咯咯大笑。原来，于连吓得脸色刷白，双手紧紧抓住鬃毛，身子在马背上乱蹿乱跳。他那漂亮的容貌，"英俊骑士"的风采，越发显得他笨拙和胆怯，又滑稽可笑。

于是，他们勒住缰绳让马小跑。这段道路两侧尽是矮树林，无边无际，像斗篷一样，覆盖了整个山坡。

这便是丛林，渺无人迹的密

林，生长着橡树、刺柏、野草莓树、乳香黄连木、泻鼠李、石南竹、夹蒾、香桃木和黄杨，而树干枝杈间又纠葛缠绕着铁线莲、高大的羊齿草、金银花、金雀花、迷迭香、熏衣草、树莓，好像蓬乱的长发，披散在山丘上。

他们感到腹饥了。向导赶上来，带他们找到一眼赏心悦目的山泉。在层岩叠嶂的山区，常见这种泉水，从岩石小洞里流出，宛如细线，积成圆圆的清水池。行人用一片栗树叶接住水流，就可以把清凉的泉水送进口中。

雅娜感到心旷神怡，勉强忍住，才没有欢叫起来。

他们重又上路，沿着萨戈内湾下山。

傍晚时分，他们经过卡尔热斯，这个村落是古时被祖国驱逐的一群希腊人到此定居而形成的。一群美丽的少女聚在一口水泉周围，她们身材苗条修长，蜂腰葱指，袅袅婷婷，格外绰约多姿。于连朗声向她们道了一句“晚安”，她们答谢时，声音珠圆玉润，讲的还是故国的优美语言。

到了皮亚纳村，他们效法古时游人夜遇荒村的做法，要前去叩门投宿。于连敲了一户人家的房门。雅娜等待开门的时候，高兴得浑身颤抖。嘿！这才叫旅行呢！名副其实，一路荒无人烟，时时会出现意外情况。

他们投宿的人家恰好是一对青年夫妇。主人接待他们，犹如族长款待上帝派来的贵客一样，安排他们睡在老屋的玉米草垫上。老屋的木料全遭虫蛀，均有爱蛀横梁的长条凿船贝穿行的痕迹，整个房架窸窸窣窣作响，仿佛有人悄悄地叹息。

他们日出时又动身了，走不多久，迎面一片石林挡住去路。这片石林十分壮观，是由紫红色花岗岩构成的，有尖峰、石柱、钟塔等等，形状千奇百怪，显示了岁月、大风和海雾的造化之功。

这里怪石嶙峋，有的高达三百多米，造型各异，有的细长，有的滚圆，有的七扭八歪，有的呈钩状，有的变畸形，无不诡谲怪诞，出人意料；有的怪石像树木、像花草、像野兽、像建筑物、像人、像穿法袍的僧侣、像长犄角的魔鬼、像巨型飞禽，构成一个巨怪汇聚的世界，一个由怪神建造的梦魇的兽苑。

雅娜一颗心收紧，不再做声，她抓紧于连的手，面对这壮美的景色，一时产生了爱的渴望。

他们走出怪石林，忽见别有洞天：一个由血红的花岗石壁环抱的海湾，殷红的岩石倒映在碧蓝的海水中。

雅娜嗫嚅道："啊！于连！"心中赞叹不已，但是如鲠在喉，再也讲不出别的话来，只有两颗泪珠夺眶而出。于连愕然地望着她，不禁问道：

"你怎么啦，我的小猫咪？"

雅娜拭了拭面颊，微微一笑，说话还带着颤音：

"没什么……触景生情……我也不知道怎么回事……一时特别激动。我心里特别欢畅，看到一点点景色就要感慨万分。"

于连不理解女人的这种冲动，觉得她们总好大惊小怪，有时兴致勃发，却不惶惶然如大祸临头，有时为一种莫名其妙的感觉所震悚，不是欣喜若狂，就是悲痛欲绝。

于连觉得她无缘无故流泪未免可笑，他正全神贯注，留心崎岖的山路，便说道：

"你最好对你的马多留点神。"

他们沿着几乎难以通行的小路下山，走向海湾，然后向右拐去，登临幽暗的奥塔山谷。

然而，路径越来越艰险，于连提议说："咱们步行上去怎么样？"这正合雅娜的心意，她刚才那么冲动，现在很想同他单独走走。

向导牵着骡子和马走在前面，他们俩随后缓步而行。

这座高山从上到下劈开，小径正是钻进这条夹缝里，而两侧峭壁陡立，一股湍急的涧溪流经这条缝隙。空气冷丝丝的，花岗岩石呈黑色，仰望一线蓝天，不禁头晕目眩。

忽听扑棱棱一阵声响，雅娜悚然一惊，她抬眼望去，只见一只大鸟从岩穴里飞出来。那是一只苍鹰，它展开双翅，似乎在摸索这口天井的两壁，然后直凌云霄，一忽儿便无影无踪了。

往前走了一程，高山的裂缝分成两股了。这段路径十分陡峭，崎岖难行，夹在两个山谷之间。雅娜乐不可支，步履轻盈，抢到前面行走，一路踢着石子，毫不畏惧地俯瞰深渊。于连紧跟在后边，不觉气喘吁吁，两眼盯着地面，生怕望深谷而产生眩晕。

猛然间，他们全身沐浴阳光，真有走出地狱的感觉。他们口渴了，便顺着一条潮湿的印痕，穿过乱石堆，找到一眼山泉。泉水由一根空心的木棒接引出来，是供牧羊人饮用的。周围地面覆盖着青苔。雅娜跪下来喝水，于连也依样跪下。

正当雅娜品味清凉的泉水时，于连却搂住她的腰，想夺她的位置，好对着木管接水喝。雅娜毫不退让，二人的嘴唇你争我夺，时而相遇，时而推搡。在争斗中，谁的嘴抢到木管，便咬住不放。清凉的细流时断时续，时而流到口中，时而洒到外面，溅到他们脸上，脖颈上，手上和衣服上。水珠宛若珍珠，在他们头发上闪闪发光。他们的亲吻顺着水流漂走了。

忽然，雅娜萌生了做爱的念头。她满满地接了一口清泉水，两腮鼓成盛水的皮囊，然后示意于连，她要嘴对嘴地给他解渴。

于连笑嘻嘻伸长脖子，手臂张开，仰头一口气喝下从肉体流出的这股甘泉，只觉得烈焰般的欲念注入他的肺腑。

雅娜偎依在他胸口，显得异乎寻常地温情脉脉，心怦怦直跳，腰身挺起来，眼睛水汪汪的，显得慵懒无力。她悄声说道："于连……我爱你！"这次是她主动把于连拉过来，自己仰身躺下，双手捂住羞红的脸。

于连扑到她身上，冲动地紧紧搂住她。她喘息着，焦急地等待。突然，她叫了一声，仿佛遭了雷击，被她呼唤来的刺激所击中。

他们走了许久才到山顶，主要是雅娜激动不已，又疲惫不堪。他们赶到爱维沙村时，已经黄昏了，住到向导的一个亲戚保利·帕拉勃雷蒂家中。

保利·帕拉勃雷蒂是个身材高大的汉子，有点驼背，神情忧郁，恐怕是患肺结核的缘故。他带他们走进为他们安排的房间。这是一间灰暗的石屋，四壁光秃秃的，不过，当地人不懂装饰陈设，这石屋就算漂亮的了。主人用科西嘉方言，即法语和意大利语的混合语，向客人表示欢迎。这时，一个清亮的声音打断了他的话，随着声音进来一个棕发的矮个儿女人，她的眼睛又大又黑，皮肤晒得红红的，腰身纤细，笑口常开，牙齿露出来。她一阵风似的冲进屋，拥抱并亲了亲雅娜，又握住于连的手摇晃，连声说道："太太好，先生好，大家都好吧？"

她接过帽子和披肩，全搭在一条胳膊上，只因另一条胳膊挎着绷带。然后，她又让大家出去，对她丈夫说："带他们出去走走吧，吃晚饭时再回来。"

帕拉勃雷蒂先生立刻听从，他插在两个青年人中间，带他们赏赏村景。他走路慢腾腾的，说话慢吞吞的，时常咳嗽，而每次咳嗽就重复一句："山谷的空气太凉，伤了我的肺了。"

他带他们走上参天栗树下的一条荒径，戛然止步，始终以同样的声调说：

"就是在这儿，我表弟若望·里纳迪让马蒂厄·洛里给杀害了。喏，当时，我站在若望身边，突然，马蒂厄出现，离我们只有十步远。他嚷着说：‘若望，不要再去阿尔贝塔斯那里，不要再去了，若望，若不然我就干掉你，我可把话说在前头。’

“我拉住若望的胳膊，劝他说：‘别去了，若望，他会干得出来的。’

“那是因为一个女孩子，名叫波莉娜·西纳库比，他们俩都追那姑娘。

“可是，若望却嚷着回答：‘我就是要去，马蒂厄，你挡不住我。’

“马蒂厄听了，把朝天的枪口往下一顺，未待瞄准就开枪了。

“若望双脚腾地跳起，就像孩子跳绳一样，是的，先生，他整个儿倒在我的身上，我的枪被撞掉，一直滚到那棵大栗树下。

“若望的嘴张得老大，但是一声也不哼，他已经断气了。”

两个年轻人惊愕地望着这桩凶杀案的神色不动的见证人。雅娜不禁问道：

“那个凶手呢？”

保利·帕拉勃雷蒂咳嗽了一大阵，继续说道：

“他逃进山里去了。第二年，我兄弟把他干掉了。要知道，我兄弟是个强盗，名叫菲利比·帕拉勃雷蒂。”

雅娜打了一个寒战，惊问道：

“您的兄弟，是个强盗？”

这个不动声色的科西嘉人，眼睛里却闪现一种自豪的神采。

“不错，太太，他呀，可是大名鼎鼎的强盗，打死了六名宪兵。后来，他和尼古拉·莫拉利一起丧了命，那次他们被围在尼奥洛，拼了六天，不被打死也要饿死了。”

接着，他一副无可奈何的神情，补充一句：“本地就是这种风气。”跟他讲“山谷的空气太凉”，是同样的口气。

转了一圈之后，他们回去吃晚饭。矮小的科西嘉女人热情招待他们，就像二十年的老相识。

雅娜心里一直惴惴不安，晚上在于连的怀抱里，能不能像在泉水边青苔上那样，全部感官再受到奇特而强烈的震撼呢？

等到卧室里只剩下他们俩，于连亲吻她时，她仍然没有什么感觉，不禁有点慌神儿。不过，她很快就放下心来，而这一宵竟成为她的爱情第一夜。

次日要动身时，她有点恋恋不舍，觉得这间简陋的石屋，正是她新的幸福的开端。

她把矮小的女主人拉进石屋，一面说明她决不想送什么礼物，一面又坚持说，她一回到巴黎，就给她寄来一件纪念品，不答应收下她甚至要发火，她几乎怀着迷信的心理看重这样一件纪念品。

这个科西嘉少妇不肯接受，婉拒了许久，最后才答应，她说：

“好吧，那就给我寄来一把小手枪，要一支很小很小的。”

雅娜睁大了眼睛。那少妇便凑近她的耳朵，就像要向她透露一件风流的隐私似的，悄声对她说：

“是要干掉我的小叔子。”

说着，她笑呵呵的，动作麻利地打开绷带，露出滚圆雪白的肌肉，只见横砍的一道刀伤快要结疤了。她又说道：

“幸亏我跟他力气一样大，要不然早被他杀了。我丈夫并不嫉妒，他是了解我的。而且您也看到了，他患了病，人有病，火气就小了。再说了，太太，我又是个正经女人。可是，我小叔子听什么闲话都相信，替我丈夫猜忌。他不会罢休，还要找上门来，我有了小手枪就放心了，到时候准能出这口气。”

雅娜保证把手枪寄来，她深情地拥抱了这位新交的朋友，便继续赶路。

后来的行程，简直就是一场梦，二人情意缠绵，如胶似漆。一路上遇到的风景、居民、停留的地点，她全视若无睹，眼中只有一个于连。

这样，二人进入童稚般亲昵的迷人阶段，在交欢中耍娇使憨，讲些甜蜜的蠢话，给他们爱吻的身体部位——每处折弯、曲线和幽壑都起了昵称。

雅娜睡觉时爱右身侧卧，醒来时左乳时常露在外面。于连注意到了，就称左乳为“露宿先生”，而右乳则称为“多情郎”，因为乳峰的粉红花蕾对吻似乎更敏感。

双乳间幽深的道路，是他经常漫步的地方，故称为“妈妈林荫路”。而另一条更为隐秘的路，则命名为“大马士革之路”①，以纪念奥塔山谷。

到达巴斯蒂亚，该付给向导工钱了。于连各兜摸索一遍，没有凑足数目，便对雅娜说：

“你母亲给你的两千法郎，反正你也不用，给我拿着吧。系在我的腰带上更保险，也省得我换零钱。”

雅娜当即把钱包给他。

他们去了里窝那，游览了佛罗伦萨、热那亚城，以及科尔尼什山的全部景区。

在刮着北风的一天早晨，他们返回马赛。

他们离开白杨田庄已有两个月，现在已是十月十五日。

寒冷的大风，大概是从遥远的诺曼底刮来的。雅娜一时抖

① 大马士革之路：据《圣经》记载，圣保罗在去大马士革的途中，遇耶稣显圣，从此他改信基督教。后用来比喻改变信仰或找到合适的道路、职业。这里暗指雅娜在奥塔谷山泉边所产生的性觉醒。

缩畏寒，心头不免惆怅。近来于连也变了样，显得疲惫不堪，终日无情无绪。雅娜心里不禁产生一种无名的忧虑。

雅娜舍不得离开这充满阳光的好地方，推迟归期，多逗留了四天。她觉得自己刚刚走完幸福的旅程。

他们终于离开了。

到了巴黎，要购置用品，以备在白杨田庄安家之需。雅娜兴致勃勃，想用母亲给她的钱买些精美的摆设。不过，她首先要买的东西，就是她答应寄给爱维沙村那位科西嘉少妇的小手枪。

到达巴黎的次日，雅娜对于连说：

“亲爱的，把妈妈给的钱还给我好吗？我要去买东西了。”

于连转过身来，一脸不高兴地问道：

“你需要多少？”

雅娜不禁愕然，结结巴巴地说：

“那就……随你给多少了。”

于连又说道：

“那我就给你一百法郎吧，千万不要乱花钱啊。”

雅娜一时怔住，十分尴尬，不知说什么好。终于，她犹犹豫豫地说道：

“可是……我……我把这笔钱交给你……是想……”

于连没容她把话讲完：

“是啊，一点不错。放在你兜里还是我兜里，这无所谓，反正咱们共有一个钱袋。我又不是不给你钱，对不对？我这不是给你一百法郎嘛。”

雅娜接过五枚金币，没有再讲话，她不敢再要一点，因此只买了小手枪。

一周之后，他们启程返回白杨田庄。

六

府中上下人等，全在砖砌墩柱的白栅栏门口迎候。邮车停下来，大家久久地拥抱。男爵夫人流下眼泪，雅娜也不免心酸，抹了两滴泪水，男爵则激动地来回踱步。

外面还在卸行李，全家人已经聚在客厅，围着炉火讲述旅行的情况，雅娜口若悬河，只用半小时，就把这趟旅行匆匆地讲了一遍，仅仅遗漏了一些细节。

然后，这位少妇回房解包裹，收拾东西。罗莎莉也很兴奋，伸手帮她整理。等到衣裙、贴身用物、化妆品，所有东西都安置妥当，小使女便告退了。雅娜有点倦意，这时才坐下来喘口气。

现在，她该考虑自己干点什么营生好，心里能想点什么事，手上能干点什么活儿。她不想下楼回到客厅，坐在打瞌睡的母亲身边。出去散散步吧，又觉得田野的景色十分凄凉，哪怕从窗口向外眺望一眼，心头就产生一股忧伤的压抑感。

于是，她意识到再也无事可干，此后再也无事可干了。在修道院度过的那段青春岁月，她憧憬未来，耽于种种梦想，始终处于企盼的悸动中，不觉时光飞快地流逝。及至走出那囚禁她幻想的高墙，她所期望的爱情，立刻就如愿以偿了。同心中期待的男子相遇，一见钟情，相恋几周便结婚，就像速定终身，立即办喜事的人那样，这个男人不容她思考，转眼间将她抱走了。

然而，新婚燕尔的温柔现实，即将变成日常生活，关上无限希望的大门，关上令人神魂颠倒的未知的大门。的确，渴望期待的时期已然结束了。

再也无事可干了，今天如此，明天如此，乃至永远要这样了。她隐约感到这一切，可以说幻想破灭，她的美梦也消沉了。

她站起身，走到窗口，额头顶在冰凉的玻璃上，张望一会儿乌云飞驰的天空，还是决定出去走一走。

何处寻觅那五月的田野、五月的芳草和绿树？何处寻觅叶丛间阳光的嬉戏、草坪上绿色的诗意？是啊，草坪上如火如荼的蒲公英、血红血红的丽春花、光彩照人的雏菊，以及仿佛系在细不可见的线上舞动的黄色蝴蝶花，都不复存在了。那充满生意、充满芳香和花粉的空气给人的陶醉，也不复存在了。

秋雨连绵，林荫路湿漉漉的，覆盖着落叶，像铺了一层厚厚的地毯。路边白杨树叶子几乎脱光，枝干显得精瘦，枝丫在风中抖瑟，还摇动着随时会飘落的残叶。残叶已呈金黄色，好似一枚枚金币，不断地脱离枝杈，飞舞回旋，飘落到地上，终日里淅淅沥沥，仿佛连绵的苦雨。

雅娜一直走到灌木林，这里也惨不忍睹。犹如一个垂死之人的卧房。曲折清幽的一条条小径之间的绿色隔墙，枝叶如今都已凋零。往日枝丫交织成细木花边的矮树，现在只剩下相互磕碰的秃枝了，风卷枯叶而聚堆时所发出的刷刷声响，真像临终痛苦的叹息。

小得可怜的鸟儿畏寒，啁啾哀叫，各处蹿跳，想找个栖止的场所。

不过，因有榆林抵御海风的侵袭，那棵菩提树和那棵梧桐树仍然是夏日的盛装，但在这初寒的天气里，由于各自汁液的性质不同，一棵仿佛披上了红色天鹅绒，另一棵则身穿橙黄色锦缎。

雅娜来回漫步，走在靠库亚尔家一侧的妈妈林荫路上。她的心情有些沉重，似乎预感到单调的生活开始了，以后尽是无聊和愁闷的日子。

她又走到面海的斜坡坐下，正是在这里，于连初次向她表白爱情。她怔怔地坐着，无情无绪，几乎什么也不想，但愿能躺下来进入梦乡，以便摆脱这时日的忧伤。

她猛然望见一只海鸥卷在狂风里掠过天空，便回忆起游科西嘉时，她在奥塔幽谷中看见的那只苍鹰，心中不免一阵怅惘，这是想起一件已成过去的好事所难免产生的感觉。她眼前忽又浮现那绚丽的海岛，以及那旷野的清香、那晒熟橙子和枸橼的太阳、那玫瑰色峰巅的高山、那蓝色的海湾，还有那涧溪湍急的山谷。

然而此刻，周围的景物湿冷凄清，树叶萧萧飘坠，大风驱赶着乌云，凄惨的气氛过于浓重，她赶紧回去，否则就要失声痛哭了。

母亲还僵坐在壁炉前打瞌睡，她过惯了忧闷的日子，已经麻木了。父亲和于连早已出去，边散步边谈论他们的事务。夜幕降临，给宽敞的客厅播下惨淡的阴影，唯有炉火不时闪光照亮。

不大工夫，男爵和于连就一前一后进来。男爵一走进这昏暗的客厅，就摇铃喊道：

“快点灯，快点灯！这里昏天黑地的。”

他在壁炉前坐下，一双湿鞋在火边烤得直冒气，鞋底的泥土烤干了掉下来。他快活地搓着双手，说道：

“我看要上冻了，北面的天空开始放晴，今晚是望月，夜间一定冷得很。”

接着，他扭头对女儿说：

“喂，孩子，你回到家乡，回到家里，回到老人身边，心里高兴吗？”

这句简单的话问得雅娜心慌意乱。她热泪盈眶，扑进父亲的怀里，紧紧地拥抱父亲，好像要请求他原谅似的。因为，她纵然有心强颜欢笑，却已感到忧从中来，难以自持了。然而她想，起初她以为重见父母时会多么高兴，现在她心中十分诧异，这种冷漠的状态遏制了自己的温情，就像远离自己所爱的人，久久思念，及至重又见面，却已丧失朝夕相伴的习惯，情感仿佛中断，只待共同生活一段时间之后，才能恢复旧有的关系。

晚餐拖了许久，大家在餐桌上话极少。于连似乎忘记了自己的妻子。

餐后回到客厅，男爵夫人坐在那里睡着了。雅娜坐在母亲的对面，被炉火烤得昏昏沉沉，有时被两个男人谈话的声音吵醒，她想振作一下精神，心中不免思忖，自己会不会像母亲这样，在持续不断的惯常生活中沉沦，进入这种麻木不仁的状态呢。

白昼里暗红而无力的炉火，这时旺起来，火光明亮而噼啪作响，有时会射出强烈的光芒，照在椅子的锦罩上，照见狐狸和仙鹤，照见忧郁的鹭鸶，照见蝉和蚂蚁。

男爵走到近前，他满面笑容，张开十指在旺火上烤一烤，说道：

“嘿，嘿！今晚炉火真旺啊。要上冻了，孩子们，要上冻了。”

继而，他把一只手搭在雅娜的肩上，指着炉火说：

“你瞧，我的小丫头，这是世上无与伦比的：炉火，同家里人一起围着炉火。这比什么都好。嗯，该去睡了吧，孩子们，你们一定很累了吧？”

雅娜上楼回房间，心中不禁纳罕，两次回到她自以为喜爱的同一地方，为什么感觉如此不同呢？为什么这次回来就好像受了创伤呢？这座楼房、这可爱的故乡，曾经能拨动她心弦的一切，为什么今天看着却如此伤怀呢？

这时，她的目光偶然落到座钟上。那只小蜜蜂依然快捷地、不停地在镀金花朵上方左右飞舞。面对这个栩栩如生、为她报时并像心脏一样跳动的小机件，雅娜心里一阵冲动，眼睛漾出了泪水。

她拥抱父母时还没有这样激动。人心的确有些奥秘，任何推理也难以洞悉。

自从结婚以来，她这还是头一回单独睡觉。于连借口说太疲倦了，睡在另一间卧室里。况且二人已然商量好，各人有各人的卧室。

她久久未能成眠，身边少了一个躯体，便有异样的感觉，已经不习惯于孤寝独眠了，再加上北风怒吼，冲荡屋顶，又打扰了她的睡意。

早晨她醒来时，只见强烈的光线把床铺染成血红色，上了霜的玻璃窗也红彤彤的，就好像整个天边在熊熊燃烧。

她裹上一件肥大的浴衣，跑过去把窗户打开。

一股砭人肌骨但又宜人的寒风涌入室内，她感到凛冽刺面，不禁流出了眼泪。天空一片彩霞，硕大的朝阳像醉汉的面孔，涨得通红，从树木后面露出来。大地覆盖着一层白冰，现在变得又干又硬，田庄的人走在上面嘎嘎作响。白杨树枝上的残叶，一夜之间便脱光了。在荒野后面有长长一条绿线，那便是杂以一道道白浪的大海。

在一阵阵寒风中，梧桐树和菩提树也都纷纷脱叶。由于突然上冻，每刮来一阵寒风，落叶就纷纷扬扬，像鸟群一样飞舞旋转。雅娜穿好衣裳出去，想找点营生干干，于是去看庄户。

马尔丹夫妇举起手臂欢迎她，主妇亲了亲她的面颊，还非请她喝一小杯杏仁酒不可。然后，她又到另一家庄户去。库亚尔夫妇也举起手臂欢迎她，主妇吻了吻她的耳郭，又逼她喝了一小杯黑茶藨子酒。

看完两家庄户，雅娜便回家用午餐。

这一天时光像头一天那样流逝过去，只是寒冷取代了潮湿。这一周其余几天类似这两天，而这个月的其余几周又类似这头一周。

不过，雅娜对远游过的地方怀恋的心情，渐渐淡漠了。习惯给生活涂上一层安常处顺的色彩，如同有些地方的饮水在器皿上积一层水碱。她的全部心思重又用到日常生活的琐碎事情上，重又照看每天照例做一遍的平庸的营生。她身上滋长了一种陷于沉思的忧郁、一种隐约的厌世情绪。她到底需要什么呢？她还渴望什么呢？这连她自己也说不清楚。她毫无世俗的需求，也毫不渴望人生的乐趣，甚至毫不向往可能得到的欢乐。况且，有什么欢乐可言呢？正如客厅里的扶手椅因年久月深而色彩黯淡了，在她看来，一切都要逐渐褪色，一切都要逐渐消泯，换上一种灰蒙蒙的色调。

她同于连的关系也完全变了。蜜月旅行回来之后，于连判若两人，就像一名演员扮完了角色，又恢复平常的面目一样。他很少关心妻子，甚至连话都懒得对她讲。爱情的踪迹荡然无存，夜晚他难得光顾妻子的房间。

于连接管了府上的财产和邸宅，随即修订租契，刁难庄户，紧缩开支，他本人也是一身土财主的打扮，完全丧失了订婚时期的神采和风韵。

于连从他青年时旧衣物箱子底，翻出一套带铜纽扣的丝绒猎装，虽已穿旧，污痕斑斑，他却穿上就不换下来了。他也像无须再取悦于人的那类男子一样，不修边幅，双手不再修饰，脸也不刮，胡须长了不修剪，样子变得丑陋不堪。每顿饭后，他总要喝上四五小杯科涅克白兰地酒。

起初，雅娜还想规劝，委婉地说他几句，他却极为粗暴地回答："你让我消停点儿好不好？"此后，她再也不敢劝说了。

面对这种种变化，她采取了听之任之的态度，这连她自己都感到惊讶。在她看来，于连变成了陌生人，变成了一个感情和心灵都对她封闭的陌生人。她时常考虑这种情况，心中纳罕他们俩相遇，一见钟情，在爱恋的激情中结了婚，现在何以突然彼此陌生起来，就好像他们从来没有同床共枕过似的。

她怎么没有因为丈夫感情淡薄而痛不欲生呢？人生，难道就是这样吗？难道他们彼此看错了人？她这一辈子，难道再也没有可企盼的事情了吗？

假如于连注意仪表，始终保持俊美风雅的魅力，那么她也许会更加苦恼吧？

家里人已商量好，元旦一过，这对新婚夫妇就单独留下，男爵夫妇要回鲁昂的府邸住几个月。这年冬天，两个年轻人就不离开白杨田庄，以便安顿下来，好习惯并喜爱上他们要度过一生的地方。此外，于连还要将他妻子介绍给几户邻居，他们是布里维尔、库特利埃和富维尔这几户贵族人家。

不过眼下，这对年轻人还不能去拜访，因为至今还没有雇来油漆匠，改换马车上的家族徽章。

这辆旧马车，男爵让给女婿使用了。然而，这个地区只有一个人还掌握绘制徽章的技艺，那就是保贝克村的油漆匠，名叫巴塔伊。但他总是东奔西走，连续应聘去诺曼底的各个府邸，给马车车门绘上这种珍贵的装饰。

十二月的一天上午，快要用完早餐的时候，终于看见一个人推开栅门，沿着笔直甬道走过来。来客背着一个工具箱，他正是巴塔伊。

主人把他让进餐室，招待他吃饭，就像款待一个有身份的人一样。这并不奇怪，他有专门技术，同本省贵族经常来往，又熟悉各个家族的徽章及其箴言和标记，可以说是徽章专家，因此，贵绅们见了都要同他握手。

主人立刻吩咐人取来纸笔，趁巴塔伊吃饭的时候，男爵和于连就画出了他们家族徽章的草图。一遇到这种事情，男爵夫人就异常兴奋，在一旁指指点点。雅娜也参加了讨论，仿佛她内心突然萌生了一种神妙莫测的兴趣。

巴塔伊边吃饭边发表意见，有时他还拿过铅笔，画一个草样，举出几个实例，还描述本地区每辆贵族马车的式样，似乎在他的思想里，乃至在他的声调中，都带来几分贵族的气度。

巴塔伊身材矮小，头发已灰白，理成平头，双手沾有油漆的污痕，身上有一股煤油气味。据说他从前偷过女人，干了一件丑事。不过，由于他普遍得到贵族世家的高看，这一污点早已洗刷掉了。

等他一喝完咖啡，主人就带他到车棚，并揭开盖在马车上的漆布。巴塔伊察看了一番，随即郑重其事地提出，他认为图案多大尺寸合适。他同主顾再次交换了看法，然后就动手干了起来。

男爵夫人不顾天气寒冷，叫人拿来一把坐椅，好在一旁观看这位工匠干活。过了一会儿，她感到脚冰冷，又叫人拿来脚炉。这样，她就能从容不迫地同工匠攀谈，向他打听她不了解的世家婚丧嫁娶、生儿育女的新情况，从而补充她牢记在心的贵族家谱。

于连跨在一张椅子上，待在他岳母的旁边。他抽着烟斗，不时往地上吐口痰，一边听他们谈话，一边看巴塔伊用油彩描绘他的贵族标志。

不久，西蒙老头扛着铲子去菜园，也停下来观看。巴塔伊来的消息传到两家庄户，两家的主妇也赶来看热闹，她们站在男爵夫人的两侧，眼睛都看直了，还不住嘴地称赞：“干这样的细活儿，手得多么灵巧啊！”

直到第二天十一点钟，两扇车门上的徽章才算绘完。田庄的人都赶来了，他们把马车拉到外面，以便更好地判断。

这活儿干得很漂亮，人人都夸奖巴塔伊。他背起工具箱又出发了。男爵夫妇、雅娜和于连一致认为，这名工匠很有天赋，如有机遇，他肯定会成为艺术家。

且说于连采取节俭的措施，实行改革，又给田庄带来了新的变动。

老车夫派去当园丁，子爵打算自己驾驶。专用拉车的几匹马也卖掉了，以便节省草料的费用。

不过，在主人下车的时候，总得有人看住牲口，于是，于连又让放牛娃马里于斯当了小仆人。

最后，驾车要弄到马匹，他就在库亚尔和马尔丹两户租佃契约上特别附加一条，规定每月在他指定的一天，每户必须提供一匹马使用，但是作为补偿，他们可以免缴鸡鸭贡品。

这样，库亚尔送来一匹黄毛大劣马，马尔丹送来一匹长毛小白马，两头牲口并排套在了一辆车上。马里于斯则穿上西蒙老头的肥大旧号服，整个人儿都埋在里面，正是他把这套车马赶到了主楼的台阶前。

这回，于连也稍事打扮，腰身挺起来，重现了几分当初丰俊的仪态，只是那一脸长胡须，仍然显得有点土气。

他审视了一番，对这套车马和小仆人还算满意。不过，他最看重的东西，仅仅是新绘制的徽章。

男爵夫人由丈夫搀着，从她的卧室下到楼下，吃力地登上马车落座，背后靠着几个垫子。这时，雅娜也来了，她一看见这两匹搭配的马，便咯咯大笑，说是小白马像大黄马的孙子，再一看见马里于斯，整个人儿都消失在肥大的号服里，她更忍俊不禁，大笑不止。的确，小仆人的脸让那顶带徽章的帽子罩起来，一直扣到鼻子上，两只手退进袖筒里，两只脚被套裙似的号服下摆围住，脚上的两只大鞋像船一般，滑稽地从下边露出来，因此，他看东西时要仰起脑袋，每走一步都要高抬腿，就好像跨越河沟，一听到主人吩咐就像瞎子一样晕头转向。

男爵扭过头去，看见这小家伙手足无措的笨样儿，受到女儿的感染，也随之朗声大笑，还连声叫他妻子，笑得话都讲不出来：

“你……瞧瞧……马……马里于斯！那样子……多滑稽！天哪，太滑稽啦！”

男爵夫人听了，从车窗探出头去，端详小仆人，也被逗得开怀大笑，压得整个车身直弹跳，就像行驶在崎岖的路上颠簸一样。

然而，于连却脸色刷白，问道：

“究竟有什么好笑的？你们简直都疯啦！”

雅娜笑得岔了气，直不起腰来，欲罢不能，只好坐到台阶上。男爵也随之坐了下来。而马车里又发出一阵阵鼻息声、一阵阵呃逆响，显然男爵夫人笑得上不来气了。这时，马里于斯的大礼服猛然抖动起来，原来他明白了别人为何发笑，自己在大帽子底下也不禁嘻嘻笑了起来。

于连终于怒不可遏，冲过去就给了小家伙一巴掌，打飞了那顶大帽子，一直滚落到草坪上，随即又转身面对他岳父，气得声音直颤抖，话不成句：

“我觉得，还轮不到您来发笑。如果您不坐吃山空，把家当挥霍精光，我们也不会落到这个地步。您这家道衰败了，究竟怪谁呢？”

快活的情绪一下子冰结了，笑声戛然而止。谁也不再说话了。此刻，雅娜的心都有点颤抖了，她不声不响地上了车，坐到母亲的身边。男爵深感意外，一时默然，面对母女俩坐下。于连把那孩子拉上来，二人并排坐在驾驶座上，小家伙的脸被打肿了，还眼泪汪汪的。

路途很远，景色也很凄凉。车里人都默默无言。男爵夫妇和女儿心中压抑，又极不自在，谁也不愿意表露萦绕心头的思虑。而这个痛苦的念头又死死纠缠，他们明显感到没有心思谈论别的事情，与其触及这个难堪的话题，倒不如紧锁眉头保持沉默。

两匹马步调不一致，拉着车子经过一座座庄院，吓得黑母鸡纷纷逃开，钻进篱笆里躲起来，有时还会引来一条狂吠的狼狗，那狼狗追了一程又返回家，但浑身毛还竖立，不时地回头朝马车吼叫……一个穿着沾满泥的木底鞋的小伙子，双手插在兜里，而蓝布罩衫被风吹得后背鼓起来，他拖着两条长腿，无精打采地走着，看见马车驶过来，便闪在一旁，同时笨拙地摘下鸭舌帽，露出他那贴在脑壳上的头发。

马车终于驶入通官道的一条宽阔的松树林荫路。道路泥泞，辙沟很深，车身左倾右斜，吓得男爵夫人连声惊叫。林荫路尽头有一道关着的白色栅栏门。马里于斯跳下车，跑去打开门，马车便沿着环绕一大片草坪的便道，一直行驶到一座窗板紧闭、高大而凄清的邸宅前停下。

邸宅正门忽然打开，走出一名老仆人，他穿着一件黑条纹红背心，下半部扎在围裙里。他的腿脚不灵便，斜着身子迈小步走下台阶，问了来客的姓名，把客人让进一间宽敞的客厅，并且费劲地拉开始终闭着的百叶窗。客厅里的家具全罩着套子，座钟和枝形大烛台都蒙着白单，一股发霉的气味，一股冰冷而潮湿的陈年气味，似乎一下子把客人的心肺和肌肤浸入了悲哀冷漠中。

客人都落座等候，只听见楼上走廊里有急促的脚步声，表明异乎寻常的忙乱。庄园主人毫无准备，正在尽快更衣。过了许久，有人摇了几下铃。有人下楼来，然后又上楼去。

男爵夫人不耐袭人的寒气，接连打起喷嚏来。于连来回地踱步，雅娜则神色黯然，坐在她母亲身边。男爵垂着头，身子靠在壁炉的大理石台上。

一扇高大的门终于打开，走出德·布里维尔子爵夫妇。二人身材瘦小，走路一蹿一跳的，看不出有多大年纪，一副彬彬有礼而极不自然的神态。女主人身穿一条绣花丝袍，头戴一顶缀丝带的老妇小帽，说话很快，嗓音有些尖厉。

子爵穿着华贵的紧身燕尾服，并屈膝向客人答礼。他的鼻子、眼睛、牙根外露的牙齿、仿佛打了蜡的头发，以及那一身华服，全都闪闪发亮，就像精心爱护而保持光泽的物品一样。

宾主叙了睦邻之谊，寒暄客套一番之后，便无话可谈了。于是，他们又没话找话，彼此毫无缘由地恭维起来，双方都希望继续保持友善的关系。既然长年住在乡村，相互探访就非常方便了。

客厅里寒气袭人骨髓，使人嗓音发哑。男爵夫人喷嚏没止住，现在又咳嗽起来。于是，男爵表示要告辞。布里维尔夫妇则极力挽留：

“怎么，这么快就要走？请多坐一会儿吧。”

尽管于连示意拜访时间太短，雅娜还是起身要走。主人想摇铃唤仆人，好让他去叫马车驶到门前，然而铃已锈坏，摇不响了。主人只好亲自跑出去，片刻又回来，说是马已经卸套，牵进马厩里了。

只好等待。每人都搜索枯肠，找一两句话说说。他们谈到阴雨连绵的冬季。雅娜不寒而栗，询问两位主人终年单独生活，究竟如何打发时日。听这一问，布里维尔夫妇不禁奇怪，他们每天都忙忙碌碌，要写许多许多信件，寄给遍布法国各地的贵族亲戚们，平日要处理许许多多家常琐事，而且夫妇二人始终相敬如宾，彼此间像生客一样，一本正经地谈论绿豆芝麻大小的事务。

这间宽敞的客厅平时无人，高高的天棚黑黝黝的，里边的家具陈设全部罩着布套，而这一男一女十分娇小、十分整齐、十分洁净，在雅娜看来，真像罐装保存的贵族。

车子和不相称的两匹劣马，终于赶到窗前。不料马里于斯又没影儿了。大概他想直到傍晚不会有事，就跑到旷野遛弯去了。

于连非常恼火，关照主人打发那孩子走回去。双方再三施礼话别，客人这才启程回白杨田庄。

马车一上路，雅娜和父亲虽然因为于连的粗暴态度而心情沉重，但在车厢里憋不住，重又开始谈笑。父女俩模仿布里维尔夫妇的动作和声调，一个扮演丈夫，一个扮演妻子。然而，男爵夫人觉得失敬，有些生气地制止他们：

“你们不该这样嘲笑人，他们都极有身份，属于名门世族的家庭。”

父女俩不做声了，免得惹妈妈生气。尽管如此，父女俩又不时地相互瞧一眼，重又做起戏来。男爵恭敬地施礼，庄重地说：

“夫人，贵府白杨田庄，海风很大，终日不停，一定很冷吧？”

雅娜也摆出一副做作的神态，像鸭子戏水一般微微晃动脑袋，娇声娇气地说：

“嗯！先生，我在这里，一年到头都有事可干。我们还有那么多亲戚，都要写信。德·布里维尔先生完全撒手，一切事务都推给我。他呢，只是同佩勒神甫研究学问，一起撰写诺曼底宗教史。”

男爵夫人又好气又好笑，和蔼地劝道：

“这样嘲笑咱们阶层的人，总归不大好。”

这时，马车猛然停下，于连大声招呼后面的什么人。雅娜和父亲从车窗探出头，望见一个怪家伙连滚带爬地跑过来，两条腿被飘动的裙子似的号服绊住，眼睛被不断下沉的帽子遮起来，两只长袖子像磨坊风车一般旋动，他拼命趟过一片片水洼，接连绊到石头上，一路东倒西歪，跌跌撞撞，溅了满身泥水，正是马里于斯全力倒腾腿脚追赶马车。

等他一追上马车，于连就俯身揪住衣领，将他拉上来，然后松开缰绳，抡起拳头，鼓点一般打那孩子，打得那顶帽子一直扣到了肩膀上。孩子在帽子里像猪一样嚎叫，想挣脱跳车逃跑，然而主人一只手牢牢地抓住他，另一只手还不停地捶打。

雅娜不知所措，结结巴巴地说：“噢！……爸爸……爸爸！”

男爵夫人万分气愤，抓住丈夫的胳膊，说道：

“雅克，快点儿制止他呀！”

于是，男爵猛地拉下前面的玻璃窗，一把抓住他女婿的衣袖，气得声音颤抖，冲他喝道：

“您打这孩子，还有完没完？”

于连不禁愕然，扭过头去说道：

“难道您没有看到，这畜生把号服糟蹋成什么样子吗？”

这时，男爵的头已经插到两个人中间，他又说道：

“哼，这算什么！人不能粗暴到这种程度！”

于连火气又上来了：

“请您不要管好不好，这事同您不相干！”说着，他又扬起手，可是他岳父一把抓住他的手，猛力拉下来，竟使那只手磕在车座木板上，同时还厉声喝道：“您再不住手，我就下车，哼，我总有办法制止您！”子爵这才平静下来，他没有答话，只是耸了耸肩膀，挥动鞭子抽马，两匹马便奔跑起来。

母女二人面无血色，坐在那里一动不动，而男爵夫人沉重的心跳清晰可辨。

在晚饭的餐桌上，于连反而比平时显得更亲热，就好像什么事情也没有发生似的。雅娜和她父母一向息事宁人，不计前嫌，他们看到于连这样和颜悦色，就不能无动于衷，又都喜气洋洋，如同病愈的人那样感到特别舒坦。雅娜又提起布里维尔夫妇，于连也跟着打趣，但他又立即补充说：“不管怎样，他们到底气度不凡。”

他们不再去拜访邻居了，都怕重又勾起马里于斯的事来。他们决定元旦那天，给邻居寄去贺年片就算了，等到开春天气暖和时再去拜访。

圣诞节到了。他们请来本堂神甫和乡长夫妇共进晚餐，元旦那天又宴请了他们一次。唯有这点消遣偶尔打断时日单调的延续。

男爵夫妇预计一月九日离开白杨田庄，雅娜想留住他们，但是于连却没有挽留的意思。男爵见女婿的态度愈来愈冷淡，便派人去鲁昂雇来一辆马车。

启程的前夕，行李已经打好。外面上了冻，但天气晴朗，雅娜和她父亲决定去伊波走一趟，从科西嘉回来之后，他们就再没有去过那里。

父女二人穿越一片树林，举行婚礼那天，雅娜和结为终身伴侣的人也曾在这片树林里散过步，正是在这里，她第一次接受了爱抚，第一次产生冲动，预感到肉欲的爱，但是直到在奥塔野山谷二人嘴对嘴喝泉水时，她才真正尝到这种爱的滋味。

如今，树叶已经脱光，蔓草已然不见，唯有枝柯的声音，光秃秃的树林冬天才有的这种干脆的声响。

父女二人走进伊波小镇。街道寂无一人，依然飘浮着那股海水、藻类和鱼腥的气味。棕色的大渔网依然挂在门前，或晾在石滩上。大海灰暗而寒冷，依然涛声轰鸣，浪花翻飞，这时正开始落潮，费岗那一边悬崖脚下已露出苍绿的岩石。滩头侧躺着一溜大渔船，好像一条条死了的大鱼。薄暮时分，渔夫们成群结队来到石滩，他们穿着海员的大靴子，步履显得有些笨重，每个人的脖子上围着毛围巾，一手提着酒瓶，一手拎着船用的风灯。他们在斜躺着的渔船周围转悠很久，以诺曼底人不慌不忙的动作，将渔网、浮标、一大块面包、一罐黄油、一只酒杯和一瓶三十六度的白酒，一样一样放到船上。然后，他们把船正过来，推着下水，船底摩擦鹅卵石，发出咯咯的响声，接着劈开浪花，漂在波涛上，摇摆了一会儿，便张开棕褐色翅膀，带着桅杆上的一豆灯火，消失在夜色中。

渔夫的妻子个头高大，单薄的衣裙里显出粗壮的骨骼，她们守在海边，一直等到最后一只渔船驶走，这才返回沉睡寂静的小村镇，吵吵嚷嚷的说笑声惊扰了黝黑街道的酣梦。

男爵和雅娜伫立不动，静静地观望那些渔民渐渐没入黑暗中。他们为生活所迫，每天要出海，去冒生命危险以免饿死，过着饥寒交迫的日子，终生不知道肉味。

男爵面对大海，感慨地说道：

“这真是又可怖又壮观。浩瀚的大海上每夜黑暗降临，多少人处于危险中，然而，它又是多么壮美啊！对不对，小雅娜？”

雅娜在寒噤中微微一笑，答道：“这可比地中海差远了。”

然而，她父亲却反驳道：“哼！地中海！那简直像油、像糖水、像桶里发蓝的洗衣水。瞧瞧这片大海，瞧瞧这惊涛骇浪。想想下海的那些人，他们现在已经无踪无影了。”

雅娜叹了一口气，附和道：“是啊，你要这么说也可以。”然而，“地中海”这个词一旦到嘴边，便又刺痛她的心，把她的全部思绪引向她的梦想栖止的遥远国度。

父女二人返回时不再走树林，而是沿着大道缓步登上山坡。他们都不大开口讲话，因为即将分离而黯然神伤。

他们经过庄院的水沟时，闻到一股捣烂苹果的气味，这种扑鼻的新酿苹果酒的香味，在这个季节似乎在全诺曼底的农村飘荡。有时还闻到牲口棚的浓烈气味，那是热牛粪散发出来的好闻的发酵味道。一扇亮灯的小窗户，表明院里住着一户人家。

雅娜觉得自己的心灵舒展开来，领悟到一些看不见的事物。她望着田野星星点点的灯火，猛然强烈地感到所有人无不分散、隔绝，远离自己所心爱的一切，无不处于孤独冷寂的境地。

于是，她无可奈何地叹道："人生，并不总是快乐的。"

男爵也叹息一声："有什么办法呢，孩子，咱们谁都无能为力。"

第二天，父母双亲启程走了，雅娜和于连独自留在白杨田庄。

七

纸牌进入这对年轻夫妇的生活领域。每天吃完午饭，于连一边吸着烟斗，一边呷着科涅克白兰地，现在他能喝七八杯了，同时和妻子打几盘纸牌。然后，雅娜上楼回房间，挨着窗口坐下，听着风雨击打着玻璃窗，执意地绣着一条短裙的花边，疲倦了就抬起眼睛，眺望波浪滔滔的阴沉的大海，这样出神地凝望几分钟之后，便重新拿起活计。

况且，舍此她再也没其他事情可干了。于连接管了主持家事的大权，以便充分满足他施展威风和实行节俭的渴望。他吝啬到了残忍的地步，从不赏给下人一文酒钱，严格限制他们的饭量，就连雅娜回到白杨田庄之后，向面包房定做的每天早晨送货上门的一块诺曼底小蛋糕，也被他为了节省花费而取消了，于连规定她只能吃烤面包片。

雅娜没说什么，以避免夫妻间的解释、争论乃至争执，但是她丈夫每一次吝啬的表现，让她的心就像针扎一样痛苦，觉得这种行为实在卑劣，而她生长的家庭里，从来不把钱当一回事。她经常听母亲说："钱这东西，就是为了花的。"而现在，于连却不厌其烦地对她说："你就不能改一改习惯，别这样往外丢钱好吗？"每回于连从工钱或账单上克扣下几文钱时，他就装进自己口袋里，还沾沾自喜地说："积少成多嘛。"

有些日子，雅娜驰心旁骛，重又幻想起来。她不知不觉停下活计，双手绵软、眼神内敛，重温少女时编织的浪漫故事，神思出发去寻觅艳遇。不料，于连向老西蒙吩咐事的声音，陡然把她从美梦中拉出来，于是，她又拿起需要耐心的活计，心中暗道："这一切，全结束了！"一滴眼泪滚落在她操针的手指上。

罗莎莉也变样了，从前她那么快活，嘴里总是哼唱，而现在，圆圆的脸蛋塌陷下去，失去了红润，有时就像蒙上了一层尘土。

雅娜时常问她："你有病了吗，我的孩子？"小使女总是回答说："没有病，夫人。"她的面颊涌上一层红晕，就慌忙退出去了。

罗莎莉也不像从前那样爱跑爱动了，现在她拖着脚步，走路十分吃力。她也不爱美了，无论走村串户的货郎向她兜售什么也是徒然，不管是绸带、胸衣，还是各种各样的香水，她都一概不买了。

偌大的邸宅，里面好像是空的，一片死气沉沉，门脸墙上留下一条条灰道子。

一月底下起雪来，只见远处海面灰蒙蒙的，垂压着从北方飘来的大块乌云，鹅毛大雪开始纷纷降落。一夜之间，整个原野都覆盖了，到了清晨，树木都披上了冰雪的新装。

于连穿上长统靴，须发乱蓬蓬的，一副村野的模样，终日泡在灌木林中，躲在面向荒野的壕沟里，窥伺迁徙的候鸟。时而一声枪响，打破冰天雪地的寂静，惊飞的乌鸦，在树林上空成群地盘旋。

雅娜闷得发慌，有时下楼来到台阶上。眼前惨淡的雪地茫茫一片，死一般的沉寂中，隐隐回响着遥远的尘世的喧声。

继而，她再也听不见什么，唯闻远处波涛的轰鸣，以及冰霰纷纷降落的沙沙声。

漫天大雪飞扬，仿佛无休无止地降落，在地面上越积越厚。

一天阴惨惨的上午，雅娜守在房中，双脚举到炉前取暖，而日益变样的罗莎莉正慢腾腾地整理床铺，她忽然听见身后呻吟一声，没有回头便问道：

“你到底怎么样啦？”

小使女还像往常一样回答：

“没事儿，夫人。”

然而，她的声音听起来却嘶哑而微弱。雅娜随即想别的事情了，可是忽又发觉听不见这姑娘的动静了，便叫了一声：“罗莎莉！”仍然毫无动静。于是，她以为小使女悄悄出去了，便提高嗓门喊道：“罗莎莉！”又要伸出手摇铃，这时，就在她身边一声哀吟，令她毛骨悚然，猛地站起来。

小使女脸色惨白，两眼发直，她席地而坐，两条腿叉开，背靠在床柱上。

雅娜忙冲过去，问道：

“怎么啦？你这是怎么啦？”

罗莎莉却一声不吭，一动也不动，她那怔忡的目光死盯着女主人，同时气喘吁吁，就像撕肝裂胆一般痛苦。继而，她的后背突然往下滑，全身挺直，咬紧牙关，还是发出一声惨叫。

这时，她那贴在叉着的腿的裙子里，有什么东西开始蠕动，而且立刻从那里传出一种异样的声响，好似汩汩的水声，又像卡住喉咙的窒息，接着是拖长的一声猫叫，一种已经感到痛苦的细弱的啜泣，这正是婴儿出世的第一声痛苦的呼唤。

雅娜顿时明白了，她惊慌失措，跑到楼梯口喊叫：“于连！于连！”

于连在楼下答应：“什么事儿啊？”

雅娜急得说不出话来：“是……是罗莎莉，她……”

于连一步跨两级冲上楼来，闯进卧室，一伸手撩起姑娘的裙子，只见她赤裸的大腿中间，蠕动着一团皱巴巴、黏糊糊的血肉，边呻吟边抽搐，惨不忍睹。

于连站起来，一脸凶相，他把吓昏了头的妻子推到门外，说道：

“这里没你的事。走吧，去把吕迪芬和西蒙老头给我叫来。”

雅娜浑身止不住发抖，下楼到厨房叫人，但是不敢回到楼上，便走进客厅，惴惴不安地等候消息。自从父母离开之后，客厅就一直没有生火。

不大工夫，她看见男仆跑了出去。过了五分钟，他带来了当地的接生婆唐图寡妇。

然后，楼梯上又是一阵忙乱的声响，好像抬一个受伤的人。

于连过来告诉雅娜，说她可以回房间了。

雅娜浑身颤抖，仿佛刚刚目睹了一个惨相。她重又坐到炉火前，问道：

“她怎么样啦？”

于连在房间里踱来踱去，显得心事重重，又烦躁不安，好像要大动肝火。他没有立刻回答，过了一会儿，他才停下脚步，说道：

“你打算怎么处治这个丫头？”

雅娜没有听懂，眼睛望着她丈夫，问道：

“什么？你想说什么？问我，我可不知道。”

于连好像心头火起，突然嚷道：

“咱们家里，总不能收养一个私生子啊！”

雅娜一听，觉得十分为难，沉默了半晌才说：

“不过，我的朋友，也许可以把孩子寄养出去吧？”

于连不等她说完：

“寄养出去，谁付钱？当然是你喽！”

雅娜又思考了许久，想找出个办法来，她终于说道：

“这孩子，当然要由他父亲抚养。他若是娶了罗莎莉，那么这事儿就不难了。”

于连仿佛再也忍耐不住，怒气冲冲地说：

“他父亲！……他父亲！……你知道……他父亲是谁吗？……不知道吧，对不对？那又怎么办呢？”

雅娜也不禁气愤起来：

“那人，决不会丢下这姑娘不管。真若不管，他就太卑鄙啦！那么，我们就打听出他的姓名，去找他算账，非叫他把这事说明白不可。”

于连已经消了气，重又开始踱步：

“亲爱的，她不肯讲出那男人的姓名，她对我不肯讲，难道就会告诉你吗？……那人，若是不愿意娶她呢？……我们总不能有个私生子的姑娘住在这里，你明白吗？”

雅娜却执意地重复道：

“那人，若是不肯娶她，那就太可恶了。我们一定要把他打听出来，决不饶过他！”

于连满脸涨得通红，又发起火来：

“可是……眼下又怎么办呢？”

雅娜也拿不定主意，又问道：

“你说该怎么办呢？”

于连立即讲出自己的想法：

“哦！照我看，这事很简单。我给她点钱，就打发她和孩子见鬼去吧。”

然而，这位少妇非常气愤，反驳道：

“这么处理决不行。这姑娘是我的好姊妹，我们是一起长大的，她干了一件错事，那也没办法，但是，我决不会因此就把她赶走。实在不行，这孩子我来抚养就是了。”

于连一听，暴跳如雷：

“那怎么行？要考虑我们清白的名声，要考虑我们的门第和社会关系！别人会到处讲我们包庇罪恶，收留贱女人。此后，有身份的人就不敢登门了。真的，你是怎么想的呢？简直荒唐透顶！”

雅娜仍然心平气和，又说道：

“我决不允许把罗莎莉赶走，你若是不愿留她了，我母亲会把她接走，迟早也要把孩子父亲的姓名弄清楚。”

于连火冒三丈，甩门出去，同时嚷道：

“妇人之见，愚蠢透啦！”

下午，雅娜上楼去看望产妇。小使女睁着眼睛，一动不动地躺在床上，唐图寡妇在一旁看护，怀里摇着初生的婴儿。

罗莎莉一见女主人进来，立刻用被单蒙上脸，失声痛哭，哭得伤心极了，浑身随着抖动。雅娜想拥抱亲亲她，但她死也不肯，总是蒙住脸。这时看护过来，把被单揭开，罗莎莉就不再动了，但她仍然轻声啜泣。

炉火不旺，屋里很冷，婴儿在呱呱啼哭。雅娜不敢提起小东西，怕惹她又哭起来，只是握住她的手，不假思索地反复说：“不要紧的，不要紧的。”

可怜的姑娘眼睛往看护那边看，听见婴儿的啼叫就心惊肉跳。她还有点悲伤，喉咙哽咽，不时地抽泣一两声，抑制回去的泪水，在她的嗓子里发出咕噜咕噜的声响。

雅娜又拥抱亲了她一下，对着她的耳朵悄悄地说：

“好啦，孩子，我们会好好照顾的。”

她见罗莎莉又要哭了，便急忙离开了。

雅娜每天去看她，而罗莎莉每天见到女主人都要哭一通。

婴儿送到邻居家寄养了。

发生这件事之后，于连不大跟他妻子说话了，就好像他还耿耿于怀，怪雅娜不肯赶走小使女似的。有一天，他又提起这事，雅娜立刻从兜里掏出一封信，男爵夫人在信中说，白杨田庄若是不容罗莎莉的话，就马上打发到她那里去。于连火冒三丈，嚷道：

"你母亲跟你一样，全都胡来。"

话虽如此，他却不再坚持了。

半个月之后，产妇能起床了，重又照常干活。

一天早晨，雅娜让她坐下，拉住她的双手，眼睛盯着她，说道：

"唉，孩子，把情况全告诉我吧。"

罗莎莉哆嗦起来，支支吾吾地说：

"什么呀，夫人？"

"那孩子是谁的？"

小使女惊恐万状，极力想挣脱双手，以便捂住脸。

然而，雅娜硬是亲了亲她，安慰道：

"丫头啊，这是件不幸的事，发生了又有什么办法呢？你一时没有检点，不过，别人也都难免。如果孩子的父亲娶了你，也就没人再想这件事了，我们就雇用他，让他和你一起在这里干活。"

罗莎莉就像受人折磨似的连连呻吟，还不时想用力挣脱跑开。

雅娜又说道：

"我完全理解，你是感到羞愧，可是你瞧，我并没有发火，而是平心静气地和你谈话。我打听那个男人的姓名，也是为了你好，因为我看你这么伤心，就觉得他抛弃了你，我就是要阻止他这么干。喏，于连会去找他，我们要逼他同意娶你，而且，我们留你们俩在这里干活，就会迫使他好好对待你。"

这回，罗莎莉猛一用力，双手终于从女主人的手中挣脱出来，发疯一般跑了出去。

用晚餐时，雅娜对于连说：

“我劝过罗莎莉，想让她说出引诱她的那个男人的姓名，可是没有问出来。你也试试吧，我们好迫使那个无赖娶她。”

不料于连当即发火，答道：

“哼！告诉你，这件破事，我再也不想听了。你非要留下这姑娘，那就留着吧，但是不要再来烦我。”

打从罗莎莉生孩子之后，于连的脾气更坏了，而且养成一跟妻子说话就叫嚷的习惯，就好像他一直没有消气。反之，雅娜说话倒总是压低声音，和颜悦色，以商量的口气，以免争执起来。然而夜晚躺在床上，她常常独自垂泪。

他们蜜月旅行回来之后，于连很少和她同床，现在他尽管总发脾气，但又恢复做爱的习惯了，连续三个夜晚不入妻子卧室的情况，是极少见的。

不久，罗莎莉也完全康复，也不那么伤心了，只是还有点提心吊胆，摆脱不了一种无名的恐惧。

有两回，雅娜又想盘问她，她都慌忙跑开了。

于连也突然变得和气了，年轻的妻子又隐约怀有希望，心情也快活起来，不过偶尔还感到一种说不出来的烦恼，但她绝口不提。现在还没有解冻，一连将近五周，白天晴朗，碧空像水晶一般，夜晚，广宇寒峭，满天星斗又仿佛繁霜，覆盖着坚硬而闪光的一色雪原。

在扑满雾凇的大树屏障后面，孤零零的方形院落的农舍穿着白衬衣，仿佛睡熟了。人畜都不再出来，唯有茅屋的烟囱暴露隐藏的生命，那缕缕炊烟垂直升向冰天。

原野、绿篱、围垣的榆树林，一切都仿佛冻死了。时而听见树木咔吧咔吧的响声，就好像树皮里的肢体破碎了，有时一根粗枝脱落，无坚不摧的严寒冻僵了树液，截断了纤维。

雅娜惶恐不安，等待着暖风吹来，她认为浑身这股说不出来的难受劲，是由于天气太严寒的缘故。

她时而厌食，什么东西都吃不下，时而脉搏狂跳，时而稍稍进一点食又消化不良，感到恶心。由于心弦绷紧而时时震动，她处于一种持续的、难以忍受的兴奋状态。

一天晚上，气温又下降了，于连要节省木柴，餐厅里烧得不够暖。他吃完饭还直打寒战，搓着双手，低声对妻子说：

“今天夜晚同床该有多美，对不对呀，我的猫咪？”

说着，他就笑起来，笑得还像从前那样爽朗。雅娜扑上去，搂住他的脖子，但是不巧，这天晚上她正感到不适，浑身疼痛，情绪特别烦躁，于是她同于连接吻时，就轻声央求让她单独歇息。她解释两句，说她不舒服：

“亲爱的，求求你，我确实身体有点难受。等明天，一定会好些的。”

于连也没有坚持：

“随你便吧，亲爱的，你若是病了，就应当调养调养。”

接着，他们就谈起别的事情。

雅娜要早早睡下。于连特意吩咐下人给他的卧室生上炉火。

等仆人来禀报说炉火烧旺了，于连就吻了吻妻子的额头，回房去了。

整座楼房似乎都冻透了，墙壁好像直打寒战，发出轻微的声响，雅娜躺在床上瑟瑟发抖。

她起来两次往炉子里添木柴，又找来长袍短裙和旧衣服，一层一层压在衾被上，可是怎么也暖和不过来，双脚麻木了，战栗从脚传到小腿，直传到大腿。她辗转反侧，心绪烦躁到了极点。

时过不久，她的牙齿开始咯咯打战，双手也瑟瑟发抖了；胸口憋闷，心跳缓慢下来，发出怦怦的低沉声响，有时还仿佛停止跳动了；喉咙也发紧，好像吸不进气来了。

难以抵御的寒冷袭入她的骨髓，在她的心里引起极度的惶恐。她从未有过这种感觉，从未像这样生命危浅，感觉就要咽最后一口气了。

她心里念叨："我要死了……就要咽气了……"

她惊恐万状，立刻跳下床，摇铃呼唤罗莎莉，等了片刻，再次摇铃，又等了一会儿，她身子冻得冰冷，不住地颤抖。

小使女呼唤不来，大概头一觉睡得太死，怎么也吵不醒。雅娜一时急得昏了头，光着脚就冲向楼梯口。

她不声不响地上楼，摸黑找到门，推开便叫了一声："罗莎莉！"同时脚步未停，径直走进去，碰到床沿，伸手一摸发觉是一张空床。床上空空如也，而且冰凉，不像有人睡过。

雅娜深感诧异，不禁想道："怎么回事？这样的冷天，她还往外跑！"

这时，她的心突然狂跳，胸闷上不来气，两腿发软，只好下楼去叫醒于连。

雅娜确定自己要死了，渴望在失去知觉之前见他一面，因此她推门闯进了他的卧室。

借着奄奄一息的炉火光亮，她看见她丈夫和罗莎莉的头并

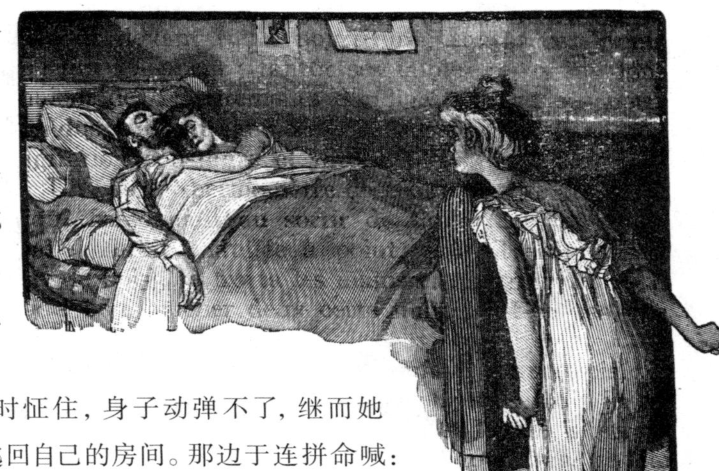

排枕着一个枕头。

她惊叫一声，那两个人一下子都坐了起来。她猛的发现这个情景，在惊惶中一时怔住，身子动弹不了，继而她才跑出去，逃回自己的房间。那边于连拼命喊："雅娜！"她的心极度恐惧，生怕见他的面，听到他的声音，生怕跟他四目相对，听他辩解并编织谎话。于是她又冲出门，跑下楼去。

这时，她在黑暗中奔跑，不顾会从台阶上滚下去，摔到石台上会有骨折的危险，心中只有一个念头：径直往前冲，逃得远远的，什么事也不想知道，什么人也不想看见。

跑到楼下，她坐到台阶上，仍然光着两只脚，身上只穿着睡衣，待在那里不知所措。

于连已经跳下床，急忙穿上衣服。雅娜听见他的动静，又站起来要躲避他。于连也下楼来了，边走边喊："雅娜，听我说！"

不，她再也不愿意听，再也不愿意让他碰一碰手指头。就像有杀手追她一样，她又冲进餐厅，想找一条退路，找一个藏身的地方，一个黑暗角落，想法避开他。她刚蜷缩在餐桌底下，于连就推开门，他手里举着蜡烛，连声叫着"雅娜！"于是，她又像野兔一般，窜进厨房里，如同入围的野兽，在里边兜了两圈，眼看于连要追上了，她就猛然打开通向花园的门，直奔野外跑去。

她那赤裸的双脚踏在雪地上，有的地方深陷到膝盖，虽然身上几乎一丝不挂，但她并不感到冷，只是内心如焚而躯体麻木。她毫无感觉，一味地向前奔跑，白色的身影跟雪地一样。

雅娜沿着林荫路跑去，穿过灌木林，又越过水沟，跑到旷野荒原上。

夜空没有月亮，繁星闪烁，好似播在黑色天穹上的火种。然而荒原却还清亮，望过去一片幽幽的白光，一片凝冻静止、无边无际的沉寂。

雅娜跑得更快了，她屏住呼吸，不知所为，也毫不思索。猛然间，她发觉已经到了悬崖的边缘，便本能地戛然止步，蹲在雪地上，头脑一片空白，全然丧失了意志。

眼前是黑黝黝的深渊，望不见的大海缄默无声，散发着退潮时海藻的咸腥味。

她待了许久，精神和肉体都处于迟钝状态。继而，她骤然开始发抖，抖得厉害，犹如大风吹动的船帆。她的胳膊、双手和双脚，都受到一种无法抗拒的力量的摇撼，不停地抖动，剧烈地惊跳。她猛然清醒过来，却是肝肠痛断的清醒。

往事历历，又一幕幕在她眼前出现：她和于连乘坐拉斯蒂克老头帆船的游海、他们二人的促膝谈心、她内心萌生的爱情、她那艘游艇的命名式。接着，她追溯得更远，一直回想到初返白杨田庄时耽于美梦的那个夜晚。然而如今！如今啊！噢！她的生命已被摧残，全部欢乐已经终结，任何期望都不可能了，展现在眼前的未来，唯有折磨、负情、痛苦和绝望。不如一死，这样就一了百了。

这时，远处有人高声说：

“在这儿，这是她的脚印儿。快点儿！快点儿，走这边！”

那是于连的声音，他正寻找雅娜。

噢！雅娜不想再见到他。这时她听到前面的深渊里，传来细微的声响，隐约是海水在岩石上滑动的潺湲之声。

她支撑着站起来，已经纵身要跳下去，像绝望之人那样诀别生命，又像垂死之人那样临终说一句话，像战场上肠子被打出的年轻士兵那样最后一声呼喊：“妈妈！”

妈妈的形象赫然出现在她的脑海中，她看见母亲泣不成声，看见父亲跪在她溺水尸体的跟前，一时间，她完全感到了父母的悲痛欲绝。

于是，她浑身绵软，又跌倒在雪地上。等到于连和老西蒙，以及提着马灯随后的马里于斯赶到时，她不再逃避了。他们抓住她的胳膊往后拉，因为她就在悬崖边上了。

雅娜已经不能动弹，任凭他们摆布。她感觉到她被人抬走，后来放到一张床上，用滚烫的毛巾给她按摩。又过一阵，一切都消失了，她完全失去了知觉。

后来，她做起噩梦——真是一场噩梦吗？她躺在卧室里。天亮了，可是她起不来。是什么缘故呢？她却一无所知。这时，她听见地板上有轻微的响动，像是搔动、拂弄的声音，忽见一只老鼠，一只灰色的小老鼠蹿上她的衾被，紧接着又上来一只，继而第三只向她的胸口逼来，小碎步跑得很快。雅娜并不害怕，不过，她想抓住小老鼠，猛一伸手，却没有抓到。

这时，又来了许多老鼠，十只，二十只，几百只，几千只……

从四面八方钻出来。它们爬上床柱，在挂毯上乱窜，黑压压满床皆是。不大工夫，它们又钻进被窝里。雅娜感到它们从她皮肤上滑过，弄得她的腿发痒，还顺着她的身子上下乱窜。她看见老鼠从床脚爬上来，钻进衾被里，伏在她的胸口。她用力挣扎，伸手去抓，但是总扑空，一只也抓不到。

雅娜气极了，她想逃开，想呼喊，但又好像被粗壮的手臂按住，动弹不得，然而她并没有看见人。

她毫无时间概念了。这种状态大概持续了很久很久。

她终于苏醒了，但是又疲惫又疼痛，不过还是相当舒坦。她感到浑身软弱乏力，睁开眼睛时，看见妈妈坐在她的房间里，还有一位她不认识的胖男人。

她自己多大年龄啦？根本弄不清了，她还自以为是个小姑娘。从前的事情，她也一概不记得了。

那位胖男人说：

“瞧，又恢复知觉了。”

妈妈听了，又流下眼泪。

于是，那位胖男人又说：

“嗳，男爵夫人，请冷静一点儿。现在可以对您说，我有把握。不过，什么也不要对她讲，什么也别说。让她睡吧。”

雅娜觉得她在这种昏昏沉沉的状态中又过了很久，她每次要打起精神思考，就立刻又沉睡过去。她也不费神回忆任何事情了，仿佛她隐约担心，生怕她头脑中复现实际的情景。

且说有一回，她醒来时，看见只有于连坐在她身边，于是她猛然回忆起一切，就好像遮掩她从前生活的幕布，一下子拉起来了。

她立时心如刀绞，又想逃走。她推开衾被，跳下地，可是双腿支撑不住，当即跌倒了。

于连急忙上前要去搀扶，她却号叫起来，不让于连碰她。她的身子扭转蜷曲，在地上打滚。这时房门忽然打开，跑进来丽松姨妈和唐图寡妇，接着是男爵，最后是男爵夫人惊慌失措、气喘吁吁地跑进来。

他们又安置雅娜躺下，她立刻闭上眼睛，存心不说话，好凝神想一想。

她的母亲和姨妈在一旁看护，她们百般体贴，总想盘问她：

“喂，雅娜，我的小雅娜，现在只有我们，你听见了吗？”

她装作没听见，不予理睬。她清楚地知道这一天过去了，到了夜晚。看护守在她身边，不时地喂她点水喝。

给水就喝，就是不说话，但她再也睡不着了。她吃力地思考，回想那些遗忘的事情，仿佛她的记忆出现漏洞似的，有一片片空白点根本没有留下所发生事件的痕迹。

经过长时间的专心回忆，她才渐渐想起全部事实。

她全神贯注，执着地思考这件事。

母亲、姨妈和父亲全来了，显然她大病了一场。那么于连呢？他是怎么讲的呢？父母双亲了解实情吗？还有罗莎莉，她在哪里呢？今后怎么办呢？她的心头忽然一亮，干脆随父母回到鲁昂，像从前一样生活。大不了她就算寡居。

于是，她开始等待，倾听周围的人讲些什么，她全能听懂，但又不露声色，心中暗自高兴又恢复神智，表现出了耐心和狡黠。

到了晚上，屋里终于只剩下她们母女二人了，她低声叫道：

“妈妈！”

她听到自己的声音不免诧异，觉得完全变了样。男爵夫人抓住她的手：

“我的孩子，雅娜我的宝贝！我的孩子，你认出我来啦？”

“认出来了，妈妈，不过，现在你可别哭，我们要长谈一次。为什么我跑到雪地里，于连对你说了吗？”

“说了，我的心肝儿，你发了高烧，差一点没保住命。”

“不是这么回事，妈妈。我发高烧是后来的事。他可告诉你，我是怎么发起高烧，又为什么要逃跑吗？”

“没有，我的心肝儿。”

“那是因为我发现罗莎莉睡在他的床上。”

男爵夫人以为她又说胡话了，便抚摸着对她说：

“睡吧，我的小宝贝，平静一点儿，静下心来睡觉。”

可是雅娜却执意要谈，她又说：

“现在，我的神智完全清楚了，妈咪，我这不是说胡话，大概这几天，我净说胡话了。告诉你，出事儿的那天夜晚，我感到不舒服，就去叫于连，发现罗莎莉跟他睡在一起。我一时痛不欲生，跑到雪地里，想跳下悬崖。”

然而，男爵夫人还是重复说：

“对，我的心肝儿，当时你病得很厉害。”

“不是这么回事，妈妈，我发现罗莎莉睡在于连的床上，就不愿跟他一起生活了。你把我带回鲁昂，我们还像从前那样。”

男爵夫人已有医嘱，凡事不要违拗雅娜，于是她答道：

“好吧，我的小宝贝。”

可是，病人不耐烦了：

“看得出来，你并不相信我。去把爸爸叫来，他最终会明白我的意思的。”

男爵夫人非常吃力地站起身，拄着两根手杖，拖着脚步出去了。过了几分钟，她又由男爵搀扶着回来了。

老夫妇二人坐到床前，雅娜立刻讲起来。她的声音细弱，但很清晰，诉说于连性格古怪，心肠冷酷无情，为人特别吝啬，而且还负情背义，总之，她一股脑儿全讲了。

等她讲完时，男爵看得出来女儿并没有讲胡话，不过仓促间，他还不知道这事该如何看、如何解决，又如何回答。

父亲温柔慈祥地握住她的手，还像从前讲故事哄她睡觉那样：

“亲爱的，听我说，必须谨慎从事，不可操之过急。在我们作出决定之前，你暂时迁就点你丈夫……这样行吧，你答应我吗？”

雅娜轻声答道：

“好吧，我答应。不过，我一养好病，决不留在这里了。”

接着，她又压低声音，问道：

“现在，罗莎莉在哪儿呢？”

男爵回答说：

“你再也不会见到她了。”

可是，雅娜不肯罢休，追问道：

“她到底在哪儿？我想知道。”

男爵这才不得不承认，罗莎莉并没有离开白杨田庄，但他肯定说她要走的。

男爵做父亲的心受到伤害，他从病人卧室出来，还气愤填膺，径直去找于连，劈头责问道：

“先生，我来要你说明白，你是怎么对待我女儿的，你欺骗她，同她的使女偷情，这是一种双重的侮辱。”

不料于连却装作清白无辜，极力否认，又赌咒又发誓。况且，他们有什么证据呢？难道不是雅娜说疯话吗？她不是刚刚患了脑膜炎吗？她刚发病时，有一天夜里进入谵妄状态，不是跑到旷野雪地上去了吗？她恰恰在那种状态中，几乎光着身子满楼乱跑，才硬说她看见使女睡在她丈夫床上的。

他还愤然作色，威胁说要打官司，并表示了极大的愤慨。男爵反倒蒙了头，他又是道歉，又是赔不是，诚心诚意地伸出手去，而于连拒绝同他握手言和。

雅娜了解到她丈夫的辩解，丝毫也未动气，只是说了一句：

“爸爸，他满口谎言，不过，我们迟早叫他无话可讲。”

一连两天，雅娜一声不吭，像是在凝神静思。

到了第三天早晨，她要见罗莎莉。男爵不许人去唤小使女上楼，说她已经离开了。雅娜毫不让步，反复地说：

“那好，派人去她家把她找来。”

雅娜已经发火，这时大夫进来了。男爵他们把事情全告诉大夫，让他来判断。然而，雅娜忽又哭起来，她极度冲动，几乎喊道：

“我要见罗莎莉，我要见她！”

于是，大夫握住她的手，低声对她说：

“您要冷静，夫人。您怀孕了，情绪太激动会引起严重的后果。”

雅娜像挨了一击，顿时怔住了，当即觉出身子里有什么东西在蠕动。她陷入沉思，默不作声了，甚至没有听别人对她说什么。这一夜她通宵未眠，心头总是萦绕着这个奇特的新念头：她肚子里怀着一个孩子。不过，一想到这是于连的孩子，她就感到难过和悲伤，生怕这孩子将来像他父亲。等到天亮，她就叫人把男爵请来。

“爸爸，我意已决，要把情况全弄清楚，现在尤其有这个必要。你明白吗，我要这样。你也知道在我这种身体状况，凡事要顺着我。听清楚了，你这就去请本堂神甫先生。我需要他的协助，好防止罗莎莉说谎；再有，神甫一到，你就让人把罗莎莉叫上楼来，你和妈妈都留在这里。千万注意，不要引起于连的怀疑。”

一小时之后，神甫请到了，他又胖了一圈儿，跟男爵夫人一样喘得厉害。他坐到雅娜身旁的椅子上，大肚子垂到叉开的两条腿中间。他习惯性地用方格手帕擦额头，一坐下就开起玩笑：

“嘿，男爵夫人，看来我们俩都没有见瘦。照我说，我们可真是般配的一对。”

说罢，他又把脸转向床上的病人：

“嗬！嗬！少夫人，别人对我说什么啦，不久我们又要举行一个命名式？哈！哈！哈！这回，可不是给一艘游艇命名了。”

接着，他口气转为严肃，补充说道：

“将来一定是个祖国的捍卫者。”略一沉吟，他又说，“再不就是一位贤妻良母，像您一样，夫人。”同时他向男爵夫人躬了躬身。

这时，里侧的一扇门开了，罗莎莉泪流满面、惊恐万状，死死抓住门框不肯进来。男爵在后面推她，而且不耐烦了，用力一搡，就把她扔进屋里。于是她双手捂住脸，站在那里哭哭啼啼。

雅娜一见到她，就猛坐起来，苍白的脸色赛过衾单，而她的心狂跳，震动她那贴身单薄的睡衣。她说不出话来，感到窒息，连呼吸都好像停止了。她终于开口了，但由于冲动，话语断断续续：

"我……我……用……用不着……问你……只……只要看见你……在我面前……这……这种……羞愧的……样子……就……完全……明白了。"

她喘不上来气，停了片刻，接着又说：

"但是，我要了解全部情况，全部……全部情况。我把神甫先生请来了，要明白，这就是你的一次忏悔。"

罗莎莉仍然站着不动，双手死命捂住脸，哭声几乎像号叫。

男爵不由得心头火起，揪住罗莎莉的胳膊，猛力拉开，再把她按倒跪在床前：

"快点儿说……回答！"

罗莎莉匍匐在地，保持着绘画上玛德琳[①]的姿势，帽子歪到一边，围裙铺在地板上，双手重又捂住脸。

这时，本堂神甫对她说：

"喂，我的孩子，听好，问你什么就回答什么。我们无意伤害你，只想了解事情的经过。"

雅娜身子探到床边，眼睛凝视着她，说道：

---

① 据《新约·路加福音》，玛德琳是个有罪孽的女子，后受耶稣感化，成为女圣徒。

“那天夜里你睡在于连的床上，被我给撞见了，这是事实吧？”

罗莎莉从指缝间呻吟道：

“是，夫人。”

男爵夫人一听，也突然哭起来，她那抽噎哽咽的粗重声音，同罗莎莉的掩啼交织起来。

雅娜的眼睛始终盯着小使女，又问道：

“这事儿是从什么时候开始的？”

罗莎莉嗫嚅地回答：

“自从他来到这里。”

雅娜没听明白：

“自从他来到这里……这么说……自从……自从去年春天啦？”

“是的，夫人。”

“自从他踏入这个家门？”

“是的，夫人。”

仿佛无数疑问压在心头，雅娜要一吐为快，接连发问：

“这事儿是怎么发生的？他是怎么向你提出来的？他又是怎么把你搞到手的？他对你说了些什么话？在什么时候，你是怎么答应的？你怎么能把身子给了他呢？”

这时，罗莎莉把手从脸上放下来，她也要一吐为快，急于回答：

“我怎么知道呢？就是他头一回在这里吃饭的那天，他到我屋子里来找我。他先藏在阁楼上。我又不敢叫喊，怕惹出麻烦事来。他就跟我睡觉了。那时候，我也不知道自己在干什么，他爱怎么样就怎么样。我呀，什么也没有说，因为我觉得他那个人很可爱！……”

听到这里，雅娜尖叫一声：

“那么……你的……你的孩子……就是跟他生的啦？……”

罗莎莉呜咽道：

“是的，夫人。”

两个人随即都不讲话了。

现在只有罗莎莉和男爵夫人的啜泣声。

雅娜受不了了，感到自己的眼里也泪水涌漾，一滴滴无声无息地流过面颊。

使女的孩子和她的孩子竟然是同父！此刻她息怒了，只感到内心充满了一种绝望情绪，一种迟缓的、深沉的、毫无止境的绝望。

她终于又开口了，但是声音变了，是哭泣的女子被泪水浸湿的声音：

“我们旅行……旅行回来之后……什么时候……他又去找你的？”

现在，小使女瘫软在地上，她嗫嚅地答道：

“就在……就在当天晚上，他又去了。”

句句话都揪雅娜的心。原来当天晚上，回到白杨田庄的当天晚上，他就抛开她去找这丫头了。怪不得他肯让她一个人睡！

她了解的情况够多了，现在什么也不想再问了，她喊道：

“走吧！快走吧！”

罗莎莉已经软作一摊，没有动弹，雅娜便招呼她父亲：

“把她带走，把她拖出去！”

本堂神甫始终未置一言，现在他认为时机已到，该说教一番了。

“我的孩子，你干的这种事儿很不好，非常不好，仁慈的上帝不会轻易饶恕你的。想一想地狱吧，今后你若是不改邪归正，就要下地狱。现在，你有了一个孩子，就应该安分守己。不用说，男爵夫人会帮助你的，我们可以替你找个丈夫……”

他会这样滔滔不绝地讲下去，可是，男爵已经揪住罗莎莉的肩膀，把她拎起来，拖到门口，一下子扔进楼道里，就像扔一包东西似的。

男爵回过身来，脸色刷白，比他女儿还要愤慨。神甫却接着说：

“这有什么办法呢？这地方的姑娘都这样。这种风气叫人痛心，但谁都无可奈何，只能稍微宽容地对待这种天生的弱点。她们不怀孕是决不嫁人的，决不嫁人，夫人。”

他微笑着补充一句：

“好像当地就是这种风俗。”

接着，他转为气愤的口气说：

“就连孩子们都学坏啦！去年在墓地里，我不就撞见两个孩子，一男一女，正是教理讲习班的学童！我告诉了他们的家长！您知道他们是怎么回答我的吗？他们说：‘有什么办法呢，神甫先生！这种肮脏事，又不是我们教给他们的，我们也没辙。’

“就是这样，先生，你这使女的行为跟其他人一样。”

男爵听了气得发抖，立刻打断神甫的话：

“她吗？她算什么！让我气愤的是于连，他竟然干出这种下流事，我要把我女儿领走。”

他在屋里踱来踱去，越说越激动，越说越愤恨：

“对我女儿这样薄情寡义，简直太卑鄙、太卑鄙啦！这个人，简直是个无赖，是个恶棍，是个坏蛋，我要当面说给他听，我要扇他耳光，让他死在我的手杖下！”

神甫坐在垂泪的男爵夫人身旁，从容不迫地吸着鼻烟，正想如何尽到息事宁人的职守，他又说道：

“嗳！男爵先生，咱们私下说，他的行为跟所有人一样。忠实的丈夫，您能说有很多吗？”

他又以打趣的口吻说：

“喏，就拿您来说，我敢打赌您也胡闹过。凭良心讲，这话对不对？”

男爵一愣，戛然停在神甫的面前，神甫接着说：

“嘿！对吧，您也跟别人一样。谁又知道您就从未动过像这样的小丫头呢。跟您说吧，人人都这样做。尽管如此，尊夫人也没有少得到幸福，少得到爱，对不对呀？”

男爵一时百感丛生，站着不动了。

这话不假，的确，他有同样的行为，而且更为经常，只要有机会就不放过，他同样没有遵守夫妻生活的约束。碰到他妻子的使女，只要脸蛋漂亮，他一向毫无顾忌。难道他因此就是个下流东西吗？为什么他如此苛责于连的行为，而从未想过自己的所为有什么罪过呢？

男爵夫人还在唏嘘，但一想起她丈夫的风流韵事，嘴唇上便浮现一抹微笑。她是个多愁善感的女人，心肠特别软，认为多情风流原本就是人生的一部分。

这时，雅娜精疲力竭，仰身躺着，手臂绵软垂在两侧，眼神茫然，神思陷入惨苦的冥想。罗莎莉的一句话又在耳边回响，特别伤她的感情，像锥子一样刺入她的心：“我呀，什么也没有说，因为我觉得他那个人很可爱！”

雅娜也觉得他很可爱，仅仅为了这一点，她就嫁给他，和他结为终身伴侣，为此她放弃任何别的希望，放弃当初各种各样的打算，放弃日后任何意外的艳遇。她掉进婚姻这个陷阱里，掉进这个无法攀缘上来的洞里，掉进这种悲惨、凄凉的绝望中，只是因为她和罗莎莉一样，当初觉得他可爱！

有人怒气冲冲地闯进门来，正是于连，他一脸凶相。显然他发现罗莎莉在楼上啜泣，就明白这里背着他在策划什么，使女肯定全招了。他一看见神甫在场，不禁愣在原地。

于连声音微微颤抖，但是镇定地问道：

“怎么啦？出什么事儿啦？”

男爵刚才情绪那么激烈，现在却不敢吭声了，生怕神甫又搬出那套话来，他女婿反而引用他的事例了。男爵夫人哭得更伤心。然而，雅娜却用手支起身子，凝视着给她造成极大痛苦的这个人，她气喘吁吁断断续续地说：

“出了什么事？就是我们全弄清楚了……了解到您自从……自从跨进这里门槛的那天起……所有的无耻行径……就是这个使女的孩子跟……跟我这个一样……是您生的……他们俩是兄弟……”

她想到这一点，就五内俱裂，瘫软在衾被里，泣不成声。

于连站在那里呆若木鸡，不知道该说什么好，也不知道该做什么好。

神甫又来劝解了：

“好了，好了，别这么伤心啦，少夫人，要理智一些。”

神甫说着，起身走到床前，将他热乎乎的手放到这个悲痛欲绝的少妇的额上。怪事，就这么一接触，雅娜便软下来，她立时感到浑身绵软无力，仿佛这个乡村神甫惯于替人赎罪，给人慰藉的粗壮的手，只要一触摸，就能产生神奇的效果，让人的情绪平静下来似的。

这位老先生仍然站着，接着又说道：

“夫人，得饶人处便饶人。您遭受了巨大的不幸，但是上帝仁慈，又补偿给您巨大的幸福，因为您即将做母亲了。这孩子就是您的安慰，我要以孩子的名义恳求您，要求您原谅于连先生的过错。这孩子将成为你们之间新的纽带，将是他忠实的保证。您身上怀着他的骨肉，难道您能和他的心永远隔绝吗？”

雅娜答不出话来，现在她精疲力竭、内心惨苦、肝肠寸断，甚至无力生气和恼恨了。她觉得自己的神经松懈了，渐渐割断，整个人已经奄奄一息了。

男爵夫人似乎从不记恨人，要狠心也不能持久，她轻声劝道：

“算了吧，雅娜。”

于是，神甫抓住年轻人的手，拉到床前，放到他妻子的手上，随即轻轻地在上面拍了一下，似乎要把他俩永久结合起来似的。然后，他收起职业说教的口气，高兴地说道：

“好，解决了。请相信我，这才是上策。”

然而，两只手合在一起，随即又分开了。于连还不敢拥抱亲吻雅娜，只在他岳母的额头上吻了一下，转过身去，挎上男爵的胳膊。男爵也就顺水推舟，暗自庆幸事情就这样了结。于是，翁婿二人挽臂出去抽雪茄了。

这时，病人已疲惫不堪，昏昏欲睡了，神甫和男爵夫人则小声谈话。

神甫大谈特谈，解释并阐述他的看法，男爵夫人频频点头。最后，神甫总结一下，说道：

“就这样说定了，您给这丫头巴维尔庄田当嫁妆，我来负责给她找个丈夫，找一个又本分又诚实的小伙子。嘿！就凭两万法郎的财产，不愁没有求亲的人，到时候就怕我们挑花了眼。”

男爵夫人心满意足，现在脸上泪痕已干，有了笑容，但面颊上仍挂着两颗泪珠。她再三申明：“说定了，巴维尔庄田，少说也值两万法郎。但是这笔财产，要立在孩子的名头上，父母在世的时候只能享用。”

神甫站起身告辞，同男爵夫人握了握手：

“您不要动，男爵夫人，您不要动。我可知道，走一步路有多费劲。”

神甫出去时碰见丽松姨妈。丽松姨妈来看病人，她什么也没有觉察出来。像往常一样，别人什么也没有告诉她，她也就什么都不知道。

八

罗莎莉离开了白杨田庄，雅娜正在度过痛苦的怀孕期。她要做母亲了，但内心感觉不到丝毫喜悦，还没有从过度的伤痛中摆脱出来。她仍然处于恐惧之中，不知会发生什么灾难，因此等待孩子出生也毫无兴味。

春天悄悄回到大地。光秃秃的树木还在凉风中抖瑟，但是沟渠的湿草中，腐烂的秋叶间，已然钻出黄色的报春花。一种潮湿的，像发酵一样的气味，从整个旷野，从一座座庄院，从湿润的耕田里散发出来。褐色土里钻出无数嫩绿的点点芽尖，在阳光下晶莹闪亮。

一个身材魁梧的胖女人代替罗莎莉当使女，搀扶男爵夫人在白杨路上单调地来回散步。男爵夫人那条腿更沉重了，留下一连串潮湿的泥印。

雅娜则挎着男爵的胳膊，她的身子日益笨重，总感到不舒服。丽松姨妈在另一侧扶着侄女的手，她为即将分娩这件大事操劳，但又惴惴不安、心烦意乱，觉得自己永远也不会了解这其中的奥秘。

一连几小时，他们就是这样散步，难得开口讲句话。这期间，于连突然产生一种新爱好，终日骑马在外面游荡。

再也没有什么事件来惊扰这种沉闷的生活。男爵夫妇和子爵曾去拜访过富维尔，于连似乎同那一家人很熟悉，但谁也说不清他们的过从。同布里维尔一家也有一次礼节性的互访，那对夫妇深居简出，始终待在死气沉沉的庄园里。

一天下午将近四点钟，一男一女骑马跑进白杨田庄的前院。于连异常兴奋，急忙到雅娜的房间，说道：

“快点儿，快下楼！富维尔夫妇来了。他们知道你有身孕，作为邻居来看望，就不拘礼了。我去换换衣裳。”

雅娜有点奇怪，便下楼去接待。来客夫妇二人，少妇仪容修美，但脸色苍白，略带痛苦的表情，眼神特别明亮，一头金发色泽黯淡，仿佛从未见过阳光。她丈夫则人高马大，好似大红胡子的妖怪。她从容地引见她丈夫之后，又说道：

“我们有好几次机会遇见德·拉马尔先生，通过他了解到，您现在身体很遭罪。我们是邻居，就不拘什么礼节了，赶快来看望您。您也看到了，我们是骑马来的。而且前几天，令尊和令堂大人也曾光临舍下。”

她谈吐高雅，又十分和蔼可亲，把雅娜给迷住了。雅娜的钦慕之心油然而生，暗自思忖：“这人值得交个朋友。”

德·富维尔伯爵则相反，就像闯入客厅里的一只大熊。他落座之后，把帽子放到身边的椅子上，迟疑片刻，不知该把手搁在哪里，先是放在膝盖上，又移到椅子扶手上，最后叉起十指，一副祈祷的姿势。

这时，于连忽然进来。雅娜暗自一惊，简直认不出他了。他刮了脸，穿戴整齐，又像他们订婚时那样仪表堂堂，富有魅力了。他握了握仿佛见到他才醒来的伯爵的毛茸茸的大手，又吻了吻伯爵夫人的手，这时伯爵夫人那白如象牙的面颊微微一红，眼皮也微微一颤。

于连开口了，他又像从前那可亲可爱。那双大眼睛如风月宝镜，重又变得温柔动人；那头硬发刚才还暗无光泽，经过梳理并涂上香脂，突然重现柔软而明亮的波浪。

富维尔夫妇告辞的时候，伯爵夫人转身对于连说：

“亲爱的子爵，星期四骑马游玩，您能去吗？”

于连躬了躬身，低声答道：“一定奉陪，夫人。”

伯爵夫人随即又握住雅娜的手，面带亲热的笑容，声调轻柔而感人肺腑地说：

“嗯！等您身体好了，我们三人一道跑马，那会非常痛快！您说好吗？”

她撩起骑马长裙的下摆，动作显得很潇洒，随即飞身上马，又显得轻捷如燕。反之，她丈夫笨拙地施礼告别，跨上他那匹诺曼底种的高头大马，稳稳地坐在上面，活像神话中一个半人半马的怪物。

等他们出了栅门拐弯不见了之后，于连好像乐不可支，高声说道：

“真是一对妙人儿！同这种人交往很有用处。”

雅娜不知为什么也很高兴，她答道：

“伯爵夫人娇小可爱，我感到我会非常喜欢她。不过，她那丈夫倒像个粗汉子。你是在哪儿认识他们的？”

于连喜滋滋地搓着双手：

“我是到布里维尔府上，偶然同他们相遇的。丈夫举止有点粗鲁，他酷爱打猎，还别说，他是个正牌的贵族。”

这一顿晚餐气氛相当愉快，就好像一种原本隐藏的幸福进入了这个家庭。

然而直到七月底，再也没有发生什么新鲜事。

一个星期二的傍晚，大家正围着一张木桌，闲坐在那棵梧桐树下，桌上则摆着两只小酒杯和一瓶烧酒。雅娜忽然叫了一声，脸色一下子白了，双手捂住肚子，一阵突如其来的剧痛，霎时间传遍周身，但很快又消失了。

不过，十分钟之后，浑身又一阵疼痛，虽不如头一次剧烈，但持续的时间长些。她要回房去非常吃力，几乎由她父亲和丈夫架着走。从梧桐树到她卧室这段路仿佛漫漫无边，她忍不住连连呻吟，半路要求停下来，坐着歇一歇。她觉得肚子里沉甸甸的，简直不堪重负。

预产期是九月份，还不到时候，可是家里人怕出意外，于是吩咐老西蒙套车，快点赶着去请大夫。

将近午夜时分，大夫请来了，他一眼就看出早产的征兆。

雅娜躺在床上，觉得疼痛缓解了一点儿，可是又产生了极度的惶恐，仿佛有种预感，神秘地接触到死亡，整个身心都无望地衰竭下去。生命中是有这种时刻，死亡近在咫尺，拂着我们，它的气息把我们的心吹得冰凉。

房间里挤满了人。男爵夫人喘不上来气，瘫在椅子上。男爵也不知所措，他双手抖个不停，东扎一头西扎一头，一会儿拿点东西来，一会儿又询问大夫。于连一副忙碌的样子，来回走动，但是神态却很镇定。唐图寡妇立在床脚，那副表情恰到好处，不愧是个见过阵势的女人，碰到什么事也不会大惊小怪。看护、接生和守尸她全干，迎候出世的婴儿，听他们的第一声啼哭，用第一盆水洗新生的肉体，用第一条襁褓把婴儿包起来，再以同样平静的神态倾听要离世的人的最后一句话、最后一声喘息、最后一下颤动，替他们最后一次梳洗打扮，用醋擦净他们衰朽的躯体，并用最后一条单子裹起来，总之，她已磨炼出来，无论生生死死的任何变故，她都面不改色，神色不动。

厨娘吕迪芬和丽松姨妈则缩头缩脑，一直躲在过厅门口。

产妇不时微弱地呻吟一声。

这种状况持续了两个多钟头，大家都以为还要等很长时间才能分娩，不料在天蒙蒙亮的时候，疼痛猛然又发作了，而且越来越剧烈，很快就难以忍受了。

雅娜咬紧牙关，但还是不由自主地迸发出喊叫声，心里总想罗莎莉，想到她丝毫也不痛苦，甚至连哼都没有哼一声，就把那个孩子，把那个私生儿生下来了，简直毫不费力，一点儿也没有受折磨。

雅娜内心惨苦，思绪纷乱，不断地比较她和罗莎莉的情况，开始诅咒她当初认为公正的天主，愤恨命运造孽的偏袒，愤恨满口仁义道德的那些人的罪恶谎言。

阵痛有时太剧烈，她什么念头都止息了。她身上所剩下的力量、生气和知觉，只够感受痛苦的份儿了。

在疼痛缓和的时候，她就目不转睛地盯着于连。另外一种痛苦，一种心灵上的痛苦紧紧地钳住她，只因她想起那一天，小使女恰恰倒在这张床铺脚下，大腿间夹着那个婴儿，正是此刻残忍地撕裂她五脏六腑的这个小生命的哥哥。她又清清楚楚地回忆起，她丈夫面对那个躺在地上的姑娘所有的举动、眼神和话语。而现在，她在于连身上看到同样的情形，就好像他的思想全标在他的一举一动上，她看到于连对罗莎莉的那种同样的烦恼、同样的冷漠，看到因当了父亲而气恼的那种自私男人的满不在乎的神情。

这时，她又是一阵绞痛，一阵剧痛的痉挛，心里马上想道：“我要死啦！我不行啦！”于是，她的灵魂充满了一种愤怒的抗争、一种诅咒的渴望和一种切齿的痛恨，痛恨毁了她的这个男人，痛恨要她命的这个未见面的孩子。

她挺直身子，使出浑身最后的力气，以便甩掉这个包袱。她陡然感到肚腹一下子倒空，疼痛也随之平缓了。

看护和大夫都俯过身去给她按摩，他们捧起来什么东西。不大工夫，雅娜曾经听到过的那种窒息的声音，令她惊抖了一下。继而，这初生婴儿的微弱痛苦的啼叫、呱呱的细弱哭声钻进她的灵魂，钻进她的心田，钻进她整个衰竭的可怜躯体。她下意识地动了一下，想伸出胳膊。

她周身感到一阵欢悦、一股冲动，要冲向刚刚展现的这种新的幸福。仅仅一瞬间，她就解脱了，平静而幸福了，感到从来没有过的幸福。她的心灵和肉体又活跃起来，她觉出自己做了母亲！

她要瞧瞧自己的孩子！这个婴儿出世过早，还未长头发，也未长指甲。然而，她一看到这个蠕动着，张开小嘴呱呱啼哭的软体，她一触摸这个皱巴巴、怪模怪样而动弹的早产婴儿，心中就涌漾起一种不可抑制的喜悦，从而明白她得救了，今后能抵御任何绝望的情绪，她也有了爱的寄托，今后无须考虑别的事情了。

此念一生，她就只有一个心思了：她的孩子。她发生了突变，成了狂热的母亲，而且因为在爱情上受骗，希望又落了空，她溺爱之心就尤为狂热。她要求把摇篮日夜放在她的床边，能够起床之后，她就整天坐在窗口，轻轻摇着婴儿的摇床。

她甚至嫉妒奶妈，看见孩子饥渴时把小胳膊伸向青筋暴露的肥大乳房，贪食的小嘴叼住带有皱纹的褐色奶头，她就脸色刷白，浑身颤抖，眼睛瞪着这个平静健壮的农妇，心里真想把她儿子夺过来，揍这农妇一顿，用指甲抓烂孩子贪婪吮吸的乳房。

后来，她又要亲手绣东西打扮孩子，缝制了图案复杂、做工精美的衣饰。孩子满身都是花边饰带，头上戴着华丽的小帽。她开口闭口就是孩子的事儿，往往打断谈话，让人欣赏一个襁褓、一条围嘴，或者做工高超的绸带。她根本不听周围人的谈话，只是对着孩子的衣物出神，还用手久久地摆弄，有时举起来仔细瞧瞧，然后突然问道：

“你们说说，他穿上这个好看吗？”

对于这种狂热的母爱，男爵夫妇不过一笑置之，可是于连却受不了，他认为这个吵吵闹闹并高于一切的小暴君一出世，就打乱了他的习惯，降低了他举足轻重的身份，篡夺了他在家中的地位，因而不自觉地嫉妒这个小不点儿，常常忍不住，一再气愤地说道：

“她有了这个小东西，简直烦死人啦！”

不久，这种母爱竟至走火入魔，她整夜整夜守着摇篮，注视孩子睡觉。她在这种痴情病态的观赏中不得休息，精力渐渐耗尽，身体慢慢衰竭消瘦下去，而且咳嗽起来了，医生只好吩咐把她和孩子隔离开。

雅娜又是生气，又是哭闹，又是哀求，但谁也不予理睬。每天晚上，孩子放到奶妈身边，可是每天夜里，这位母亲总起来，赤脚走过去，耳朵贴到房门的锁孔，谛听孩子是否睡得安稳，有没有惊醒，要不要什么东西。

有一回，于连应邀去富维尔府上用晚餐，回来已经夜深，正好撞见雅娜在倾听孩子的动静。这样一来，夜晚只好把她锁在房间里，好逼她上床睡觉。

八月底，给孩子举行了洗礼式。男爵当教父，丽松姨妈当教母。孩子取名叫皮埃尔-西蒙-保尔，平时就叫他保尔。

九月初，丽松姨妈悄无声息地离开了。她来也好，走也罢，谁也不会注意。

一天晚上，晚餐之后，本堂神甫来了。他面带难色，好像有什么秘密不好启齿，寒暄一通之后，他请求男爵夫妇抽出片刻时间，单独同他谈谈。

他们三人走出去，缓步走到白杨路的尽头，谈话的气氛很热烈。而这里，于连单独留在雅娜身边，他不知他们之间有什么秘密，不禁感到奇怪，又深感不安和气恼。

神甫告辞时，于连要送送他，他们踏着晚祷的钟声，朝教堂走去。

天气凉爽，略有寒意，男爵夫妇又待了一会儿，便回到客厅。大家都昏昏欲睡，这时于连突然回来，他满脸通红，一副气呼呼的样子。

他一推开门，也不考虑雅娜在场，冲着岳父和岳母就嚷道：

“老天爷，你们都疯啦，竟赏给那丫头两万法郎！”

他们都大吃一惊，谁也没有答话。于连接着吼道：

“谁也不会愚蠢到这种地步，你们连一文钱也不想给我们留下呀！”

这时，男爵已定下神儿来，他力图阻止于连：

“住口！想一想，您是在您妻子面前讲话！”

不料，于连更是暴跳如雷：

“哼，我才不管那一套呢！况且，这事儿她非常清楚。这种盗窃，是她受损失！”

雅娜很惊讶，莫名其妙地看着他，讷讷地问道：

“究竟是怎么回事儿啊？”

于是，于连转过身去，要找雅娜帮腔，把她看成利益同样受到损害的合伙人。他当即向她讲述了男爵夫妇如何策划把罗莎莉嫁出去，并陪送至少值两万法郎的巴维尔庄田。他再三重复：

“亲爱的，你这爹娘疯了，真的疯啦！两万法郎！两万法郎呀！他们脑袋发昏啦！两万法郎，送给一个私生子！”

雅娜听了，既不激动，也不生气，这样泰然处之连她自己都奇怪。现在，凡是与她孩子无关的事，她全都不闻不问。

男爵气得岔了气，一时想不出什么话来回答。继而，他终于发作，跺着脚嚷道：

“想一想，您说的这是什么话，真是岂有此理！给那个带孩子嫁人的丫头一份嫁妆，如果说是迫不得已，可这又怪谁呢？那孩子是谁的？现在，您倒想把他抛弃就完事大吉！”

于连不料男爵言辞如此激烈，吃了一惊，他目不转睛地看着男爵，口气更加沉稳地又说道：

“其实，给一千五百法郎就足够了。这里的姑娘嫁人之前，个个都有孩子。至于孩子是和谁生的，这无关紧要。您要给她价值两万法郎的一份庄田，让我们蒙受损失不算，还等于向所有人承认这里所发生的事情。至少，您总该为我们的名声和地位想一想啊。”

他说话的声调相当严厉，就像一个人确信自己的权利，确信自己的话合乎道理。这套逻辑倒出乎男爵的意料，他有点动摇，一时张口结舌。于连觉得自己占了上风，便拿出自己的结论：

“幸好还没有成为事实，我认识愿意娶她的那个小伙子，他是个厚道人，什么事和他都好商量。这件事包在我身上。”

于连说罢就出去了，显然害怕再争下去，他见大家不说话了，正中下怀，认为这是默许。

男爵这边非常惊愕，又气得发抖，等于连一出去，便愤愤地说：

“哼！简直太过分了，太过分了！”

这时，雅娜抬眼望望父亲那张茫然失措的脸，突然咯咯大笑起来，笑声还像从前她见到滑稽事那样清脆。她反复地说：

“爸爸，爸爸，你听见了吧，他说两万法郎时是什么腔调？”

男爵夫人眼泪来得快，笑声也来得快，她想起姑爷那副气急败坏的样子，想起他那样咆哮，那样激烈反对，不让别人掏腰包给那个被他作践的姑娘，她又看到眼前雅娜如此好兴致，也就忍俊不禁，哈哈大笑，笑得身子直抖动，眼泪都笑出来了。男爵于是受到感染，也随着笑起来。这三人还像从前快乐的日子那样，一个个开怀大笑，结果都笑岔了气。

等他们三个稍微平静下来，雅娜怪道：

“这事儿真怪，看来对我再也不起作用了。现在，我已经把他看成一个陌生人，简直不能相信我还是他的妻子。喏，你们看到了，我还拿他的……他的……他的俗不可耐的言行寻开心。”

他们一边笑着，一边不知道为什么，竟然情不自禁地相互拥抱。

又过了两天，在午饭之后，于连已经骑马出去，忽然来了一个小伙子，他高高的个头儿，看上去年龄在二十二岁至二十五岁之间，身穿一件紧口灯笼袖、熨得笔挺的崭新蓝布罩衫。他仿佛从早晨起就潜伏在附近，这时沿着库亚尔家一侧的沟渠溜过去，绕过田庄主楼，鬼头鬼脑地钻进栅门，一副可疑的样子，蹑手蹑脚朝男爵和两位女眷走过来。他们三人饭后还一直坐在梧桐树下。

那人一跟他们打照面，便摘下鸭舌帽，边施礼边往前走，神情显得局促不安。

他看看走到说话听得见的地方，便讷讷说道：

“在下愿为效劳，男爵先生、夫人和小姐。”

他见无人理睬，便自报姓名：

“我就是代西雷·勒科克。”

没听说过这个名字，男爵问道：

“您有何贵干？”

看来必须说明来意，小伙子不禁慌张起来。他低头瞧瞧拿在手中的鸭舌帽，又抬眼望望邸宅的楼顶屋脊，结结巴巴地回答：

“是神甫先生跟我提了两句，说的那件事……”

他随即又住口，怕言多有失，损害自己的利益。

男爵没有听懂，又问道：

“什么事？我可不知道。”

于是，那人压低声音，终于说道：

“是府上使女那件事……那个罗莎莉……”

雅娜已经猜到了，于是起身抱孩子走开。男爵这才说：“过来吧。”接着指了指他女儿刚离开的椅子。

那个庄稼汉立刻坐下，嘴里咕哝一句：

“您待人真和气。”

说完他又等待，好像他再也无话可讲了。冷场了好大工夫，他终于又下决心，抬头仰望蔚蓝的天空，说道：

“这个节气，就算好天儿了，可惜田里已经下种，得不到什么好处了。”说罢，他又不做声了。

男爵实在不耐烦，便单刀直入，冷淡地问道：

“这么说，是您要娶罗莎莉啦？”

那人立刻不安起来，他作为诺曼底人狡黠惯了，这样谈话不放心。于是他戒备起来，口气变为急切地说道：

“看情况，也许娶，也许不娶，这要看情况了。”

听了这种模棱两可的回答，男爵恼火了：

“真见鬼！说句痛快的话：您是为这事来的，对不对？您要娶她，对不对？”

那人又神色惶遽，眼睛死盯着自己的双脚：

“若是照神甫说的，我就娶她；若是照于连先生说的，我就不娶。”

“于连先生是怎么对您说的？”

“于连先生么，他对我说能得一千五百法郎，而神甫先生呢，他对我说能得两万法郎。两万我就干，一千五我就不干。”

男爵夫人半躺在椅子上，看到那个乡下佬惴惴不安的样子，这时她不禁咯咯笑起来。那庄稼汉不满地瞥了她一眼，不明白她为何发笑，然后又是等待。

男爵厌恶这种讨价还价，斩钉截铁地说：

“我对神甫先生说过，您能得到巴维尔庄田，一辈子受用，将来就留给那孩子。庄田值两万法郎。我不说二话，究竟干不干？”

那人满意地微笑了，一副低声下气的样子，话也突然变得多起来：

“哦！照这么说，我哪儿能讲不字？刚才我没松口，就差这一点。神甫先生跟我说时，我马上就想答应，真的。当时我在心里说，男爵先生这样瞧得起我，能让他老人家称心如意，我是非常高兴的。话不是这么说吗，大家相互帮忙，以后相互也总有个照应，大家相互这样也值当。可是，后来于连先生又来找我，说是只能给一千五。我心里嘀咕：'要弄明白。'所以我就来了。这倒不是怪谁，我是信得过的，只是想弄个明白。俗话不是说吗，朋友情，账目清，对不对呀，男爵先生……"

必须打断他的话，男爵问道：

"您打算什么时候结婚？"

那人忽又胆怯起来，显得十分为难，最后，他还是犹犹豫豫地说：

"我可不忙着办事，先写个字据行吗？"

这一下，男爵发火了：

"写个鬼！到时候您不是有婚约吗，那就是最好的字据。"

庄稼汉仍然固执：

"眼下，总可以立个字据，反正没有什么坏处。"

男爵霍地站起来，要结束谈话：

"回答行不行吧，干脆一句话。您若是不干就说，还有一个人等着呢。"

这个狡猾的诺曼底人一听有对手，立刻慌了神儿，心里一怕才果断起来，把手伸过去，就像买头奶牛成交那样：

"击掌成交，伯爵先生，谁若翻悔不是人。"

男爵同他击掌之后，便喊道：

"吕迪芬！"

厨娘从窗口探出头来。男爵吩咐一声：

“拿一瓶酒来！”

他们二人碰杯，庆贺成交。那小伙子离开时，脚步轻松多了。

他们对于连绝口不提这次来访，准备婚约也是极其秘密地进行，等到结婚公告在教堂张贴出来，婚礼就在一个星期一的早晨举行了。

一位女邻居把孩子抱进教堂，站在新娘和新郎的身后，作为确保发财的一个吉兆。当地人谁也不觉得奇怪，大家都羡慕代西雷·勒科克，说他生来戴帽交好运[①]，说这话时还挤眉弄眼地笑笑，然而毫无恶意。

于连大闹了一场，促使男爵夫妇提早离开白杨田庄。雅娜望着他们离去并不十分伤心，保尔成为她永不枯竭的幸福之泉了。

① 指新生婴儿头顶着胎膜。

九

雅娜产后身体既已完全康复，夫妇二人就商议决定去回拜富维尔夫妇，再去拜访库特利埃侯爵。

不久前，于连在一次拍卖中买进一辆新车，这辆四轮敞篷车只需套一匹马，这样，每月他们就能外出两趟了。

十二月的一天，天朗气清，于连和雅娜驾车出门，在诺曼底的原野跑了两个小时，便沿着坡路驶入一个小山谷。四面谷坡都已树木成林，谷底则垦为耕地。

过了已经播种的田地，便是一片片牧场，过了牧场又见一片芦苇丛生的沼泽地。在这个季节，高高的芦苇都已枯干，长长的芦叶在风中刷刷作响，宛如黄色的飘带。

顺着谷路驶过一个急拐弯，窃蠹田庄就赫然出现在眼前。那宅子一面依傍林木覆盖的山坡，另一面濒临一大片水塘，一整面墙脚都浸在水中。水塘对岸是一片高大的杉树林，沿另一面山坡攀缘而上。

他们先要过一座古式吊桥，再通过路易十三时代式样的拱门，才进入正院。主宅也是路易十三时代风格的，门窗的框边用红砖砌成，两侧各有青石瓦顶的小钟楼。

于连向雅娜解释这座建筑的各个部分，表明他是常客，对此了解得很透彻。他对这精舍赞叹不已，每一处都仔细赏析一番。

“瞧那道拱门！嘿！这样一所住宅才叫气派呢！另一面完全坐落在水塘中，有宽大的台阶下到水边。那里停泊着四只小船，伯爵夫妇每人各两只。右首那边，你瞧有一排白杨树，那就是水塘的边缘，从那里开始有一条小河，直通费岗。这一带鸟兽特别多，伯爵就爱在这山谷里打猎。这才是名副其实的贵族府第。”

主宅的正门已经打开，面色苍白的伯爵夫人笑吟吟的，款款走出来迎接客人，她就像过去朝代的庄园女主人，身穿着一条拖裙。她那神采仪容，俨然是《湖》[①]上的美人，天生就配住在这座童话中的小古堡里。

客厅有八扇窗户，其中四扇朝向水塘和对面山坡上苍郁的杉林。

黛绿的杉林冠顶黑黝黝的，显得水塘尤为幽深、肃穆和阴森。

伯爵夫人拉住雅娜的双手，就好像少年时的一位朋友，让

---

① 法国浪漫诗人拉马丁（1790—1869）的名诗。

她坐下，而自己就坐在她身边的矮椅上。于连则有说有笑，特别平易近人，的确，近五个月来，他又恢复了一度疏忽的风度翩翩的扮相。

伯爵夫人和于连谈起他们一道骑马游玩的情景。她笑话于连骑马的姿势，称他为“踉跄骑士”，于连也觉得好笑，并给她起绰号叫“马上王后”。窗外忽然一声枪响，吓得雅娜惊叫一声。那是伯爵打中了一只野鸭。

他妻子立刻唤他。这时传来一阵桨声和小船撞到石阶上的声响，接着伯爵出现了，他足登宽靴，魁伟的身躯后面跟着两条猎狗。那两条猎狗水淋淋的，棕色的皮毛同主人须发的色调一致，到了门口就趴在外面的地毯上。

伯爵在自己家中显得自在多了，他见来了客人非常高兴，吩咐仆人往壁炉里添木柴，再端上饼干和马代尔产的红葡萄酒。然后，他突然高声说道：

“对了，二位就留下吃晚饭吧，就这么定了。”

雅娜心里始终惦念孩子，便谢绝邀请，但是伯爵恳请再三，于连见雅娜执意不肯，便不耐烦了，急忙递过去眼色。雅娜见此情景，怕又唤起他那爱争吵的坏脾气，只好同意了，但她待在这里如同受罪，心想今天见不到保尔了。

下午过得很愉快。他们先去观赏山泉，只见泉水从长满青苔的岩石脚下喷出来，落入一个始终像开水沸动的清水池。然后，他们又乘坐小船兜了一圈，行驶在枯干的苇林中开辟出来的真正的水路上。伯爵坐在两条狗中间划桨，每划一下，船体往上一纵，向前冲去，两条狗扬着鼻子，临风嗅着什么。雅娜有时把手伸进冰冷的水中，感到一股凉意爽快地从指尖传至心扉。于连和裹着头巾的伯爵夫人坐在船尾，他们脸上挂着永恒的微笑，就像陶醉在幸福之中再也无所希求的人那样。

天色向晚，一阵阵刺骨的长风，从北面刮过来，扫荡枯萎的灯芯草丛。太阳沉落到杉树林后面，天空一片红光，飘着几朵形状怪异的红云，仰头一望就令人顿生寒意。

他们回到客厅。客厅里炉火烧得正旺，一进门就给人温暖舒适的快感。这时，伯爵乐不可支，张开粗壮的胳膊，一下子把他妻子抱起来，像举孩子一样把她举到嘴边，在她左右面颊上着着实实吻了两下，显露他这厚道人的满意心情。

雅娜笑呵呵地望着这个善良的巨人，觉得单看他那胡须就像童话里吃人的妖怪，心下不禁暗想："天天看人，可是多么容易看错啊。"这时，她几乎不由自主地把目光移到于连身上，只见他站在门口，脸色铁青，眼睛死死盯着伯爵。雅娜不免担心，走到她丈夫身边，悄声问道：

"你怎么啦？不舒服吗？"

于连声调带着几分火气，答道：

"没什么，别管我。刚才我有点冷。"

他们走进餐厅时，伯爵请求客人允许他把狗放进来。两条狗立刻来到主人身边，左右两侧各蹲了一条。主人不时喂给它们一点食品，抚摸它们柔软光滑的长耳朵。两条狗仰起脑袋，摇着尾巴，快活得浑身直抖动。

用罢晚餐，雅娜和于连想要告辞，德·富维尔先生又留住他们，要让他们观赏举火把打鱼的情景。

伯爵请客人和他妻子站在水塘边的石阶上，他自己带一名仆人上船。仆人一手拿着旋网，一手举着燃烧的火把。夜色清亮而寒冷，天幕镶缀着点点金星。

火把在水面上拉出一条条奇异的流光，把跳跃的光亮投射到芦苇上，还照见杉树林的黑幕。小船调了头，忽见一个人影，一个巨大的怪影，赫然映现在杉树林的黑幕上，脑袋超过树冠，隐没在夜空，而两只脚却插进水塘里。继而，那巨人扬起手臂，仿佛要摘星辰。那两条其长无比的胳膊猛然抬起来，又放下去，这边立刻听见轻微击水的声音。

小船又缓缓地调头，火光随着旋转照亮树林，而那巨大的怪影则似乎沿着树林奔跑，接着仿佛遁入看不见的天边，继而忽又出现在主宅的墙壁上，不像原先那样高大，但是更为清晰，动作也特别古怪。

伯爵的粗嗓门喊道：

“奇蓓特，网了八条！”

双桨击打着水波，巨影现在伫立在墙壁上不动，但轮廓逐渐缩小，脑袋似乎往下降，躯体消瘦下来。当伯爵和手执火把的仆人，一前一后登上石阶时，那影子也就缩为他本人一般大小，并模仿他的每一个动作。

他拎的网里有八条跃动的大鱼。

雅娜和于连终于上路，身上裹着主人借给他们的大衣和毛毯。雅娜几乎情不自禁地说：

“那个大汉可真是个忠厚的人。”

于连驾着车答道：

“是啊，不过，他在别人面前不大懂得规矩。”

过了一周，他们又去拜访库特利埃夫妇，本省贵族之家的榜首。他们的雷米尼庄园靠近卡尼镇，是在路易十四朝代新建的

邸宅，深藏在一座筑有围墙的优美的花园里。站在土冈上，能望见古堡的废墟。几名身穿号服的仆人把来客让进一个气派非凡的大厅。大厅正中有一个圆柱形的台座，上面供着塞夫勒城制造的一个特大号独脚盘，台座脚下有一块玻璃板，压着国王的一封亲笔信，信中请莱奥波德–埃尔韦–约瑟夫–日耳迈·德·瓦纳维尔，即罗勒博·德·库特利埃侯爵接受君主的这件赠品。

雅娜和于连正在观赏这件御赐品，侯爵夫妇出来见客。夫人的头发上扑了粉，她要尽地主之谊，故而装出和蔼可亲的样子，但又要显示降尊纡贵，故而难免装腔作势。侯爵则身体肥胖，一头皓发挽上去，梳得溜光，他的举止声调，他的整个神态，都标示出他身份尊贵的傲气。

他们这种人最讲究礼仪，无论思想、感情，还是话语，都显得高高在上，目无下尘。

他们自顾自地讲话，并不等对方回答，面带笑容却神态冷漠，仿佛总是在履行因自己的出身而不得不承担的职责，彬彬有礼地接见周围的小贵族。

于连和雅娜手足无措，竭力想讨好主人又口齿拙讷，坐下去十分尴尬，要告退又不善辞令。还是侯爵夫人亲自结束了这次拜访，她恰到好处地停止谈话，显得十分自然，十分随便，就像有礼貌的王后辞退觐见者那样。

在返回的路上，于连说道：

“你若是同意的话，我们的拜访就到此为止吧。我觉得，同富维尔家来往就够了。”

雅娜同意他这想法。

十二月份，岁暮的这个黑洞，这个晦暗的一个月，慢慢地过去了。像去年那样，幽居的生活又开始了。不过，雅娜并不感到烦闷，一心扑在保尔身上。于连在一旁看着这孩子，眼睛里流露出不安和不满的神色。

常常有这种情况，雅娜抱着孩子，像所有母亲对自己的孩子那样，百般爱抚，又百般亲热，然后把孩子递给父亲，同时说道：“你倒是亲一亲他呀，就好像你不喜欢他似的。”这时，于连便露出厌恶的神情，整个身子画了一个圈，生怕碰到孩子乱动乱抓的小手，然后用嘴唇轻轻拂一下孩子光秃秃的脑门儿，随即转身就走开了，仿佛受到一种厌恶情绪的驱赶。

乡长、大夫和本堂神甫时常应邀来吃饭，富维尔夫妇也时常来访，两家人的关系越来越紧密了。

伯爵显然非常喜爱保尔，他登门拜访时，从来到走，总把孩子放在他的双膝上，甚至抱上整整一下午。他用那巨人般的大手掌极轻地抚弄着孩子，用长长的胡子尖搔痒他的鼻尖，还像母亲那样亲也亲不够。他因妻子没有生育而一直苦恼。

三月份天气晴朗少雨，几乎有了暖意。奇蓓特伯爵夫人又提起四人骑马一道游玩的事。雅娜同意了，这漫长的暮晚、漫长的黑夜、漫长的时日单调而又相似，她有点厌烦了，能骑马玩玩她很高兴。于是，整整一个星期，她就兴致勃勃地缝制她骑马的长裙。

他们骑马出去游玩时，路上总是一对一对的，伯爵夫人和于连在前，伯爵和雅娜在后，相距有百步远。后面这一对像朋友一样，安安静静地聊天。的确，两个人都胸怀坦荡，性情朴实，一接触就成了好朋友。前面那一对常常窃窃私语，有时敞声大笑，有时突然四目相对，眉目间仿佛有千言万语没有讲出来。继而，他们又猛地纵马飞驰，渴望逃开，逃得越远越好。

过了一会儿，奇蓓特似乎暴躁起来，她那激烈的声音，顺风一阵阵传来，传到落在后面的两位骑手的耳畔。于是，伯爵微笑着对雅娜说：

“我的夫人不是天天都有好性儿的。”

一天傍晚，在返回的路上，伯爵夫人故意撩拨她那匹骡马，用马刺刺它跑，随即又猛地勒住缰绳，后面的一对听见于连一再告诫她说：

“当心，您可要当心，马会惊跑的。”

伯爵夫人反驳道：

“惊就惊，这不干您的事！”

她那声调非常干脆，非常生硬，说出来的话响彻旷野，就仿佛久久悬在半空。

果然，那匹骡马口吐白沫，猛然竖起前蹄，又连连尥蹶子。伯爵忽然担心起来，可着嗓门喊道：

“当心啊，奇蓓特！”

女人发神经的时候，什么也阻止不了。同样，伯爵夫人听见丈夫的喊声，好像出于挑衅，又照马的两耳之间猛抽一鞭。马狂怒地竖立起来，前蹄在空中乱蹬，然后刚一着地，便向前一纵，飞也似的在田野里狂奔，横冲直撞。

惊马先是穿过一片牧场，冲入耕地，溅起沃土泥巴，一溜烟地飞驰，人和马都分不清了。

于连吓呆了，停在原地，拼命地喊：

“伯爵夫人！夫人！”

这时，伯爵一声长嚎，身子伏到高头的马颈上，整个身子一冲，带动坐骑向前跑去。这个巨人般的骑士以吆喝声，以动作和马刺激励驱动马、恫吓马，不遗余力地纵马飞奔，就好像他双腿夹着那笨重的牲口，要携带它腾空而去。这对夫妇以无法想象的速度，径直向前飞驰。雅娜远远望见那两个身影逃逝，逃逝，越来越缩小，越来越模糊，最后消失不见了，犹如两只追逐的鸟儿在溟蒙的天际中隐没。

这时，于连挽缰徐行，回到妻子身边，悻悻地咕哝道：

“我看她今天简直疯啦。”

于连和雅娜这才去追两位朋友，而这时，伯爵夫妇已经消失在起伏不平的旷野里。

他们跑了一刻钟，望见伯爵夫妇往回走，不久就同他们会合了。

伯爵满脸通红，满头大汗，他嘿嘿笑着，怀着胜利的喜悦，用他那副铁腕牵着妻子的那匹颤抖的骡马。伯爵夫人脸色苍白，肌肤抽搐，一副痛楚的神情，她的一只手搭在丈夫的肩上，像要晕倒似的。

看到这一天的情景，雅娜明白伯爵爱他妻子胜过自己的生命。

之后的一个月，伯爵夫人快乐的情绪又是前所未有的。她到白杨田庄来得更勤了，动不动就咯咯大笑，热烈而深情地拥抱雅娜，仿佛她的生命喜逢一种神秘的欢悦。她丈夫也喜气洋洋，总是目不转睛地注视她，有时冲动起来，总想摸摸她的手，她的衣裙。

一天晚上，伯爵对雅娜说：

“这阵子，我们生活在幸福之中。奇蓓特从来没有像现在这样温柔可爱，她情绪好了，也不再生气。我觉出她爱我，而这一点，我始终摸不准。”

于连也变了样，他快活多了，不再那么烦躁，就好像两家结成的友谊，给每家都带来了安宁和快乐。

这年春天来得特别早，天气骤然热起来。

从畅和的早晨，一直到平静温煦的暮晚，阳光融融，催促大地发芽。倏忽间，所有嫩芽一齐萌发，生机盎然。生命的汁液不可抗拒，勃勃冲涌，万物复苏，大自然一片欣欣向荣。这样的好年景会使人相信能重返青春。

看到这勃勃生机，雅娜心中隐隐有所感悟。她面对草坪上的一朵小花会顿生慵倦之意，有时耽于甜美的感伤，有时陷入缠绵的遐想。

继而，雅娜心头涌现初恋时的种种温馨的记忆，这并不是说她心里对于连重又产生了感情，不，这已经结束了，一去不复返了。然而，她的整个肉体受到和风的爱抚，浸透春天的气息，不免悸动不安，仿佛听到无形而温柔的呼唤。

她喜欢独自待着，在温暖的阳光下忘怀一切，周身感受着朦胧而恬静的快意，而这种快意又不会引起任何思虑。

一天早晨，雅娜正处于这种蒙蒙眬眬的状态，脑海里忽然掠过一个影像，映现埃特塔村附近小树林绿荫中那个阳光透射的洞。正是在那里，在这个当时爱她的年轻人身边，她第一次感到肉体的悸动战栗；正是在那里，这个年轻人胆怯地，结结巴巴地，第一次向她表白了心愿；也正是在那里，她以为一下子接触到她所希望的美好未来。

于是，她想再去看看那片树林，算是一种感情和迷信的朝圣，仿佛重游旧地会给她的生活进程带来什么变化。

于连天一亮就走了，不知上哪儿去了。于是，雅娜吩咐鞴马，随即策马上路。近来，她时常骑的是马尔丹家的那匹小白马。

这一天非常宁静，没有一丝风，无论青草树叶，各处都静止不动，仿佛风已经死灭，一切这样静止，直到千秋万世。就连昆虫也都隐匿起来。

太阳降下的炎炎的寂静成为主宰，不知不觉将一切笼罩在金黄色的雾中。雅娜挽辔徐行，怡然自得地在马上摇晃。她时而举目望望极小的一朵白云，那朵白云宛如一小团棉花，好似一点凝聚的水汽，遗忘在那里，孤零零的，高悬在碧空。

雅娜沿坡路走下山谷，缓缓地走向树林。这个山谷直通大海，入海的两侧悬崖呈巨大的穹隆状，称为埃特塔大门。阳光从尚不繁茂的叶丛绿荫间倾泻下来。她没有找到那个地点，只好徘徊，踏遍一条条林间小径。

她正穿行在一条长长的林荫路，忽然望见路尽头有两匹鞴鞍的马拴在一棵树上，立刻认出来，正是奇蓓特和于连的坐骑。她已经产生孤独的压抑感，在这里意外地遇见他们，她非常高兴，于是策马向前跑去。

雅娜赶到时，看见两匹马非常悠闲，好像已经习惯于长时间的停歇，她高声呼喊，可是没人答应。

一只女式手套和两条马鞭，丢在有人践踏的草地上。显然，他们在这里坐过，然后丢下马走远了。

她等了一刻钟，二十分钟，心中不禁诧异，弄不明白他们干什么去了。她下了马，靠在一棵树干上伫立不动了。这时，两只小鸟儿没有看见她，飞落到她旁边的草地上，一只鸟儿蹦蹦跳跳，围着另一只转，同时耸起翅膀抖动，不断地点头致意，还啾啾叫着，忽然，两只鸟儿交尾了。

雅娜吃了一惊，就好像她根本不懂这种事，她转念一想："真的，春天到了。"继而，她又产生一个念头，一丝疑虑。她扭头又瞧了瞧手套、马鞭和丢下不管的两匹马，心中抑制不住，渴望逃开，于是翻身上马。

现在，她策马返回白杨田庄。一路上，她的头脑紧张地活动、推理，把事实串起来，把情况联系起来考虑。她早怎么没有猜出来呢？她怎么一点也没有看到呢？于连经常出门，又重新注意衣着仪表，而且脾气也变好了，这种种变化，她怎么没有看明白呢？她也想起奇蓓特突然发神经闹脾气，又过分亲昵的种种表现，想起她近来享受的，连伯爵也为之高兴的甜美幸福。

雅娜又勒住马慢慢行走，以便认真地思考，而马跑得太快会打乱她的思路。

最初的激愤情绪过后，她的心情几乎平静下来，既不嫉妒，也不憎恨，而是充满了蔑视。她并不怎么考虑于连，于连做出什么事情来，她都不会感到奇怪了，她特别气愤的，倒是她的朋友伯爵夫人的双重背叛。看来，世上人人都背信弃义，都是满口谎言的伪君子。她眼眶里涌出了泪水。人为破灭的幻想而哭泣，往往同哭死者一样伤心。

然而，她心里决定装作一无所知，从此关闭心扉，不再为世俗的情爱所动，只爱保尔和自己的父母，以平静的面孔容忍其他人。

她一回到家，便扑向儿子，把他抱到自己的卧室，发狂似的又亲又吻，足足一个小时没有停歇。

于连回来吃晚饭了，他笑容满面，显得可爱可亲，对妻子处处殷切体贴。他问道：

“爸爸和妈妈今年不想来了吗？”

雅娜心里十分感激他这种关怀，几乎原谅了她在树林中所发现的秘密。她突然萌发了强烈的愿望，快些见到除了保尔之外她最爱的两个人，于是她连夜写信，敦促他们早日前来。

她父母答复说，他们于五月二十日到达。现在是五月七日。

她等待的心情越来越焦急，就好像除了天伦之情，她还感到一种新的需要，她的心想接触诚实的心，她想敞开心扉，同那些纯洁的人交谈，因为那些人一生高洁，每个行为、每种思想、每种欲念，始终是光明磊落的。

周围的人天良丧尽，她现在深感良心上的孤独。尽管她突然开窍而善于掩饰，能够以笑脸伸手迎接伯爵夫人，但是她明白这种空虚之感、对人的鄙视日益扩大，渐渐将她包围了。当地的那些小道消息，每天都往她的心灵投上一分对人的更大憎恶和蔑视。

库亚尔家的闺女最近生了孩子，不能不结婚了；马尔丹家的女仆是个无父无母的丫头，现在肚子大起来；邻居家一个十五岁的女孩，肚子也大了；还有一个跛脚的穷寡妇，邋遢肮脏到了极点，外号叫“狗屎”的，竟然也怀了孕。

随时都能听到这类丑闻，不是哪家姑娘有了身孕，就是哪个有丈夫有子女的农妇，或者哪个受人尊敬的富农又干出了风流事。

仿佛受这火热春天的激发，不仅草木生机勃勃，而且人也精力旺盛。

雅娜止息的感官再也没有反应，唯独她那颗受创的心和感伤的灵魂，还为这促进生息的温馨气息所牵动，她陶醉在毫无欲念的梦幻中，热衷于胡思乱想。对那种龌龊的兽欲，她深感诧异，满怀憎恶乃至憎恨。

现在，她对性交行为感到气愤，认为这是违反天性的。她之所以怨恨奇蓓特，绝不是因为她夺走了自己的丈夫，而是因为她也不例外，掉进了尘世这个泥潭里。

奇蓓特理应有所不同，不属于受低级本能支配的粗野之流。她怎么能跟那些畜生一样放荡呢？

就在雅娜父母要来的那天，于连对她讲了他认为十分自然而又滑稽的一件事，重又引起了她的反感。于连兴致勃勃地对她说，在烤面包的前一天，面包师听见烤炉里有动静，以为是野猫钻进去了，不料却发现是他老婆，而那女人“并不是在里边烤面包”。

于连还补充说：“面包师把炉门关上，差一点把里边那一对给闷死，幸亏他的小儿子跑去找邻居，因为他母亲和铁匠钻进炉里时，让他看见了。”

于连还笑嘻嘻地一再重复：

“那些滑稽的家伙，净给我们吃爱情的面包。这事讲起来，真像拉封丹的一篇好故事。”

雅娜听了，再也不敢碰面包了。

驿车停到门前的台阶前，车窗里露出男爵那张喜兴的面孔。这时，雅娜的灵魂与胸口立刻深有所感，情绪激动起来，这是一种她从未有过的感觉。

她又见到妈妈时，不觉呆住了，险些昏过去。经过一个冬天，仅仅六个月未见，男爵夫人就老了十岁。她那肥厚的、软塌塌垂下来的双颊，好像充血一样发紫；她的眼睛已经黯淡失神；两边要有人架着，她才能够走动；呼吸更加困难，发出嘶嘶的声音，吃力极了，连旁边的人看着都有艰难痛苦的感觉。

男爵同她朝夕相处，毫未留意她身体状况的恶化，当她抱怨总上不来气，身子日渐笨重时，男爵就回答说：

“嗳！哪里呀，亲爱的，我从认识你时就是这样。”

雅娜陪着到了他们的房间，回到自己的卧室便哭起来，内心烦乱，不知如何是好。继而，她眼泪汪汪地去见父亲，一下子扑到他的怀里，说道：

“噢！妈妈的变化多大呀！她怎么啦，告诉我，她究竟怎么啦？”

男爵深感意外，答道：

“是吗？怎么可能呢？没有的事。我可一直没有离开过她，我敢保证她一向如此，我觉得她并不坏。”

当天晚上，于连对他妻子说：

“你母亲的情况可不妙，我看她恐怕有病。”

雅娜失声痛哭，于连不耐烦地说：

“这是怎么说的，我又没有讲她不行了。什么事到你这儿就不得了。她不过是变了样，人上了年纪嘛。”

过了一周，雅娜看惯了母亲这副新相貌，也就不再想这事儿了。也许是她驱走了种种担心，人嘛就是这样，出于自私的本能，也出于寻求心情平静的天性，总好驱走并排除自己所面临的惶恐和忧虑。

男爵夫人走不动路了，每天只能出去半小时。她沿着“她的”林荫路走完一趟，就再也动不了了，要在“她的”长椅上坐一坐。有时，她连一趟也走不完，只好说：

“停下来吧。我这心脏肥大症，今天累得我的腿都不听使唤了。”

她也不怎么发笑了，去年能惹她笑得前仰后合的事儿，现在只能使她微微一笑了。不过，她的眼神儿还很好，接连几天她又看了一遍《柯丽娜》，以及拉马丁的诗集《沉思集》。然后，她要人把装“纪念品”的抽屉给她拿来。于是，她把珍藏的旧信件全倒在膝头上，把抽屉放在身边的椅子上，每封都慢慢地重读一遍，再把她的“念心儿”一件一件放回抽屉里。当她独自一个人，身边一个人也没有的时候，她就拿起一些信来吻，就像有人偷偷地吻着逝去的心爱之人所遗留的头发。

有时，雅娜突然闯进屋，发现她在流泪，伤心地流泪，于是高声问道：

“你怎么啦，妈妈？”

男爵夫人长叹一声，答道：

“我是看了这些念心儿才伤心的。人好念旧，翻弄特别美好的事情，可惜结束啦！还有一些人，你已经不大想了，却会突然出现，你恍若看见他们，听到他们的声音。这叫人感慨万千，不能自已。这种感受，将来你会尝到的。”

在这种感伤的时刻，男爵若是进来，就会悄声对女儿说：

“雅娜，亲爱的，你若是听我的话，就把你的信烧掉，你母亲的信，我的信，全部烧掉。人到晚年，最可怕的事情，就是回忆自己的青春年华。”

然而，雅娜也保藏着她的信件，准备她的“念心儿匣子”，她尽管在各方面都和她母亲不同，但还是遵循遗传的本能，具有多愁善感和耽于幻想的性情。

过了几天，男爵要料理一件事，出门去了。

这正是最好的季节，每天晨曦霞光绚丽，白昼阳光灿烂，夕照一片静谧，夜晚温煦而星光闪烁。男爵夫人的身体很快好起来，雅娜也很快忘却于连的偷情和奇葆特的负义，几乎觉得自己是美满幸福的。田野鲜花盛开，芳香扑鼻，大海始终风平浪静，在阳光照耀下，从早到晚都波光粼粼。

一天下午，雅娜抱着保尔去田野游玩，她时而瞧瞧儿子，时而赏赏路边的花草，内心洋溢着无限的幸福。她不时地亲亲孩子，紧紧地搂在怀里。她感到田野馥郁的香气轻拂，不禁心醉神迷，沉浸到一种无比的畅意中。继而，她憧憬孩子的未来。将来他会成为什么样的人呢？她时而希望他成为有名望、有势力的大人物，时而甘愿他当个平凡的人，忠诚温顺，守在妈妈身边，始终向妈妈张开双臂。有时她以做母亲的私心爱他，就盼望他只做她的儿子，永远做她的儿子；有时她又以热诚的理念爱他，雄心勃勃想让他成为人上人。

雅娜坐在沟渠沿上，仔细端详儿子，仿佛从未见过似的。一想到这个小生命将来会长大，满脸胡须，走路步伐矫健，说话声音洪亮，雅娜就突然感到万分惊奇。

这时，远处有人叫她。她抬头望望，只见马里于斯跑来，心想准是家里来了客人，于是站起身，但因受了打扰而心下不高兴。那孩子飞跑前来，快到跟前时便喊道：

"夫人，男爵夫人不好啦！"

雅娜只觉冷水从脊背流下来，她一时慌了神儿，大步流星地急忙赶回去。

她远远望见梧桐树下聚了一堆人。她冲上去，人群立即闪开。她看见母亲躺在地上，脑袋垫着两个枕头，脸色全黑了，双眼紧闭，气喘了二十年的胸脯不动弹了。奶妈将孩子从少妇的怀里接过去抱走了。

雅娜眼睛怔怔的，问道：

"怎么回事儿？她是怎么跌倒的？快去找大夫啊！"

她偶一回头，忽见神甫在那里，不知道是如何得到消息赶来的。神甫已卷起教袍的袖子，要上前动手帮忙。然而，无论是用醋还是花露水抹擦，都不见效了。

"还是把她的外衣脱下，安置她躺在床上。"神甫说道。

庄户约瑟夫·库亚尔、西蒙老头和吕迪芬都在场，比科神甫也上手帮忙，他们想把男爵夫人抬走。可是刚一抬起来，她的头就向后耷拉下去，而且她身子太肥太沉，他们手抓的衣裙撕破了也抬不动。雅娜一见这情景，恐怖得大叫起来。他们只好又撂下这软绵绵的庞大身躯。

人们去客厅拿来一张坐椅，扶起男爵夫人坐上去，这才把她抬走。他们一步一步登上台阶，再上楼梯，终于抬进卧室，把她放到床上。

厨娘吕迪芬给她脱衣裳，一个人正忙不过来，唐图寡妇恰巧赶到。照仆人们的说法，她和本堂神甫一样，只要“闻到死人的气味”，就会突然到来。

雅克·库亚尔骑马飞奔去请大夫，本堂神甫要回去取圣油，看护便对着他耳朵吹了点风：

“不必费神了，神甫先生，这情况我了解，她已经过去了。”

雅娜惊慌失措，不知该怎么办，如何救护，用什么办法，只是哀求别人。本堂神甫也管不了许多，持诵了赦罪的祷文。

大家守着这个青紫色死去的躯体，足足过了两个小时，雅娜这才跪下，惶恐而哀痛地哭起来。

医生打开门进来了，雅娜仿佛看见了救星、安慰和希望，她冲过去，就她所知道的这场变故的情况，结结巴巴地说：

“她跟每天一样散步……身体很好……可以说非常好……午餐还喝了一碗肉汤，吃了两个鸡蛋……她突然跌倒了……全身发黑，就像您瞧见的这样……再也没有动弹……我们千方百计想把她救过来……什么办法都用了……”

她戛然住口，原来瞧见看护向医生示意人已断气，早过去了，于是她惊呆了。然而，她还是不肯这样想，急不可耐地一再追问：

“病情严重吗？您认为这严重吗？”

大夫终于答道：

“我看恐怕是……恐怕是……不行了。您要挺住，要拿出很大勇气。”

雅娜立即张开手臂，扑到母亲身上。

于连回来了，他一下子怔住，事情来得太突然，难以立即换上适当的表情和姿态，未能号叫一声，表面显示出沉痛来，他显然很不痛快，嘴里咕哝道：

“我早就料到了，我觉出来人不行了。”

说着，他掏出手帕，擦了擦眼睛，双膝跪下，画了十字，嘴里喃喃祷告几句，然后站起身，也想把他妻子拉起来。可是，雅娜抱住尸体吻着，她的身子几乎伏在上面。别人只好强行把她拉走。她仿佛疯了。

一小时过后，才让她回来。毫无希望了。卧室现在布置成灵堂。于连和本堂神甫在窗口低声交谈。唐图寡妇舒舒服服地坐在圈椅上，已经昏昏欲睡了，她守惯了夜，一走进有死者的人家，就像回到自己家一样。

夜幕降临。本堂神甫走到雅娜面前，握住她的手，鼓励她，安慰她，往这颗极度哀痛的心上涂抹抚慰的圣油。他谈起死者，用圣职的套话赞美，显出一副作为神甫的假伤悲——其实对他来说，死者即是施主，他还表示愿意守灵，为死者祈祷。

可是雅娜拒绝了，她不停地抽噎流泪，说是要一个人，独自一个人守这诀别之夜。于连听了，走过来说：

“这可不行，我们两个人留下来吧。”

雅娜哭得说不出话来，只是摇头不肯。继而，她终于说道：

“她是我母亲，是我的母亲，我要独自一个人守着她。”

神甫低声说道：

“由她性儿做吧，看护和唐图家的可以待在隔壁房间。”

神甫和于连都想睡觉，乐得这样安排。于是，比科神甫也跪下来做祷告，然后站起身，临走时口中念念有词：“她是个圣女。”那声调就像他讲“天主保佑你”。

这时，子爵以平时的口气问道：

“你要吃点东西吗？”

雅娜没有应声，不知道这是对她讲话。于连又说道：

“你最好还是吃点东西，身子好才能支撑住。”

她那神情好像精神失常了，回答一句：

“马上派人去找我爸爸。”

于连出去，派人连夜骑马赶往鲁昂。

雅娜沉浸在漠然的哀痛中，似乎要等到这最后面对面的时刻，好倾泻在心头上涨的悲痛欲绝的哀悼。

房间已经一片昏暗，将死者笼罩在夜色中。唐图寡妇开始走动，以她看护的习惯，蹑手蹑脚，无声无息，归拢那些看不见的物品。然后，她点燃两支蜡烛，轻轻放到床头铺了白单的桌上。

雅娜似乎什么也看不见，什么也感觉不到，什么也不明白了。她等待这里只剩下她一个人。于连又进来了，他用了晚餐，再次问雅娜：

“你一点东西也不想吃吗？”

他妻子摇摇头。

于连坐下来，默不作声了，他那神态不是悲伤，而是无可奈何。

他们三人各守其位，相互离得远远的，谁也不动一动。

有时，看护睡着了，微微发出鼾声，随即又突然醒来。

末了，于连站起来，走到雅娜面前，问道：

“现在，你想一个人留下吗？”

雅娜不由自主地拉住他的手，答道：

“嗯，是啊，你们都走吧。”

于连吻了吻她的额头，悄声说道：

“每隔一会儿，我就来看看你。”

说罢，他就出去了。唐图寡妇则把扶手椅推到隔壁房间。

雅娜关上房门，回头将两扇窗户全打开，迎面拂来青草收割期夜晚的爱抚的温馨。前一天草坪收割的青草，都躺在月光下。

这种温馨的感觉令她难受，像一种嘲弄刺伤她的心。

她回到床前，握住一只僵直冻冷的手，开始端详母亲。

母亲已不像突发病时那样臃肿了，她仿佛在睡觉，而且从来没有睡得这样安稳。惨淡的烛光在微风中摇曳，在她的脸上弄影，看上去她就像活过来动弹了。

雅娜贪婪地注视母亲的脸，脑海里又涌现遥远的童年时代的种种往事。

她回忆起妈妈历次去修道院看望她的情景，在会客室里递给她一满纸袋的糕点的方式，回忆起许许多多细节、小事、无微不至的体贴，回忆起许许多多话语、各种各样的口气和习惯动作、发笑时眼角的皱纹、坐下时深深的喘息。

雅娜待在那里端详，像痴呆一样在内心反复说：“她死了。”于是眼前出现“死”这个词可怖的全部含义。

躺在这儿的人，她母亲、妈妈、阿黛莱德夫人，真的死了吗？她再也不会活动了，不会说话了，不会笑了，再也不会坐在爸爸对面吃饭了；她再也不会说：“你好，雅娜。”她已经死了。

就要把她装进棺木钉死，再埋入地下，一切就完结了。此后再也见不到她了。这怎么可能呢？怎么会呢？再也没有母亲啦？这张可爱的面孔多么熟悉，从一睁开眼睛就看见，从一张开手臂就喜欢，这个流泻情感的大闸口，这个独一无二的人，母亲，在心上比任何人都重要的人，母亲，已经消失了。这张脸，这张静止不动没有神思的脸，还只能看几个小时了，此后什么也没有，什么也没有了，唯留下一点记忆。

有一阵她悲痛欲绝，跪倒在地上，双手痉挛地绞着衾单，嘴压在床铺上，用被褥捂住她那凄惨的号啕：“噢！妈妈，妈妈呀，我可怜的妈妈！”

继而，她感到自己要发疯了，疯到那天夜晚逃到雪地上的程度。她站起身，跑到窗口凉快一下，吸点新鲜空气，呼出这张嘴的气息、这死者的气息。

修剪过的草坪、树木、荒野、远处的大海，在静谧中沉睡在柔媚的月光下。这种安神的柔和，也多少沁入雅娜的心脾，她的眼睛渐渐漾出泪水。

她回到床前坐下，拉起妈妈的手，仿佛她在守护病人。

一只大甲虫受烛光吸引飞进来，像皮球一样来回撞墙壁。雅娜的神思一时被这嗡嗡声引开，她举目寻找那甲虫，只看见她的身影在白色的天棚上游荡。

过了一会儿，飞虫的嗡鸣消失了，于是，她又注意到台钟轻微的滴答声，以及另一种更加细微、难以捕捉的声响。那是妈妈的怀表还在走动，怀表忘在脱下扔在床边椅子上的衣裙里。人已逝去，而这个小机械尚未停止，这种模糊的联想，又猛然在雅娜心中勾起剧痛。

她看了看台钟，刚刚十点半。想想要在这里过一整夜，她又感到恐怖。

脑海中又浮现另一些往事：她本人的经历、罗莎莉、奇蓓特，以及她的心惨苦的幻灭。是啊，人生无非充满穷苦、忧愁、不幸和死亡。无不欺骗，无不弄假，无不给人造成痛苦，无不惹人伤心落泪。何处能找到一点休憩和快乐呢？当然只能到另一个世界去。要等到灵魂脱离尘世的苦海。灵魂！她就这种深不可测的神秘幻想起来，忽然拜服诗意般的信念，随即又用同样模糊的别种假想，将诗意般的信念推翻。然而此刻，她母亲的灵魂在哪里？这个已然冰冷、一动不动的躯体的灵魂又在哪里？也许非常遥远，在空间的什么地方吧？可是在哪儿呢？像一只出笼的无形之鸟，化为云烟了吧？

召回到上帝那儿去了吗？还是偶然流散到新生的物中，掺入要萌发的新芽中呢？

也许近在咫尺吧？就在这房间里，守在它刚离开的这个丧失生机的肉体周围！猛然间，雅娜仿佛感到有股气息吹拂，好像接触了一个精灵。她害怕了，吓得要命，简直不敢动，不敢呼吸，更不敢回头看一看。她的心就像碰到恐怖的情况突突直跳。

突然，那只看不见的甲虫又飞起来，在墙壁上撞来撞去，吓得雅娜从头到脚都打战。继而，她听出是飞虫的嗡声，便立即放下心来，站起身回头望去，目光落到绘有司芬克斯头像的写字台，保藏念心儿的家具上。

顿时，她心里萌生一种温情而古怪的念头，要在这幽冥永诀之夜，看看她母亲珍藏的旧书信，就像读一部经书那样。她认为这是尽一种高尚而神圣的义务，尽一种名副其实的孝道，能使在另一个世界的妈妈高兴。

这是她从未见过的外祖父母的信件。在这个他们似乎同样哀悼的守丧之夜，她要从他们女儿的遗体上面朝他们伸出手臂，连成一条温情的神秘锁链，维系早年逝去的他们、刚刚谢世的这位，以及还活在世上的她本人。

雅娜站起身，打开写字台的柜门，从下面的抽屉里取出十来扎旧信。这些旧信纸已发黄，每扎捆着线绳，整整齐齐地排在那里。

她怀着高尚的情感，把信札放在母亲的怀里，接着开始看信。

这类旧信带着上个世纪的气味，从许多家庭的古旧书案里都能找到。

第一封信的抬头写着："我的心肝儿"，另一封上则写着："我的美丽的小女儿"，以下分别为"我的小宝贝"、"我的小女儿"、"我心爱的女儿"、"我的可爱的孩子"、"我的亲爱的阿黛莱德"、"亲爱的女儿"，表明时期不同，收信人始为小姑娘，次为少女，最后则是少妇了。

信中洋溢着深情而天真的爱抚，写的尽是些日常生活的琐事，在不相干的人看来毫无意义的家庭大小事件：爸爸感冒了，女仆奥尔唐丝烫伤了手指；那只外号"捉鼠大王"的猫死了；栅门右侧的那棵杉松砍倒了；妈妈从教堂回来的路上，把经书丢了，她想是让人偷走的。

信中也提到一些雅娜不认识的人，不过她还隐约记得在童年时期，曾听人说过他们的名字。

她看到这些细节不禁为之动情，觉得很有启示，仿佛一步跨进妈妈过去的全部私生活、妈妈的内心生活。她看了看停放的遗体，突然，她开始高声读信，念给死者听，好像为了安慰妈妈，替妈妈解闷。

一动不动的尸体似乎感到了欣慰。

雅娜把信件一封一封扔到床脚，心想就像置放鲜花一样，应该把这些信放进棺木。

她打开另一扎，发现笔体不同。她看到的第一封就是："我离不开你的爱抚了。我爱你简直要发疯了。"

只有这么两句话，连名也没有署。

雅娜莫名其妙，翻来覆去地瞧信笺。收信人明明写着："勒佩丘·德沃男爵夫人"。

于是，她又打开第二封："今晚，等他一出门，你就来吧。我们一起能待一小时。我深情地爱你。"

另一封信上还写道："这一夜，我发疯一般徒然地渴念你。我恍若搂着你的身子，嘴唇压着你的嘴，眼睛俯视你的眼睛。我一阵阵感到妒火中烧，真想从窗口跳下去，因为我想到就在那一时刻，你睡在他身边，由他随心所欲地……"

雅娜愕然，不明白是怎么回事。

这里有什么名堂呢？这些情话是谁写的，写给谁，是为谁写的呢？

雅娜翻看下去，每封信都狂热地表白爱情，密约幽会并嘱咐谨慎从事，末尾总附上一句话："此信务必销毁。"

最后，她打开一封便函，一张接受晚餐邀请的便条，但和前几封信是同一笔迹，署名为"保尔·德·埃纳马尔"，即男爵提起时，总是称"我可怜的保尔"的那个人，而他妻子也是男爵夫人最要好的朋友。

于是，雅娜突然产生一丝怀疑，而且马上由怀疑转为确信无疑：那人就是她母亲的情夫。

她的头脑猛地一阵混乱，立刻用力扔掉这些可耻的信件，就好像打掉爬到她身上的毒虫。她跑到窗口，失声痛哭，悲声不由自主地撕裂喉咙冲出来。继而，她周身像散了架，瘫软在墙脚下，在无限的绝望中泣不成声，还捂住自己的脸，以免让人听见。

也许她会整夜地这样哭下去，但是忽听隔壁传来脚步声，便立刻跳起来。恐怕是她父亲吧？信全摊在床上和地板上！父亲只要打开一封就够啦！他呀！他到底知道不知道呢？

雅娜冲过去，大把大把抓起纸发黄的旧信，无论是外祖父母的，那个情夫的，还是她尚未打开的信，以及仍然捆着放在书案抽屉里的信，她一捧捧全部投进炉膛里。接着，她从床头柜上拿起一支点燃的蜡烛，将那堆信点着。一时火苗蹿起来，明亮跳跃的火光照亮房间、床铺和尸体，将那死板的面孔和衾单下庞大躯体的轮廓，投到床里面的白帷上，映出一幅颤动的黑影。

等到炉膛里烧得只剩下一团灰烬，她便回头坐到敞着的窗口前，就好像她不再敢待在死人的身边似的。她用手捂住脸又哭起来，悲悲切切，哀哀怨怨：“噢！我可怜的妈妈，噢！我可怜的妈妈！”

她转念一想，产生一种揪心的顾虑：假如事出意外，妈妈并没有真的死，而只是昏睡过去，现在突然要起来，要说话了，那么，她既然了解了这一可怕的隐私，会不会减少母女之情呢？她还会用同样虔敬的嘴唇吻母亲吗？她还会以同样圣洁的感情去爱母亲吗？不，这已经不可能了。这个念头令她心如刀绞。

夜渐阑珊，星光发白，正是拂晓前的清爽时刻。月亮正在海上沉落，整个海面波光粼粼。

这时，雅娜想起初回白杨田庄的那天夜晚，她凭窗眺望的情景。多么遥远的事情啦，一切变化得多大，前景同她想的多么不同！

现在，天空一片玫瑰色，一种欢乐的、柔媚的爱情色调。面对这种天象，这种灿烂的曙光，雅娜深为诧异，心想在升起这样曙光的大地上，怎么可能没有一点欢乐和幸福呢？

推门的声响吓了她一跳，是于连进来了。他问道：

“怎么样，不觉得太累吗？”

雅娜支支吾吾地说个“不”字，暗自高兴不再是一个人了。

“现在，你去歇歇吧。”于连说道。

雅娜缓缓地拥抱母亲，缓缓地、沉痛地吻了一下，这才回自己的房间。

这一天筹备办丧事，在悲哀的气氛中度过了。男爵傍晚才赶到，他哭得很伤心。

第三天举行了葬礼。

雅娜最后一次为母亲整容打扮，最后一次吻了吻她冰冷的额头，看着尸体入殓，这才退出去。吊唁的人快要来了。

奇蓓特头一个到达，她投到女友的怀里痛哭。

从窗口望去，只见几辆马车飞驶而来，到栅门拐弯驶入庭院。宽敞的前厅人语嘈杂。披着黑纱的女眷陆续走进灵堂，有些雅娜根本不认识。德·库特利埃侯爵夫人和德·布里维尔子爵夫人同雅娜抱吻。

雅娜忽然发现丽松姨妈溜到她身后，她激动地紧紧搂住姨妈，感动得这位老小姐险些昏过去。

于连进来了，他一身重孝，显得很有风采，摆出一副繁忙的样子，十分满意吊唁的场面。他低声跟他妻子商量一件什么事，还悄悄地补充一句：

“所有贵族全到了，办得非常体面。”

他庄重地一一招呼女客，然后又出去了。

丧礼开始之后，只有丽松姨妈和奇蓓特伯爵夫人守在雅娜的身边。伯爵夫人不断地拥抱她，一再重复说：

“我可怜的心肝儿，我可怜的心肝儿！”

德·富维尔伯爵来接他夫人时，也痛哭了一场，就好像是他丧母似的。

丧事之后的一些日子，相当黯淡凄凉，一个亲人永远逝去，屋里就显得空了。天天碰见死者日常用的东西，感到一阵阵哀痛。每时每刻，都会有一种记忆跌落在心头，造成创伤。这是她的圆椅，那是她的阳伞，还放在过厅里，还有她用过的酒杯，女仆忘了收起来！在每个房间里，都能发现随手放的东西：她的剪刀、一只手套、被她的粗手指翻旧了的书，许许多多小物件，令人想起许许多多日常琐事，无不令人伤怀。

而且，她的声音也在追逐你，总在耳畔回响。真想逃开，摆脱这座宅邸的缠磨烦扰。可是还必须留下来，因为别人也留在这里，也一样悲痛。

再说，雅娜总想着她所发现的秘密，精神一直处于颓丧状态，这已成为她的沉重思想负担，她这颗破碎的心再难治愈了。

由于这桩骇人的秘密，她此刻的孤寂感倍增，她最后一点信任，随着她的最后一点信念失落了。

过了一段时间，父亲走了，他也需要活动活动，换换空气，脱离他越陷越深的凄苦的心境。

这座大宅不时看到它的一个主人消逝，而后又恢复了平静正常的生活。

不久，保尔生病了。雅娜吓昏了头，守护了十二天没睡觉，几乎没吃东西。

保尔的病治好了，可是雅娜心有余悸，担心将来孩子有个三长两短。到那时她怎么办呢？她又怎么活呢？渐渐地，她心里萌生了再要一个孩子的念头。不久她就幻想起来，完全陶醉于夙愿里，看见自己身边一儿一女两个孩子。这个念头困扰她，摆脱不掉。

自从出了罗莎莉那件事，雅娜就不和于连同床了。在目前的情况下，夫妻和好简直是不可能的。她也知道于连另有所欢，只要一想到重又接受他的爱抚，就厌恶得不寒而栗。

然而，她再要一个孩子的愿望十分强烈，什么都可以忍受。不过，她思忖着，夫妻间如何重新过寝欢生活呢？若是让他看出自己的心思，那她会羞愧死的。况且，于连似乎不再打她的主意了。

也许她可以放弃这个念头，可是现在，她每天夜晚都梦想有个女儿，看见保尔和小妹妹在梧桐树下嬉戏。有时她实在按捺不住，想起床，一声不响地去她丈夫的卧室。甚至有两回，她一直溜到他卧室的门口，但是心却羞愧得怦怦直跳，又急忙回屋了。

父亲走了，妈妈又死了，现在，雅娜再也没有亲近的人商量事，谈自己的隐情了。

最后，雅娜决定去找比科神甫，以忏悔的方式，向他谈谈难以实施的打算。

她到了小花园，看见神甫正在果树下念经书。

双方闲谈了一会儿，雅娜脸一红，嗫嚅道：

“神甫先生，我想要忏悔。”

神甫一时愕然，他把眼镜推上去，仔细打量雅娜，然后哈哈大笑：

“看您这样子，不像有多大亏心事。”

雅娜慌神儿了，又说道：

“没有，不过，我要向您请教一件事……一件很难……很难……很难开口的事，不便在这儿谈。”

神甫立刻敛容，收起和事佬的面孔，拿出那副履行圣职的神态：

“好吧，我的孩子，走，我到忏悔室去听您讲好了。”

然而，雅娜却叫住神甫，她又犹豫起来，心中突然产生一种顾虑，在空寂的圣堂的静穆中谈这种事，不免感到惭愧。

“嗳，不必了……神甫先生……我可以……我可以……如果您愿意的话……就在这儿跟您谈谈我的来意吧。这么吧，我们到那儿去，坐在您那小亭子下面。”

他们缓步走过去。雅娜在考虑怎么说，从哪儿讲起好。二人坐下来。

于是，她就像忏悔那样，开始说道：

“神甫……”

她又踌躇了，重复叫一声“神甫……”又住口了，简直心乱如麻。

神甫双手交叉，搭在肚子上，他见雅娜很为难，便鼓励说：

“喂，我的孩子，看来您不好开口，讲吧，要拿出点勇气来。”

雅娜狠了狠心，就像一个胆小鬼要冒险似的，说道：

“神甫，我还想要一个孩子。”

神甫没有应声，他还不明白是什么意思。于是，她又得解释，但心慌意乱不知所云：

“现在，我只是孤零零一个人活在世上，家父和我丈夫，彼此不大投合，家母又去世了……而且……而且……”

她声音打战，压得很低：

“前些日子，我险些失去了儿子！真若没了儿子，我怎么办啊？……”

她又住声了。神甫摸不着头脑，眼睛盯着她，说道：

“好啦，直接谈事情吧。”

雅娜重复道：“我还想要个孩子。”

本堂神甫听惯了在他面前不大顾忌的农民的粗俗笑话，他听雅娜这么说，便微微一笑，狡黠地点了点头，答道：

“哦，我觉得，这事儿就看您的了。”

雅娜抬起那天真的眼睛看看他，接着，因羞愧而结结巴巴地说：

“可是……可是……要知道，自从那次……那次……您也晓得，那次使女出事之后……我丈夫和我……我们就完全分居了。”

对于乡间男女混杂的淫乱败俗，本堂神甫早已司空见惯，因此，他听到雅娜透露这一情况，不觉十分惊讶。接着，他心头豁然一亮，以为猜出了这位少妇的真正意愿。他乜斜着雅娜，对她的苦恼满怀善意和同情：

“是啊，我完全明白了。我理解您……您这样独守空房受不了……您还年轻，身体也很健康。总而言之，这是自然的，太自然了。”

他这乡村教士性情洒脱，这时按捺不住，又微笑起来，他轻轻拍着雅娜的手掌，接着说道：

“对您来说，这是允许的，甚至依照戒律也完全允许。‘唯有在婚姻中，肉体方可表现欲望。’您不是结婚了吗？这绝不是乱栽萝卜。”

这回，该轮到雅娜不明白这种暗示了，等她一领悟，便羞愧难当，急得泪水盈眶。

“嗳！神甫先生，您说什么呀？您想到哪儿去了？我向您发誓……我向您发誓……”她终于哽咽得说不出话来。

神甫深感意外，便急忙劝慰：

“好了，好了，我绝没有惹您难过的意思。我是开了点玩笑，只要人正派，说句笑话也没关系。真的，包在我身上，这事您就交给我吧。我去同于连先生谈谈。”

雅娜不知该说什么好，现在，她不想让人插手了，怕这种调停显得笨拙，有些冒险，但是又不敢开口，只是咕哝一句：“谢谢您，神甫先生。”就急忙脱身走了。

一个星期过去了。雅娜总是六神无主，惴惴不安。

一天傍晚用餐时，于连注视她的那种神态很奇特，嘴角还挂着一丝微笑，正是雅娜熟悉的他嘲笑人时常有的表情。于连甚至还向她献殷勤，但殷勤中掺杂着难以觉察的讥讽之意。餐后他们沿着妈妈林荫路散步，于连凑近她耳朵悄声说：

“看来，我们又破镜重圆了。”

雅娜没有应声。她凝视着地面，看到那条笔直的印痕几乎被青草埋没了。那是男爵夫人踏出来的足迹，也像一种记忆那样逐渐淡漠了。雅娜一阵心酸，又沉浸到悲伤之中，她感到孤立无援，在人生的路上迷失了。

于连又说道：

“我呢，倒是求之不得。原先我是怕惹你不痛快。”

太阳落了，空气特别温和。雅娜心绪郁结，真想痛哭一场，真想对一颗友爱的心倾诉，真想紧紧偎着那颗友爱的心诉说一腔哀怨。涕泣已经升到喉咙。她张开手臂，倒在于连的怀里。

雅娜哭了。于连吃了一惊，凝视她的头发，却看不见埋在他胸口的脸。他心想雅娜还爱他，于是在她的发髻上恩赐了一个吻。

随后，他们默默无言地回楼了。于连跟着进了雅娜的卧室，在那里过夜了。

他们恢复了原来的关系。于连就像在尽义务，不过内心里并不讨厌。雅娜这方面，她是万般无奈，不得不接受，内心里却很厌恶，有苦说不出，只等自己一觉得怀了孕，就决意永远断绝这种关系。

时过不久，雅娜就发现，丈夫的爱抚和从前不同，也许更加精妙了，然而有所保留。他跟她做爱时好似一个谨慎的情夫，而不像一个心安理得的丈夫了。

雅娜不免诧异，她暗自观察，很快就发觉他每次交欢时，总是在她可能受孕之前就停止了。

于是有一天夜里，他们正在嘴对嘴的时候，雅娜喃喃地说：

“为什么你不再像从前那样，完全给我了呢？”

于连冷笑一声：“哼，不让你肚子大起来呀。”

雅娜哆嗦一下，又问道：

“为什么你不想要孩子了呢？”

于连不禁怔住：“嗯？你说什么？发疯了吧？还想要个孩子？哼！这绝对不行！有这一个都多余，这么闹人、累人，这么费钱。还要一个孩子，多谢啦！”

雅娜紧紧搂住他，连连吻他，用情爱缠住他，低声央求道：

“唉！恳求你，再让我当一回母亲吧。”

不料于连火了，仿佛受了伤害：

“怎么这样，你昏头啦。劳驾，求求你，把你这套蠢话收起来吧。”

雅娜不做声了，心里打定主意诱他上钩，好实现她梦想的幸福。

于是，她尽量拖长抱吻的时间，故意做戏，佯装神魂颠倒，控制不住自己，发狂一般亲热，双臂像抽筋一样紧紧搂住他。她用尽了各种花招儿，然而于连却始终把握自己，一次也没有忘情大意。

雅娜要孩子的愿望越来越强烈，已经急不可待，什么都不怕了，什么都敢试试，她又去找比科神甫。

神甫刚吃完午饭，他饭后总是心跳加速，因而红头涨脸。他一见雅娜进来，便高声打招呼，“情况怎么样？”要急于了解他调解的结果。

现在，雅娜已经横下一条心，不再害羞胆怯了，她立即回答：

“我丈夫不想再要孩子了。”

神甫特别感兴趣，转身注意她，要以教士的好奇心来挖掘床笫的秘密。正因为有这种秘密，他才觉得主持忏悔有意思。他问道：

“怎么会这样呢？”

雅娜尽管下了决心，到了该解释的当口，她又心慌了：

“就是他……他……他不肯让我怀孕。”

神甫明白了，他了解这类事情。他详详细细地查问了一遍，一个饥渴的男人是如何贪吃的。

接着，他思索了片刻，然后语调平静地，就像谈论好年景一样，为她拟定了巧妙的行动计划，安排了每个步骤：

“亲爱的孩子，您只有一个办法，就是让他相信您已经怀孕了。那样一来，他就不再留神了，您就会真的怀孕。”

雅娜满脸羞红，但是她既然豁出去了，便追问道：

“那……他若是不相信我的话呢？”

神甫最有办法左右支配人了：

“您逢人就说有了身孕，到处宣扬，最终他本人也会相信的。”

接着，他又像为这种策略辩解似的，补充说道：

“这是您的权利。教会容忍男女情爱的关系，完全旨在生育繁衍。”

雅娜回去便照计行事，半个月之后告诉于连说，她觉得怀了孕。于连吓了一跳：

“这不可能！这不是真的！”

雅娜当即列举她觉察有孕的理由。但是，于连仍然自我安慰地说：

“那可不一定！唉，等着瞧吧。”

于是，每天早上他都问一声：“怎么样？”雅娜总是回答：“没有，还是没有来。我若是没怀孕才怪呢。”

于连这才发慌了，他又气恼，又深感意外，一再咕哝说：

“这我就不明白了，一点也不明白。这是怎么搞的，就是把我吊死，我也说不清呀！”

一个月之后，雅娜到处讲她怀孕的消息，但是碍于复杂而微妙的廉耻心，单单没有告诉奇蓓特伯爵夫人。

于连刚一起疑心，就不再和她同床了，后来他气急败坏，只好认了，声明一句：

“这个可是送上门来的货。”

此后，他重又到妻子的房间过夜。

神甫的预料果然成了现实：雅娜怀孕了。

雅娜乐坏了，从此每天夜晚，她都插上房门，立誓永远保持贞洁，以便感谢她所崇拜的冥冥中的神。

她几乎重新感到幸福了，心中不免奇怪，她那丧母的悲痛何以平复得这么快。当初她以为永难得到宽慰，谁料刚过两个月，这个流血的伤口就愈合了，现在只余下一丝淡淡的悲伤，好似投在生活上的一层惆怅的轻纱。她觉得再也不会发生任何变故了。两个孩子渐渐长大，会始终爱她，她无须照管丈夫，一直到老过着平静而称心的生活。

到了九月底，比科神甫前来礼节性地拜访，他身穿一件只带一星期污渍的新法袍。他引见了他的继任托比亚克神甫。新任本堂神甫很年轻，身形瘦小，说话口气很大，眼睛周围有沉陷的黑圈，表明此人性情暴躁。老神甫调任到戈德镇去当教区的长老了。

雅娜舍不得老神甫，着实感到伤别。这位好好先生的面孔，联结着她少妇时期的全部记忆。是他主持她的婚礼，是他为保尔洗礼，也是他为男爵夫人举行葬礼。她只要一想到爱堵风村，眼前就必然浮现挺着大肚子经过庄园的比科神甫。雅娜喜欢他，因为他既快活又自然。

他尽管升迁，脸上却无喜色。他对雅娜说：

“我心里难过，子爵夫人，心里确实难过。我到这里，算来有十八年了。唉！这个区收益不多，不是个富庶的地方。男人谈不上应有的信仰，女人呢，哼，女人也都不大正经。女孩子总是先朝拜大肚子圣母，才会到教堂来结婚，这地方的新娘花冠插橘花，象征贞洁，也不比别处贵。尽管如此，我还是爱这地方。”

新任本堂神甫显得很不耐烦，他憋得满脸通红，突然说道：

“我一来，这一切都得改变。”

他穿一件洁净的旧法袍，身体显得非常瘦弱，那样子就像个大发脾气的孩子。

比科神甫斜了他一眼，他快活时总爱这样瞧人。他又说道：

“嗳，神甫，要想阻止这种事情，就得把全区的教民全用链子锁住，就是锁住也不顶用。”

那年轻教士厉声答道：

“那就瞧着吧。”

老神甫微微一笑，送一捏鼻烟嗅着，又说道：

“随着年纪增长，您就会心平气和了，神甫，有了经验也一样。您那做法，只会把仅余的信徒逼走，脱离教堂。这地方，大家是信教的，但是好犯浑，您可得当心。老实说，我一看见一个肚子大点的姑娘前来听讲道，心里就会想：‘她要给我多添一个教民了。’于是，我就设法让她结婚。嗳，您阻止不了她们失足，不过，您可以找出那个小伙子，阻止他抛弃当了母亲的姑娘。促使他们结婚，神甫，促使他们结婚，别的事儿不要管。”

新任本堂神甫生硬地答道：

“我们的想法不同，没必要再说下去了。”

于是，比科神甫又惋惜起他这村庄、能在神甫住宅窗口望见的大海，惋惜起他常去眺望航船、持诵经文的那些漏斗状小山谷。

两位神甫告辞了。老神甫亲了亲差点儿流泪的雅娜。

过了一周，托比亚克神甫又来了。他谈论他要完成的改革，就像新登基的国王实施新政一样。他请子爵夫人礼拜日弥撒不要缺席，各个节日的仪式也务必到场。他说道：

“您和我，是这地方为首的，我们应当治理这个地方，处处作出表率。我们必须联合一致，这才有力量，受人尊敬。教堂和庄园联手，农舍茅屋就会怕我们，服从我们了。”

雅娜的宗教信仰纯粹是从感情出发的，带有女人始终保持的幻想色彩，她能勉强尽教徒的义务，也主要是因为她保留了在修道院时的习惯。其实，男爵的自由哲学思想，早已打消了女儿的宗教信念。

比科神甫对她并不奢求，只要过得去就行了。然而他的继任，发现上个礼拜天她没有去做弥撒，便深感不安，跑来责问了。

雅娜无意断绝同教会的关系，也就答应了，但心里有所保留，她只想照顾面子，去头几个礼拜的弥撒露露面。

后来，去教堂做弥撒倒渐渐成了习惯，她接受了这个刚正而专横的瘦弱神甫的影响，喜欢他那神秘主义的慷慨激昂和满腔热忱，感到他在她身上拨动了每个女人的灵魂中都有的宗教诗情的心弦。神甫那一丝不苟的严峻态度、对世俗和肉欲的鄙视、对世人苟苟营营的憎恶、对上帝的崇爱，以及他少不更事的野蛮生硬的言辞、宁折不弯的意志，这一切给雅娜一种殉道者所应有的形象。雅娜这个已经看透一切的受难者，竟被这个小家伙，这个天国使者的死硬的狂热信仰所吸引。

神甫把她引向大慈大悲的基督，向她指出宗教的虔诚快乐如何平复她的全部痛苦。雅娜在忏悔室里则卑躬屈膝，在这个看样子只有十五岁的神甫面前，感到自己又渺小又软弱。

然而时过不久，新任本堂神甫就为这一带乡民所不齿。

他责己很严，对人也毫不宽容。他尤为气恼愤慨的一件事，就是情爱。他布道时按照神职的传习，以赤裸裸的词语，慷慨激昂地斥责情爱，向台下这群乡野听众抛去抨击淫乱的一串串霹雷。

小伙子和姑娘在教堂里暗中眉来眼去，就是老农民也爱拿这类事情开玩笑，他们做完弥撒往回走时，当着身边穿蓝布罩衫的儿子和披黑斗篷的老婆的面，都不同意这个不讲宽容的小神甫。这个地方的人都群情激愤。

大家悄悄议论他在忏悔室里多么严厉，毫不容情地惩罚忏悔者，执意不肯赦免丧失贞操的姑娘，议论中都带着讥讽的口气。节日做大弥撒时，有些青年男女待在座位上，不随别人一起上前去领圣体，大家见了都嘿嘿冷笑。

不久，小神甫就开始窥伺并阻止情人幽会，就像森林看护人追逐偷猎者一样。在月色清朗的夜晚，他沿着沟渠，绕到谷仓后面，到海边小山坡的灯芯草丛中，将一对对情人赶跑。

有一回，他撞见一对，是在满布乱石的小山谷中，那两个人搂着腰，边走边亲吻，见了他也不分开。小神甫嚷道：

“你们两个没有教养的东西，还有完没完啦！”

那个小伙子回头答道：

“您去干自己的事情吧，神甫先生，这不干您的事。”

于是，小神甫捡起石子打他们，就像打狗一样。

两个青年咯咯笑着跑开。然而到了礼拜天，小神甫做弥撒时，当着众人宣布了那对青年的姓名。

从此，当地的小伙子再也不去做礼拜了。

小神甫每星期四到白杨田庄吃饭，平时也常来同他的女信徒交谈。在讨论非物质的事务时，雅娜同他一样狂热，使用宗教辩论武库中各种古老而复杂的武器。

他们二人在男爵夫人林荫路上漫步，谈论基督和众使徒，谈论圣母和神甫，仿佛他们全认识。有时他们还停下来，相互提出一些深奥的问题，然后就在神秘主义的领域中漫游。在这种时候，雅娜夸夸其谈，她那充满诗意的高论像火箭一般直上云霄，小神甫则讲求准确，他像个偏执的公证人那样，论证化圆为方的问题，务求数据精确。

于连十分敬重新任本堂神甫，一再说道：

“这位神甫，挺对我的心思，他一点也不妥协。”

因此，他主动去做忏悔，领圣体，作出了表率。

现在，他几乎天天去富维尔家，风雨无阻，不是同伯爵打猎，就是陪伯爵夫人骑马，伯爵已经离不开他了，常说：

“他们二人骑马简直着了迷，不过，这对我妻子的身体很有益处。”

九月中旬，男爵回来了。他变了样，老了许多，生气全无，精神沉浸在凄苦的悲伤中。他对女儿的爱恋马上显得更为强烈，仿佛这几个月的凄清孤寂的生活，激起了他在情感、信赖和温存方面的渴望。

雅娜的思想变化、宗教热情，以及她同托比亚克神甫的密切关系，她都绝口未向父亲提起。然而，男爵头一次见到神甫，心中就立刻产生极大的反感。

当天晚上，雅娜问他：

“你觉得神甫那个人怎么样？”

男爵答道：

“那个人么，纯粹是个宗教裁判官！他肯定非常危险。”

后来，他听庄户朋友说，那个年轻神甫特别残忍凶暴，一味追剿自然法则和天生的本能，于是，他心中加深了对神甫的仇恨。

男爵原本信仰老派的哲学，崇拜大自然，一看见两个动物交配就感动，跪拜一种泛神的天主，怒视天主教观念中的天主。在他看来，这后一个天主具有市民意识、耶稣会士的偏激和暴君的复仇心，贬低命定的、无边而万能的造化。这造化体现为生命、光、大地、思想、植物、岩石、人、空气、牲畜、星辰、上帝、昆虫等万物，因其是造化而创造，比意志更坚强，比推理更宏阔。这造化根据偶然的需要，根据照耀大千世界的日月星辰的运行，在无限的空间里，进行各个角度、各种形式的创造，既无目的，也无缘由，而且无始无终。

造化包含所有胚芽，以及从中发展起来的、犹如树木花果的思想和生命。

男爵认为，繁衍是普遍的大法则，是神圣而可敬的行为，正是繁衍在实现宇宙造化的奥妙而永恒的意志。于是，他挨家拜访庄户，开始一场激烈的战斗，反对这个不通情理、迫害生命的神甫。

雅娜十分苦恼，祈求天主，也哀求她父亲。然而，男爵总这样回答：

“必须跟这种人斗，这是我们的权利和义务，他们简直不是人。”

他摇晃着满头长长白发的脑袋，反复说道：

“他们简直不是人，什么都不理解，丝毫也不理解。他们的行为就像在大梦里一样。这种人就是违反天性。”

他喊出“违反天性”，犹如抛出一句咒语。

本堂神甫也明显感到遇见了对头，不过，他要把白杨田庄及其年轻的女主人始终掌握在自己手中，他等待时机，确信会获得最后的胜利。

不久，又一个固执的念头扰得他心神不安：他偶然发现于连和奇蓓特的奸情，便不遗余力地要打散他们。

有一天，他来看雅娜，经过一场神秘的长谈之后，他要求雅娜同他联手作战，以便除掉她自己家中的邪恶，拯救两颗处于危险的灵魂。

雅娜不明白他的意思，要他解释。他却答道：

“时机还没到，我很快会再来看您。”说完，他就突然走掉。

时值残冬，这是发霉的时节，正如人们在田间所说的，是个温暖潮湿的季节。

过了几天，神甫又来了，他隐晦地谈起不正当的关系存在于品行本应端正的人之间。他说知情的人有责任千方百计地阻止他们。接着，他又发了一通冠冕堂皇的议论，然后拉住雅娜的手，劝她要睁开眼睛，理解并协助他。

这回雅娜明白了，但是隐忍不言，装作不知神甫所指为何，她心中惶恐，怕是如今已安宁的家中又要再起风波，不得安生了。于是，神甫不再犹豫，明确讲出来：

“子爵夫人，我要尽的职责是非常为难的，可是别无他法。我的职守要求我向您指明您能阻止的事情。要知道，您丈夫同德·富维尔夫人的交往是罪恶的行径。”

雅娜无可奈何，有气无力地垂下头。

神甫接着问道：

“现在，您究竟打算怎么办？”

雅娜嗫嚅地反问道：

“您说我该怎么办呢，神甫先生？”

神甫口气粗暴地回答说：

“出面阻拦这种罪恶的情欲。”

雅娜流泪了，带着哭声说道：

“要知道，他已经跟一个使女欺骗过我了；要知道，他并不听我的话，也不再爱我了；我一表示出什么愿望不合他的意，他就会虐待我。我有什么办法呢？”

神甫避开正面回答，高声说道：

“这么说，您就屈服啦！您就听之任之啦！您就认可啦！家里有通奸的事，您就容忍啦！罪恶就发生在您的眼前，您就转过头去吗？您算得上一个妻子吗？算得上一个基督教徒吗？算得上一个母亲吗？”

雅娜饮泣着，说道：

“您让我怎么做呢？”

神甫答道：

“不惜一切，就是不允许这种无耻的行为。告诉您，不惜一切。离开他！逃离这个玷污了的住宅！”

雅娜又说：

“可是，神甫先生，我没有钱度日，现在我也没有勇气，再说，又没有证据，怎么就离开呢？可以说我没有权利这样做。”

神甫站起来，气得浑身发抖：

“这是懦弱无能在您身上作祟，没想到您是这种人。您不配受到上帝的怜悯！”

雅娜双膝跪下哀求：

“噢！求求您，不要抛弃我，指点指点我吧！”

神甫说得非常干脆：

“让德·富维尔先生睁开眼睛，由他去割断这种关系。”

雅娜想到要这样做，立刻恐慌万状：

“那不行，神甫先生，他会杀死他们的！那我就犯了告密的罪。噢！不行啊，绝对不行！”

于是，神甫怒不可遏，抬起手仿佛要诅咒她似的。

“那您就继续生活在耻辱和罪恶中吧，而您比他们的罪过还要大。您是个容忍奸情的妻子！我没必要再待在这里了。”

神甫气得浑身发抖，说罢扬长而去。

雅娜惊慌失措，随后追上去，已经准备退让，准备答应了。然而，神甫还是怒气冲天，快步走开，一路拼命挥动他那把几乎同他一般高的蓝色大雨伞。

神甫瞧见于连站在栅门附近，正在那里指导修剪树枝，于是他朝左拐去，想穿过库亚尔家院落，嘴里还一直咕哝：

“夫人，不要拦我，我跟您再也没有什么可说的了。”

在院子中间，正巧在他要经过的路上，聚了一堆孩子，是库亚尔家和邻居家的，他们围着米尔扎狗舍，一个个聚精会神，一声不响，正在好奇地观看什么。男爵背着手站在孩子中间，像个小学教师，也在好奇地观看。不过，他远远望见神甫走过来，便主动躲开，避免同神甫见面、打招呼。

雅娜还跟在后面哀求：

“容我几天时间吧，神甫先生，等您下一趟来，我会告诉您我都能做什么，准备做什么，那时候我们再商量吧。”

说话间，他们走到那群孩子旁边，神甫凑上前去，想瞧瞧到底有什么热闹。原来是一条母狗在下崽儿。它躺在窝前边，一副疼痛的样子，但还是爱抚地舔着在身边蠕动的刚生的五条小狗。就在神甫俯身仔细瞧时，母狗身子抽搐，猛然一挺，又产下第六只。孩子们都兴高采烈，拍着手嚷道：

“又出来一只！又出来一只！”

在孩子们的眼里，这是一种游戏，一种极为自然的游戏，绝没有下流的成分在内。他们观看狗下崽儿，就像看苹果落地一样。

托比亚克神甫先是怔住，接着怒不可遏，他举起大雨伞，用尽全力朝孩子头上打去，吓得孩子们都撒腿跑散了。这样一来，他突然面对这条正在下崽儿而想站起来的母狗。可是，他这时已气昏了头，没容狗站起来，就抡起雨伞拼命打。狗锁着链子逃不掉，在痛打下挣扎哀嚎。雨伞打折了，他赤手空拳，又跳到狗身上，疯狂地践踏，要把它踏成肉饼。在践踏的压力下，最后一只小狗被挤出来了。在一堆尚未睁眼就哇哇叫着寻找乳头的崽子中间，母狗已经血肉模糊，身子还在颤动。这时，神甫又抬起脚跟，狠命一踹，终于结果了母狗的性命。

雅娜早已跑开，可是，神甫却突然感到有人抓住他的脖子，一个耳光把他的三角帽打飞。男爵气愤到了极点，揪着领子把他拖到栅门口，一下子把他扔到路上去。

勒佩丘男爵先生返身回来时，看见他女儿跪在小狗中间，边哭边把小狗拾起放到她的裙兜里。他大步走过去，挥动着手臂，高声嚷道：

“这个穿教袍的家伙，就是这样，就是这样！现在，你看清楚了吧？”

庄户都跑来，大家瞧着这条皮开肉绽的母狗，库亚尔大妈嚷道：

“天下还会有这样野蛮的人！”

这时，雅娜已经把七只狗崽儿都拾起来，说是带回去喂养。

回去后给狗崽儿喂牛奶，可是第二天就死了三只。于是，西蒙老头跑遍了这一带，想找一条带奶的母狗，母狗没找到，却带回一只母猫，说是这也能顶事。不得已弄死三只狗崽儿，留下最后一只交给异族的奶娘喂养。母猫倒是马上收养了狗崽儿，侧身躺下来让它吃奶。

为避免养母身体吃不消，两个星期之后就给小狗断奶，由雅娜亲自给它喂奶瓶。她给小狗起名叫“多多”。男爵非要换个名字，叫它“杀杀”。

本堂神甫不再登门了。然而到了礼拜天，他站在讲坛上，大肆辱骂，诅咒并威胁白杨田庄，说是必须用烧红的烙铁去烫伤口，将男爵逐出教会，对此男爵则一笑置之。神甫还隐晦地、婉转地影射于连有了新欢。子爵听了心头火起，但又怕出乱子，只好压下这口气。

此后，神甫每次做弥撒，都要宣称他必报仇，预言上帝审判的日期已临近，他的所有仇人都要受到惩罚。

于连给红衣主教写了一封信，措辞既恭敬又强硬。本堂神甫面临贬斥的危险，只好不做声了。

人们时常看见神甫独自一人，神情激愤，大步流星地游荡。奇蓓特和于连骑马散步，随时都可能望见他，远远地在一片原野的尽头或在悬崖边上像个黑点，或者在他们要走进的一个峡谷中诵经。于是他们掉转马头，以免从他的身边经过。

春天又来了，越发激发了他们的恋情。他们天天骑马出来，时而到这处，时而到另一处，跑到一个隐蔽的地方去搂抱亲热。

这时树叶还很稀薄，草地又很潮湿，他们不能像盛夏时节那样钻进密林里，就常常到去年秋天弃置在伏高特山冈上的活动木屋去幽会。

木屋高高架在车轮上，停在距悬崖五百米处，下面就是深谷，山坡相当陡峭。他们在木屋里幽会，居高临下，不怕被人撞见，两匹马就拴在辕木上，等待主人尽欢之后好回去。

然而有一天，他们从这个幽会地点出来时，望见托比亚克神甫坐在山坡上，几乎是隐藏在灯芯草丛中。于连说道：

“以后还是把马留在小山谷里，拴在这里，老远就望得见。”

从此他们改变习惯，把马拴在长满荆棘的山坳里。

又有一天傍晚，他们二人并辔回窃蠹田庄，要同伯爵共进晚餐，正巧碰见爱堵风本堂神甫从邸宅出来。神甫闪到路旁，躬身致意，但是没有抬眼望他们。

他们心里一阵不安，但很快又镇定下来。

且说五月初的一天下午，外面刮着大风，雅娜守着炉火正在看书，忽见德·富维尔伯爵走进来，脚步那么急，真像出了什么事。

她急忙下楼去招呼，到了伯爵对面一看，还以为他发疯了。伯爵头上扣着平常只在家中戴的那顶特号鸭舌皮帽，身穿猎装，脸色惨白，衬得平时因肤色红润而不显眼的红胡子，现在像一团火了。他的眼睛也失神地转动，仿佛空无一点思想。伯爵讷讷地说：

“我妻子在这儿，对不对？”

雅娜也惊慌失措，答道：

“没有哇，今天我根本没有见到她。”

伯爵两腿似乎立不稳，这时坐下来，摘掉帽子，又掏出手帕，下意识地频频擦额头。继而，他霍地站起身，朝少妇走了两步，伸出手臂，张了张嘴，仿佛要向她吐露心中的极大痛苦。可是他又停下，眼睛盯着她，像说昏话似的嗫嚅道：

“然而，是您的丈夫……您同样……”

话未说完，他就朝海边跑去。

雅娜追上去想拦住他，她吓得魂不附体，又是招呼，又是哀求，心里还想道：

“他全知道啦！他会干出什么来？噢！但愿他找不见他们！”

可是追又追不上，伯爵也不听她的呼唤，他认准了目的地，毫不犹豫直往前奔，跨过沟渠，又大踏步地越过那片灯芯草丛，登上了悬崖。

雅娜站在植了树木的土坡上，目光久久追随他，直到看不见了，她才忧心忡忡地返回去。

伯爵已经朝右首拐去，奔跑起来。大海波涛汹涌，天空乌云滚滚而来，每一片乌云都给海岸送来一阵暴雨。大风呼啸怒吼，扫荡草地，吹倒禾苗，从远方带来大群的白色大鸟，像浪花飞沫一般飘到陆地上。

豆大的雨点一阵紧似一阵，抽打着伯爵的脸，打湿他的面颊和胡须，雨水顺着胡须淌下来，风雨声灌满他的耳朵，搅得他心潮翻腾。

前面就是伏高特山谷，张开了幽深的谷口。那边空荡荡的，只有一个木屋停在一个空羊栏旁边。两匹马拴在活动木屋的车辕上。这种暴风雨的天气，还怕什么呢？

伯爵一望见两匹马，便趴到地上，接着手膝并用向上爬行，他那庞大的身躯滚满了泥水，头上又戴着兽皮帽，看上去真像一个魔怪。他一直爬到孤零零的木屋边，藏到下面，以免被里边的人从木板缝瞧见。

两匹马看见他，都骚动起来。他拿出折刀打开，慢慢地割断缰绳。这时，猛然刮来一阵狂风，夹杂着冰雹，打在马身上，马惊得奔跑逃窜，冰雹还打在木屋的斜顶上，震得车厢在轮子上颤动。

这时，伯爵跪起来，眼睛贴在门底缝向里窥探。

他不再动了，似乎在等待。过了半晌，他突然立起来，从头到脚满身污泥，发狂一般推上门闩，从外面把门反插上，接着抓住辕木，拼命地摇晃这个小木屋，好像要把它晃散架似的。继而，他忽又拉上套，高大的躯体俯向前，就像牛拉车一样，气喘吁吁，拼力把这个活动木屋以及关在里边的人拖向陡坡。

里边的人大声叫喊，用拳头捶着板壁，他们闹不清发生了什么事。

伯爵把木屋拉到陡坡边缘，双手一松，让轻便的小屋滚下去。

木屋顺坡冲下，越滚越快，辕木击打着地面，像一只发狂的野兽横冲直撞。

一个蜷缩在坑里的老乞丐，看见木屋从他头上飞过去，还听见车厢里发出惨叫声。

活动木屋突然掉了一个轮子，车身倾斜，好似皮球向下翻滚，又像被狂风拔起的房子从山顶滚下去。木屋翻滚到最后一个细谷边上，弹了起来，在空中画了个抛物线，终于跌进谷底，如同鸡蛋撞得粉碎。

木屋一着地面就摔烂了，看见它从头上飞过去的那个老乞丐便蹑手蹑脚，穿过灯芯草丛下山。不过，他这种乡下人遇事总要谨慎小心，不敢靠近摔开了花的木屋，而是跑到附近的庄户报信去了。

人们赶来了，搬开碎木板，发现两具尸体，都已血肉模糊。男的脑门儿劈开，整个脸压扁了；女的在撞击中颚骨脱落。两人的肢体都折断，软塌塌的皮肉下仿佛没有骨头了。

不过，还能辨认出来，大家议论了很长时间，推究这场惨祸的缘由。

“他们在这里干什么呢？”一个女人说。

于是老乞丐叙述说，他们大概要避一阵暴雨，就躲到里边，不料活动木屋被狂风刮走，从坡上滚下来。他还解释说他也想进去躲雨，但是看见辕木上拴了两匹马，才知道那地方让人先占了。

他还得意洋洋地补充说：

“要不然，就该我没命了。”

有人插言说：

“那样不是更好吗？”

那老汉一听可气坏了：

“干吗说那样更好呢？就因为我穷，他们有钱吗？瞧瞧他们，这时候的样子……”

老乞丐破衣烂衫，还往下滴水，胡子乱糟糟的，长长的头发从破帽子里钻出来，整个人肮脏不堪，此刻他气得发抖，用一根弯曲的棍子指着两具尸体，嚷道：

“死了，我们大家都一个样。”

这工夫，又来了一些农民，他们都冷眼旁观，神色中流露出不安、奸诈、恐惧、自私和胆小怕事。大家商量怎么办，最后决定将两具尸体分别送回庄园，以便得到一笔赏钱。于是套了两辆小篷车，可是又出现新的难题。有人主张车上垫些草就行了，其他人则认为放上褥子才合适。

刚才说话的那个女人却叫起来：

“那垫褥上要沾满了血，还得往水里放漂白粉才能洗掉。”

这时，一个面孔和悦的胖庄户说：

“会有人出钱赔的。东西越值钱，赔的钱就越多呗。”

这话起了决定性作用。

两辆没有安装车弓的高轮小篷车，一辆朝左，一辆朝右，匆匆出发了，沿着深深的辙沟，每颠簸一下，都震动摇晃着这两个曾经搂抱亲热、此后再也不会相逢的人的遗体。

伯爵一看见木屋从陡坡冲下去，就在狂风暴雨中撒腿逃跑。他一连跑了几小时，横穿道路，跨过沟坡，拨开树篱，直到黄昏跑回家，却闹不清是怎么回去的。

仆人们都惶惶不安地等他回来，告诉他两匹马跑回来了，于连的那匹跟随夫人的这匹，可是人却不见了。

德·富维尔先生听了，身子站立不稳，他声调急促，断断续续地说：

“赶上这样恶劣的天气，怕是他们出了什么事。大家快去找找他们吧。”

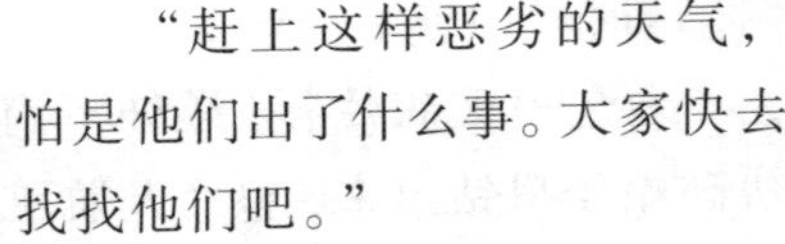

伯爵本人也出去了，不过一走到别人的视线之外，他就躲进荆丛里，窥望大路。他还怀疑野性爱恋的那个女人，就要沿这条路回来，是死是生，也许还有一口气，也许四肢折断，永远残废了。

时过不久，一辆小篷车从前边经过，车上拉着什么奇特的东西。

车子驶到庄园门前停下，然后驶入院子。是哟，没错了，正是“她”。但是，他极度惶恐，定在原地动不了，就怕了解真相，面对现实。他像野兔一样蜷缩在那里，不敢动弹，听到一点动静就惊抖。

他等了一小时，也许有两小时，那辆车并没有出来，心想他妻子气息奄奄，他要见到她，同她的目光相遇，这样一想就惊恐万状，忽然又怕藏在这里被人发现，不得不回去目睹那垂死的惨景，莫不如再逃进树林躲起来。然而，他转念又一想，也许此刻她正需要救护，而身边又没有合适的人，于是他就发狂一般跑回家。

他刚进大门，就碰见家里的园丁，便问道：

“情况怎么样？”

那人不敢回答，于是，德·富维尔先生几乎吼起来：

“她死了吗？”

仆人支支吾吾地答道：

“是的，伯爵先生。”

伯爵顿时感到无比轻松，沸腾的血液和紧张的肌肉也立刻恢复平静，他稳步登上门前高大的台阶。

另外一辆车赶到白杨田庄。雅娜远远望见车，发现车上垫的褥子，猜出上面躺着人，一下子就全明白了。这一刺激过分强烈，她登时昏倒了。

雅娜苏醒过来时，发现父亲托着她的头，正往她的太阳穴上擦香醋。父亲犹豫地问道：

“你知道了吗？……”

雅娜咕哝一声：

“是的，爸爸。”

不过，她想立起身时，却疼得厉害，怎么也站不起来。

当天晚上她就流产，生了个死婴，是个女孩。

她没有看见于连下葬的情况，什么也不知道，只发觉过了一两天，丽松姨妈回来了。她在昏热沉迷的噩梦中，还极力回想老小姐是在什么时候、什么情况下离开白杨田庄的。甚至到神志清醒的时候，她也回忆不起来了，只能肯定在妈妈死去时，她还见过姨妈。

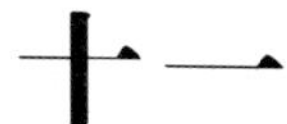

雅娜一连三个月未出房门，她身体十分虚弱，面无人色，都说她不行了。可是后来，她又渐渐有了生气。父亲和丽松姨妈都住到白杨田庄，不离她的左右。经过这次打击，她落下了神经衰弱的毛病，稍微有点动静就受不了，有几回还没有多大刺激，就昏过去好久才苏醒。

她始终没有问起于连丧命的详细情况。何必再问呢？她了解得还不够多吗？人人都以为那是意外事故，而她却心中有数，心头保存着折磨她的这一秘密：她知道他们的奸情，而出事那天，她也看见了伯爵闪电式骇人的拜访。

不过现在，她的心灵渐渐涌起温馨而忧伤的记忆，重温她丈夫从前给她的短暂的爱情欢乐。她常常意外地想起于连，浑身不禁一抖，而在脑海里出现的是订婚时期的于连形象，也是在科西嘉的灿烂阳光下她唯一热恋时刻所钟爱的于连形象。人已入土，时光流逝，所有缺点都缩小了，所有粗暴言行都消失了，甚至连薄情负义的行为都淡忘了。对那个曾经搂抱过她的男人，在他死后雅娜却产生一种隐约的感激之情，她不再计较过去的苦痛，而只缅怀幸福的时刻。况且，时光不停地流转，日复一日，月复一月，遗忘好似积聚的灰尘，覆盖了她的所有回忆和痛苦。此后她就一心扑在儿子身上。

保尔成了偶像，成了至高无上的君主。他们三人则成了奴隶，整天围着他转，心里只有他一个人。甚至三个奴隶之间还有点相互嫉妒，孩子骑在外公膝上玩了一阵之后，就用劲吻几下外公，母亲在一旁看着就眼红。丽松姨妈一向受人忽视，在这个刚学说话的主人面前也像个仆人，毫无地位，她百般央求，使出全身解数，孩子也只是随便跟她贴贴脸，而他跟母亲和外公却又搂又抱，又亲又吻。两相比较，真有天壤之别，丽松姨妈心中委屈，常常回房独自垂泪。

两年平平安安地度过了，唯一的营生就是抚养照看孩子。第三年入冬，他们决定去鲁昂，一直住到春天，于是举家迁徙。不料，一住进久无人居的潮湿老房，保尔就得了支气管炎，症状严重，像是胸膜炎。这三位亲人吓坏了，都说孩子离不开白杨田庄的空气。病一治好，他们又搬回去了。

一长段单调而恬静的岁月从此开始了。

他们总是围着孩子转，不是在他卧室，就是在大客厅，或者在庭园里。孩子说话结结巴巴的，说出来的话特别逗，一举一动特别滑稽，他们三人都赞叹不已。

母亲还亲昵地叫他“宝来”，保尔发不好这个音，说成“不来”，每回都逗得人大笑不止。此后，“不来”就成了他的小名，大家也不再用别的称呼了。

男爵把孩子的三个亲人叫作“仨妈妈”，由于孩子长得快，“仨妈妈”最爱干的一件事，就是给他量个儿。

客厅的门框上用小刀刻了许多道子，标示他每月长的高度。这些道子取名“不来梯”，在全家人的生活中有举足轻重的地位。

家里又来了一位重要角色，就是小狗“杀杀”。

雅娜只顾照看儿子，早把杀杀丢到一边。小狗由吕迪芬喂养，锁在马厩前的一只旧木桶里，一直孤零零的。

一天早晨，保尔发现杀杀，便嚷着要去抱它。大人提心吊胆，把他领过去。狗欢蹦乱跳地迎接孩子，一下子就混熟了，分都分不开，一分开孩子就大嚷大叫。没办法，只好把杀杀松开，放进屋子里。杀杀成了保尔的好朋友，两个形影不离，在地毯上一起滚爬，并排睡觉。不久，保尔连睡觉也离不开杀杀，就让它上床睡觉了。雅娜担心狗身上有跳蚤，有时干着急。丽松姨妈更怪狗把孩子的感情占去了一大部分，觉得是这个畜生窃取了她渴望得到的那部分感情。

他们同布里维尔和库特利埃两家极少来往，只有乡长和医生二人时而打破古老庄园的孤寂。雅娜目睹了神甫杀害那条母狗的情景，在伯爵夫人和于连惨死的事件中又对他起了疑心，从那以后她就不再进教堂了，并迁怒天主竟派来这种使者。

托比亚克神甫还时常直接攻击这座庄园，说庄园里闹鬼，有恶魔，有永恒叛逆精、有谬误谎言精、有大逆不道精、有堕落污秽精。他所指的正是男爵。

再说，他那教堂空荡荡的无人光顾了。他从田野里走过去，耕田的农民并不停下来同他说话，也不扭头跟他打招呼。大家还把他当成巫师，因为他曾给一个中了魔的女人驱魔。据说他会念咒，能驱妖逐魔，而他说妖魔不过是撒旦戏弄人的把戏。他手按奶牛，挤出来的奶就是蓝色的，牛尾巴就卷成一个圈儿，他口中咕哝几句谁也听不懂的话，失物就能找回来。

他那狭隘偏狂的头脑，爱钻研有关魔鬼的宗教书籍，了解撒旦在人世出现的历史、魔力的种种表现和变幻莫测的影响、撒旦所拥有的全部手段和惯用的伎俩。他有一种特殊的使命感，要同这个随造化而来的神秘魔力搏斗，因此学会了教士手册上各种除妖降魔的咒语。

他总觉得魔鬼在黑暗中逡巡，因此嘴里随时念叨这句拉丁话："犹如怒吼的狮子游荡，寻觅可以吞噬的东西。"

大家都怕他那暗藏的法力，一种恐惧的情绪蔓延开来。就连他的同事，那些无知的乡村神甫，也都多少把他看成是个懂巫术的人，既敬畏他们推想的他所掌握的法力，也敬重他那无可指责的苦修生活，因为他们把魔王当成一种信条，总对这种魔力显现时所详细规定的仪式感到迷惑，往往把宗教和魔力混为一谈。

托比亚克神甫遇见雅娜时不再打招呼了。

丽松姨妈弄不明白怎么可以不去教堂，老处女看到这种情形，胆怯的心灵又不安又忧虑。毫无疑问她是虔诚的，毫无疑问她还去忏悔并领圣体，然而谁也不知道，谁也不想知道。

她单独和保尔在一起的时候，就低声向他讲仁慈的上帝，讲到开天辟地的那些神话时，孩子还多少听一听，可是她说必须深深地、深深地爱仁慈的上帝时，孩子有时就问道：

"他在哪儿呢，姨奶？"

她指了指天上，说道：

"在那上边，不来，可是不要说出去呀。"

她是害怕男爵知道。

不料有一天，不来却对她说：

"仁慈的天主，他哪儿都在，就是不在教堂里。"

显然他把姨奶那些神秘的启示告诉外公了。

孩子长到十岁，母亲却像四十岁的人了。保尔长得很壮实，活蹦乱跳，敢爬树，可是知道的东西不多。他讨厌念书，一讲课他就打断。每次男爵让他念书的时间稍长点儿，雅娜马上就来干预：

“现在让他玩玩去吧，他还太小，别累着他。”

在雅娜的眼里，他始终是半岁或一岁的孩子。她几乎没有意识到孩子会走了，能跑了，说话就跟个小大人似的了。她还总是提心吊胆，又怕孩子摔着，又怕他凉着，又怕他活动多了热着，又怕他吃多了撑着，又怕他吃少了影响长身体。

孩子长到十二岁，出现了一个大难题：去不去参加初领圣体的仪式。

一天早晨，丽松姨妈来找雅娜，对她说不能这样下去了，该让孩子接受宗教教育，完成初步的义务了。她极力劝说，列举各种理由，首先要考虑和他们有来往的人的看法。雅娜动心了，犹豫起来，但还举棋不定，说是等一等再说。

过了一个月，雅娜去拜访德·布里维尔子爵夫人时，子爵夫人随口问道：

“令郎保尔，大概是今年初领圣体吧？”

问了个措手不及，雅娜只好答道：

“是的，夫人。”

这句简单的话一出口，她就决定下来了，回去也没有同父亲商量，就求丽松姨妈领孩子去参加教理学习班。

头一个月顺利过去了，可是有一天傍晚，不来回家时嗓子哑了，第二天就咳嗽起来。做母亲的发慌了，问他是怎么回事，这才知道他在班上表现不好，让神甫罚站，在教堂门口的穿堂风里一直站到下课。

于是，雅娜便把孩子留在身边，亲自教他宗教的基础知识。然而，尽管丽松姨妈一再恳求，托比亚克神甫认为保尔受教育不够，不准他参加初领圣体班。

第二年照旧不准。男爵气坏了，干脆说孩子无须相信那种无稽之谈，无须相信耶稣化体[1]的那种幼稚象征，长大也能成为一个正派人，于是他决定把孩子培养成基督教徒，不必当个守教规的天主教徒，成年之后做什么人，由他自己选择去吧。

过了不久，雅娜去拜访布里维尔夫妇，可是这次他们没有回拜，她不禁诧异，深知这些邻居礼数是很周到的。后来，倒是德·库特利埃侯爵夫人傲慢地向她透露了其中的缘故。

侯爵夫人仗恃丈夫的地位、地道的世族爵衔和万贯家财，一向以诺曼底贵族的王后自诩，并以真正王后的身份君临一切，讲话毫无顾忌，是和颜悦色还是声色俱厉，要视情况而定，随时随地告诫、指正或者夸奖别人。雅娜去拜访时，那位贵妇人冷冰冰地寒暄两句之后，便口气生硬地又说道：

“社会分成两部分，信天主和不信天主的。信天主的，即使是最卑微的人，也是我们的朋友，都平等相待，至于其他人，同我们毫不相干。”

雅娜觉出矛头所指，便反问道：

“不去教堂做礼拜，难道就不能相信天主吗？”

侯爵夫人答道：

“不能，夫人。信徒要到教堂去祈祷上帝，就像我们要到住宅去找人一样。”

雅娜受到伤害，反驳道：

“上帝无处不在，夫人。至于我本人，从心底相信上帝是慈悲的，可是，一旦有些神甫插在上帝和我之间，我就感觉不到他的存在了。”

侯爵夫人站起来：

“神甫举着教会的旗帜，夫人，谁不跟这面旗帜走，那就是反对上帝，也是反对我们。”

---

① 领圣体仪式中，教徒吃的面包和喝的葡萄酒，象征耶稣的肉和血。

雅娜早已站起来，她气得浑身发抖："夫人，您相信的是一个派别的上帝，而我相信的是善良人的上帝。"

说罢，她略一鞠躬便走了。

庄户间也议论纷纷，指责雅娜不让不来去初领圣体，他们本人并不去做弥撒，也不去领受圣事，或者按照教会的正式规定，仅仅在复活节去领受圣事，然而对孩子们却是另一码事，宗教毕竟是宗教，谁也不敢在这一教条之外去教育孩子。

这种异议，雅娜自然看在眼里，她心中愤慨的是，人人都这么妥协退让，都这么昧着良心，都这么胆小怕事，内心深处都怯懦得要命，外表却用各种体面的脸谱来掩饰。

男爵亲自指导保尔学习，教他拉丁文。孩子母亲只叮咛一句话："千万别累着他。"她总是不放心，在书房附近转悠，男爵不准她进去，否则她随时都要打断学习，问孩子："你脚不冷吗，不来？"或者："你头不疼吗，不来？"有时干脆阻拦教师："别让他说话太多啦，他嗓子会喊哑的。"

小家伙一下课，就跟母亲和姨奶去管理园子。现在，他们对园艺发生了浓厚的兴趣，一到春天，三个人就栽树苗、撒种子，看着种子发芽长高，都乐不可支。他们还修剪树枝，剪下鲜花好扎成花束。

小家伙的最大心事就是蔬菜生产，他管理四大畦菜地，精心栽种了矮莴苣、直立莴苣、宽叶莴苣、窄叶莴苣、大叶生菜，各种各样食用叶子的家常蔬菜。他松土、浇水、锄草、栽苗，有两个妈妈当帮手，他就当是雇用的短工来使用。一连几个小时，她们跪在菜地里，裙子和双手都沾满了泥土，在那里用一根指头在暄土上插个坑，把菜苗栽进去。

不来长大了，已满十五岁，在客厅的身高阶梯也指到1.58米。然而，他整天跟两个女人和一个上世纪的可爱老头儿混在一起，不见世面，头脑始终天真幼稚，什么也不懂。

一天晚上，男爵终于提起上中学的事，雅娜一听就哭起来，丽松姨妈也吓坏了，躲到昏暗的角落里。

孩子的母亲答道：

“他学那么多知识有什么用呢？我们就把他培养成一个乡下人，让他做个乡村绅士就行了。许多贵族都这样，他也可以管理田地。在这座宅子里，我们生活过来，到死为止，他也可以在这儿高高兴兴地生活，一直到老。人还有什么奢求呢？”

然而，男爵摇摇头，说道：

“将来你怎么交代呢？他长到二十五岁，如果来问你：我什么也不是，什么也不会，这全怪你，怪你这做母亲的太自私。我感到没有能力做什么事，出息不了。按说，我生来并不是这个命，不该过这种默默无闻、穷极无聊的生活，是你没有见识，只知道疼我爱我，才把我害到这种地步。到那时他来埋怨你，你又怎么回答呢？”

雅娜一直流泪，她央求儿子说：

“你说，不来，将来你绝不会责备我溺爱你，是吧？”

这个少年不禁吃惊，答应说：

“是的，妈妈。”

“你这话是真的吗？”

“是啊，妈妈。”

“你愿意在这里住下去，是吧？”

“是啊，妈妈。”

这时，男爵提高嗓门，口气坚决地说：

“雅娜，你无权支配孩子的这一生。你这样做太不像话，简直是犯罪。你为了自己的幸福，不惜断送孩子的一生。”

雅娜双手捂住脸，呜呜悲咽，边哭边断断续续地说：

“我这辈子命好苦……命真苦啊！现在和他在一起，总算过上安静的日子……可是又要把他从我身边夺走……他一走……我孤零零一个人……今后怎么办呢？……”

她父亲站起来，过来坐到她身边，抱住她，说道：

“还有我呢，雅娜！”

雅娜一把搂住父亲的脖子，激动地亲他，但还哽咽不止，边抽噎边说道：

“是啊。也许……你的话有道理……爸爸。我是太糊涂了，也难怪，我受了多少痛苦的折磨。好了，我愿意让他上学去。”

不来不大明白要怎么安排他，也跟着哭鼻子了。

于是，这三位妈妈都过去对不来又抱又亲，又爱抚又鼓励。然而上楼躺到床上之后，每人都很伤心，独自垂泪，就连一直控制自己的男爵也不例外。

他们决定新学年开始的时候，送保尔到勒阿弗尔中学上学。因此整个夏天，他又加倍受到宠爱。

雅娜一想到要和儿子分开就唉声叹气，她给儿子打点行装，就好像他要离家十年不归似的。到了十月份，开学的头天夜晚谁也没睡觉，一早起来，两位妇女和男爵送保尔一同上了马车，赶着两匹马便匆匆出发了。

先前他们去过一次，到学校选好了寝室的床位和教室的座位。这次到了学校，雅娜整理带来的衣物，放进一个小五斗柜里，有丽松姨妈当帮手还忙了一天。带的东西太多，只装进去四分之一，雅娜便去找校长，想再要一个柜子。总务叫来了，他说衣物太多是个累赘，根本用不着，按学校规定，不能再给第二个柜子。雅娜犯愁了，又决定到一家小旅馆租一间客房，并关照老板，孩子一说需要什么东西，他就得马上亲自送去。

事情安排妥当，他们到码头海堤上兜了一圈，观赏出出进进的船只。

凄凉的夜幕降临，城里渐渐点亮灯火。他们走进一家餐馆，可是谁也不饿，都眼泪汪汪的，你瞧瞧我，我瞧瞧你，一道一道菜送到眼前，又几乎原封不动地端下去。

从餐馆出来，他们缓步走向学校。学校大院灯光黯淡，大大小小的孩子从四面八方涌来，都有家长或者仆人护送，许多孩子哭哭啼啼，隐隐听得见一片啜泣声响。

雅娜和不来久久拥抱。丽松姨妈用手帕捂着脸，站在身后，早被人忘记了。男爵心里也很难受，但是他要缩短这种惜别的时间，急忙把女儿拉走了。马车停在大门口，他们三人上了车，连夜返回白杨田庄。

在昏暗的车上，不时发出一阵呜咽。

第二天，雅娜从早哭到晚。第三天，她吩咐套车，便去勒阿弗尔城了。不来离家之后，似乎已经安下心来，他有生以来头一回有了同学，在会客室陪妈妈时都坐不稳，总想出去跟同学玩耍。

此后，雅娜隔一天跑一趟，还把不来接回来过星期天。在孩子上课的时候，她也舍不得走开，又无事可干，就独自坐在学校的会客室里。校长派人请她上楼去，当面劝她少来几趟。她根本没把这种劝告放在心上。

于是，校长发出警告，如果她再总来打扰，她儿子课间不得娱乐，上课不能专心听讲，那么校方就不得不请她把孩子领走。校方还发函通知了男爵。这样，雅娜就被看住，形同囚徒，不准擅自离开白杨田庄了。

她等待假日的心情，比她儿子还要焦急。

雅娜越来越心烦，开始在周围一带游荡，她带着杀杀那条狗，独自一人整天散步，胡思乱想。有时她坐在悬崖上眺望大海，一坐就是一下午；有时她穿过树林，一直走到伊波镇，追寻萦绕在记忆中的游踪。太遥远了，太遥远了，当年她在这一带游玩时，还是一个沉浸在美梦中的少女。

她每次见到儿子，总觉得已经阔别了十年。不来一天天长大成人，雅娜也一天天衰老下去。现在看来，她和父亲好像兄妹了。至于丽松姨妈，从二十五岁起就花容凋谢，老相再也没有什么变化，现在同雅娜倒像姊妹了。

不来学习不大用心，初二留级，初三好歹通过，到了高一又蹲一年，念到结业的修辞班，他已经二十岁了。

不来长成了青年，高高个头儿，金黄头发，两鬓朦胧已初生颊髯，髭胡须毛隐约可见。每逢礼拜天，他主动返回白杨田庄。他早就学会了骑马，只需租一匹马，路上跑两小时就到家了。

礼拜天一清早，雅娜就同姨妈和父亲到路上去迎候。男爵渐渐驼背了，走起路来像个小老头儿，双手背在后面，生怕摔个嘴啃泥。

他们沿着大道慢慢走，有时坐到沟边喘口气，举目眺望有没有骑马的人出现。天边白色地平线上一出现个黑点，这三位亲人就挥动手帕。于是，不来就策马飞驰，一阵旋风似的冲到面前，吓得母亲和姨奶心里直扑通，喜得外祖父直喝彩："真棒！"还像个残疾人那样手舞足蹈。

保尔比母亲高出一头多，但是母亲总拿他当小孩子，还这么问："不来，你脚不冷吗？"午饭后，保尔抽支烟，在台阶前散散步，雅娜就推开窗户，冲他喊道："听我的话，不来，别光着脑袋出去，你会着凉的。"

保尔要骑马连夜赶回去时，雅娜更是提心吊胆：

"千万别跑得太快啦，我的小不来，要小心，想一想你可怜的母亲，你要是出点事儿……"

不料一个星期六的早晨，雅娜接到保尔一封信，信中说他第二天不回家了，因为有些朋友组织游乐会，邀请他参加。

这个星期日一整天，雅娜都惶恐不安，仿佛要大祸临头似的。挨到星期四，她实在受不了，便乘车去勒阿弗尔。

她感到儿子变样了，但又说不清有什么变化，只觉得他情绪很高，说话的声调更有男子气了。他就像提起一件极为自然的事情那样，突然对母亲说：

“对了，妈妈，今天你既然来了，那么，这个星期天，我就不回白杨田庄了，我们还有一次聚会。”

雅娜惊呆了，一时瞠目结舌，就好像听儿子说要去新大陆一样。过了半晌，她终于能说话了：

“噢！不来，你怎么啦？告诉我，出什么事儿啦？”

儿子笑起来，抱住母亲答道：

“嗳，一丁点儿事也没有，妈妈。我要跟朋友一起玩玩，我都这么大了。”

雅娜无话可答，在返回的路上，她独自一人坐在马车里，头脑里便涌现各种各样的怪念头。她的不来，从前那个小不来，已经认不出来了，她头一回发觉儿子长大了，不再属于她了。什么！这个长出了胡须、有了准主意的棒小伙子，居然就是她儿子，就是从前和她种菜的她那可怜的小家伙！

一连三个月，保尔只是偶尔回家看看亲人，而每次总火烧火燎地急着要走，每次到傍晚就争取早走一小时。雅娜慌了神儿，男爵极力劝慰，一再对她说：

“随他去吧，这孩子，已经二十岁了。”

然而一天早晨，来了一个穿戴不大体面的老人，他操着德国口音用法语说：

“我要见子爵先生。”

他恭恭敬敬，连连向雅娜施礼，然后从兜里掏出一只脏乎乎的皮夹子，说道：

“我有一张字条要交给您。”

说着，他打开一张油乎乎的纸递过去。雅娜接过字条，看了一遍，又看了一遍，抬头瞧瞧那个犹太人，再看一遍字条，问道：

“这是怎么回事儿？”

那人胁肩谄笑，解释道：

“我这就告诉您。令郎要用一点钱，而我知道您是一位好母亲，也就借给了他一点儿，叫他应急。”

雅娜不寒而栗：

“可是，他为什么不来向我要呢？”

那犹太人解释了半天，说这是一笔赌债，第二天中午之前必须还清，而保尔还未成年，向谁也借不到一文钱，若不是他出面“帮这个小忙”，这个年轻人就要“丧失信誉”了。

雅娜想叫男爵来，可是她意乱心烦，要站却站不起来。末了，她对那个高利贷者说：

“劳驾，您帮我摇摇铃好吗？”

那人迟疑一下，怕是什么圈套，他讷讷说道：

“您若是觉得不方便，我就再来一趟吧。”

雅娜摇了摇头，示意留步，她这才起身摇铃。然后，二人四目相对，一声不吭地等候。

男爵来了，他当即明白了是怎么回事。借据上的数目是一千五百法郎。他付了一千法郎，同时凝视那个人，说道：

“记住别再来了。”

那人谢过，施了一礼，转身溜走了。

外祖父和母亲马上动身去勒阿弗尔，到了学校一问才知道，保尔有一个月没上学了。校长收到四封由雅娜签字的请假信。每封信里都附上一份医生证明，自然全是假的。他们看了大惊失色，呆在那里面面相觑。

校长十分遗憾，带他们去警察局。当天，两位家长就在旅馆下榻。

第二天，他们在城里一名娼妓家中找到了年轻人。外祖父和母亲带他回白杨田庄，一路上谁也没有开口。雅娜用手帕捂着脸，一直掩泣。保尔却若无其事地望着田野。

他们用一周时间就发现，最近三个月他负债已达一万五千法郎。债主们知道不久他就成年了，也就没有急着上门讨债。

家里人没有盘问他，只想用温情把他夺回来，给他做好吃的，越发娇养宠惯他。正值春季，他们还在伊波给他租了一只船，好让他在海上游玩，尽管雅娜担心得要命。

但是他们不让他骑马，怕他又跑到勒阿弗尔去。

他整天无所事事，常常发脾气，有时态度很粗暴。男爵担心他这样完不成学业，而雅娜想到又要分离，就六神无主，但又无法妥善安排他。

忽然有一天晚上，他没有回家。听说他同两名水手一起出海了。他母亲惊慌失措，顾不上戴帽子，连夜跑到伊波。

海滩上站着几个男人，等待那只船返航。

海上出现一点灯火，摇曳着渐渐靠近。保尔并不在船上，而是让人把他送到勒阿弗尔去了。

警方寻找也毫无线索。他上次藏身处的那个妓女也不见了，她把家具卖掉，付了房租，没有留下一点踪迹。这个女人写的两封信，倒从保尔在白杨田庄的卧室里发现了，信中表明她爱保尔爱得发狂，提到去英国，还说她筹措到了所需的费用。

庄园的三位主人过起寂寞惨淡的日子，如同下到阴森的地狱受精神的折磨。雅娜的头发已经花白，经过这次变故就全白了。她总是天真地想，命运为什么要这样打击她。

她收到托比亚克神甫的一封信：

夫人，上帝的手已经压到您的头上。您不肯把儿子交给他，他就夺走您的儿子，丢给一名娼妇。接到上天的这一训谕，您还不睁开眼睛吗？天主的大慈大悲是无量的。您回来跪到他面前，也许能得到他的宽恕。您若是来敲他居所的门，我是他卑微的仆人，一定给您开门。

雅娜把这封信放在膝上，寻思了很久。这个神甫所讲的，也许是真的。于是，宗教上各种模糊的概念，一齐来折磨她的良心。难道上帝同凡人一样，也爱嫉妒和报复吗？假如他不嫉妒，那么就无人怕他，无人崇拜他了。上帝以世俗的情感显灵，无疑是为了让人更好地了解。正是这种怯懦的怀疑促使犹豫不决的人、心神不宁的人走进教堂。雅娜心中产生了同样的情绪，于是一天傍晚天黑的时候，她跑去叩本堂神甫住宅的门，跪倒在瘦小的神甫脚下，祈求宽恕她的罪过。

神甫答应她先宽恕五分，上帝总不能把全部恩惠，赐给还住着男爵那种人的一个家庭。他强调说：

“不久您就会感受到天恩的神验。”

果然，两天之后，她收到儿子的来信，而她在极度的痛苦中，就把这封信看成是神甫许诺的宽慰的开端。

我亲爱的妈妈：

不必挂念。我现在在伦敦，身体很好，只是急等钱用。我们一文钱也没有了，有时连饭也吃不上。我这女伴是我全心爱的人，她为了不离开我，拿出全部积蓄，五千法郎全用光了。要知道，我已经以名誉担保，先要还上她这笔钱。反正我也快成年了，你若是肯从爸爸的遗产中先挪给我一万五千法郎，那就太好了，这能帮我摆脱困境。

再见，亲爱的妈妈，衷心地拥抱你，也拥抱外祖父和丽松姨奶奶。但愿不久能见到你。

儿保尔·德·拉马尔子爵

敬上

他来信啦！可见他没有忘记她。雅娜根本不去想他来信是为了要钱。既然他没钱了，那就给他汇去呗。钱算什么！关键是他给她来信啦！

雅娜拿着信哭着跑去给男爵看，丽松姨妈也被叫来了。这是谈他的信啊，他们逐字逐句地重读了一遍，每句话都议论一番。

雅娜从绝望情绪中一下跃入希望的狂喜，她极力为保尔辩护：

“他准能回来，他写来信，就是快回来了。”

男爵头脑冷静得多，他说：

“来不来信也一样。他为了那个女人离开了我们。他没有犹豫就走了，说明他爱她胜过爱我们。”

雅娜心头骤然一阵剧痛，当即萌发了一种仇恨，恨那个夺走她儿子的情妇，这是难以缓解的一种野性的仇恨，是嫉妒的母亲的一种仇恨。在这之前，她的思念全在保尔身上，并没有想到是那贱女人引他走上歧途的。现在，男爵的话猛然把她点醒，向她揭示了那个敌手的巨大威力，她这才感到在她和那个女人之间开始了一场激烈的搏斗，她也感到宁可失去儿子，也不愿同那女人分享她儿子的感情。

他们汇去一万五千法郎，又一连五个月没有得到音信。

忽然，一位代理人前来清理于连遗产的账目。雅娜和男爵二话未说，过了账目，甚至放弃了本该属于母亲的用益权。保尔回到巴黎，收到十二万法郎。此后半年中，他写了四封信，简单谈了谈他的情况，结尾表达感情的话也很冷淡。信中这样写道：

我在工作，我在交易所里找了一份差使。几位亲爱的老人，希望有一天我能回白杨田庄拥抱你们。

信中只字不提他的情妇，这种缄默比他写满四页纸来谈论她还说明问题。从这些冷冰冰的信中，雅娜感觉出那个隐伏在后面的狠毒女人，母亲的死敌——娼妇。

三个孤寂的人总商量如何救出保尔，可又束手无策。到巴黎走一趟吗？有什么用处呢？

男爵常说："别管他，等那股热恋劲消磨尽了，他自己就会回到我们身边来了。"

他们的生活十分凄凉。

雅娜和丽松瞒着男爵，时常一道去教堂。

很长一段时间没有保尔的音信，忽然一天早晨，他们收到一封绝望的信，三人都吓得面如土色。

我可怜的妈妈：

我完了，如果你不来救我，我无路可走，只好开枪自杀了。我搞一笔投机生意，原以为有绝对把握，不料却失败了。我若是不偿付，那就名誉扫地，彻底破产，此后再也不可能做什么事情了。我完了。再重复一遍：我宁可开枪自杀，也不愿忍辱偷生。如果没有一位女子的鼓励，也许我已经不在人世了。她是我的上帝，我还从未向你提起过。

亲爱的妈妈，我衷心地拥抱你，也许这是最后一次了。别了。

保尔

信中附了一叠生意上的单据，表明这次赔本的详细情况。

男爵当即回信说，他们尽快设法解决。随后，他就动身去勒阿弗尔多方咨询，抵押了一部分庄田，筹措到款子，给保尔寄去了。

年轻人写来三封信，一谢再谢，表达了深深的思念之情，并说他将立刻回来拥抱几位亲爱的老人家。

他没有回来。

整整一年时间过去了。

雅娜和男爵正打算动身去巴黎找保尔，最后一次尝试规劝他，忽又接到一封简笺，得知他又回到伦敦，正在创建汽轮航运公司，名为“保尔·德拉马尔公司”。他在信中写道：

> 这次肯定大运亨通，也许能发大财。一点风险也没有。现在你们就能看到各种优厚条件。将来我再去看你们的时候，就会有很高的社会地位了。如今，要摆脱困境，只有经商才是出路。

三个月之后，汽轮航运公司破产了。因票据上有违法情况，要传讯公司经理。雅娜心里一急，神志失常达好几个小时，然后就卧床调养了。

男爵再次赶到勒阿弗尔，询问了情况，拜访了一些律师、经纪人、公证人、执达吏等，了解到德拉马尔公司亏空二十三万五千法郎。于是，他又抵押产业，这次连白杨田庄和两处庄田都抵押出去，才凑足一大笔款。

一天晚上，男爵在一个经纪人的事务所里，正办理最后的手续，突然中风倒在地上。

飞马去报告噩耗，待雅娜闻讯赶来，男爵已经死了。

雅娜把父亲的遗体运回白杨田庄。经受这次打击，她完全垮了，精神麻木呆滞，连悲痛欲绝的能力都丧失了。

无论两个女人怎么哀求，托比亚克神甫也不同意把男爵的遗体移入教堂。因而在黄昏时分，没有举行葬礼，就草草将男爵埋葬了。

保尔是从他公司破产的一个清算人那儿得知这一死讯的。当时他还在英国藏身，写信来深表歉意，听到这一不幸消息时已经太晚，未能回来参加葬礼。信中还写道："不过，亲爱的妈妈，你已经把我拉出困境，我也就要返回法国，不久就能拥抱你了。"

雅娜神志相当模糊，外界的什么事情都好像不明白了。

丽松姨妈已经六十八岁了，这年暮冬时节患了支气管炎，后来又转为肺炎。她在平静中咽气的时候，还喃喃说道：

"我可怜的小雅娜，我要去见仁慈的上帝，祈求他可怜可怜你。"

雅娜给姨妈送葬，她看着泥土落到棺木上，心想不如自己也一死了之，以免再受痛苦，再想伤心事，有了这种绝念，身子也就不觉瘫软下来。恰好这时候，一个健壮的农妇一把将她抱住，就像抱孩子一样把她送回去。

雅娜在姨妈临终的床头守了五夜，这回被一个不相识的村妇送回邸宅，她丝毫也不抵制，任凭那个既温柔又严厉的女人摆布，只觉疲劳和痛苦一齐袭来，极度困乏，便昏昏沉沉地睡过去了。

她睡到半夜醒来，只见壁炉台上一灯荧然，一个女人睡在扶手椅上。这人是谁呢？她认不出来了，于是从床沿探过身去，借着小油灯摇曳的微光，想要辨认这人的相貌。

这张面孔仿佛见过。然而什么时候呢？在什么地方呢？这女人睡得很安稳，头歪到肩膀上，软帽掉在地下。看那年龄在四十岁到四十五岁之间，看那身体很健壮，脸色红润，膀阔腰圆，显得很有力量。她的两只大手耷拉在椅子的两侧，头发开始花白。雅娜经历了巨大的不幸，刚从沉睡中醒来，神志还迷迷糊糊，她就这样目不转睛地看着这个女人。

她肯定见过这张面孔！那是从前呢，还是最近的事呢？一点印象也没有了。她让这种疑问纠缠得焦躁不安，于是悄悄地起床，踮着脚尖凑过去，要仔细瞧瞧这个睡着的女人。这正是在墓地把她扶起来，又安置她睡在床上的那个女人。她模模糊糊地想起来了。

不过，她在从前哪个时期，在别的地方遇见过吗？还是她以为认得，而其实仅仅是昨天留下的模糊印象呢？再说，这人怎么在这儿、在她的房中呢？这是为什么？

这女人抬起眼皮，瞧见雅娜，就忽地站起来。这样，两个人面对面离得很近，胸脯几乎挨上了。陌生的女人咕哝道：

“怎么？您起来啦！大半夜的，您这样会闹出病来的，躺下，好不好？”

雅娜问了一句：

“您是谁呀？”

可是，这女人却张开手臂，一把将她搂住，像男人那样有力，又将她抱回床上去。她俯身把雅娜放在衾被上时，几乎压到她身上，这时她已止不住眼泪，边哭边狂热地吻雅娜的脸蛋、头发和眼睛，泪水洒了雅娜一脸，同时喃喃说道：

“我可怜的少夫人，雅娜小姐，我可怜的少夫人，您一点也认不出我来了吗？”

雅娜这才惊叹道：

“嗯，罗莎莉，我的孩子呀！”

说着，她伸出手臂，搂住罗莎莉的脖子，连连亲她，同她紧紧抱在一起，久久不能分开，两个女人的眼泪也流在一起。

罗莎莉先冷静下来，说道：

“好啦，要听点儿话，别着凉了。”

她又整理好衾被，几面掖好，再把枕头放到她当年女主人的头下。雅娜忆起往事，浑身还在颤抖，唏嘘不已。过了半晌，她终于说道：

“你是怎么回来的，我可怜的孩子？”

“嗐！”罗莎莉答道，“你现在孤单单一个人，我怎么能看着你这样不管呢？”

“点上蜡烛吧，让我好好看看你。”雅娜又说。

等点燃蜡烛，放到床头柜上，两个女人默默无言，相互凝视了很久。后来，雅娜把手伸给她当年的使女，低声说道：

“我见到你绝对认不出来，我的孩子，要知道，你变多了，不过还没有我的变化大。”

眼前这个身体瘦削、面容憔悴的白发妇人，居然就是当年那个美丽鲜艳的少妇，罗莎莉端详着，答道：

“真的，您也变了，雅娜夫人，超过了正常的变化。不过也该想一想，我们可是有二十四年没见面了。”

二人不做声了，重又陷入沉思。后来，雅娜讷讷地问道：

“至少，你的生活一直挺遂心的吧？”

罗莎莉有些迟疑，怕勾起特别痛心的回忆，她支支吾吾地说：

“哦……可以……还可以……我倒没有什么可抱怨的，不错……我的日子比您好过。只有一件事总叫我心里难受，就是没有一直留在这里……”

她戛然住口，猛然意识到自己没留神触及这一点。雅娜倒是非常温柔地说道：

“有什么办法呢，我的孩子，不是件件事儿都能遂心如意的。你也守寡了，对吗？”

继而，她心里一阵惶恐不安，说话声音都有些颤抖了，又问道：

“你还有……还有别的孩子吗？”

“没有了，夫人。”

“那么，他呢，就是你……你那儿子，他现在怎么样啦？你还满意吧？”

“满意，夫人，他是个好孩子，干活很冲。半年前他结了婚，把我的庄子接过去了。这不，我又回到您身边来了。”

雅娜激动得发抖，低声问道：

“这么说，我的孩子，你不再离开我啦？”

罗莎莉回答得非常干脆：

“没错，夫人，我全都安排好了。”

接着，她们又沉默了片刻。

雅娜不由自主地暗自比较她俩的一生，不过现在，她并不感到心酸，已然安于不公正的残酷的命运了。她又问道：

“你丈夫怎么样，他待你好吗？”

“嗯！夫人，他是个老实厚道的人，一点也不懒惰，挺会攒钱的。后来他害肺病死了。”

这时，雅娜特别想了解详细情况，干脆从床上坐起来：

“喏，我的孩子，对我讲讲吧，把你这一生都讲给我听听。如今，我听到这些会感到好受些的。”

于是，罗莎莉把椅子挪近，坐下来开始讲她自己的情况，谈到她那所房子、她周围的人，谈得很细，全是乡下爱唠叨的生活琐事，她还描述她家的院子，一件件叙说令她想起好时光的那些往事，有时还咯咯笑起来，嗓门也渐渐提高，这是庄户主妇指使人养成的习惯。最后，她把底儿全交了出来：

“嘿！如今嘛，我倒有了一些产业。我什么也不用怕了。”

接着，她又有点心神不安，压低声音说道：

“说到底，我这全是托您的福，因此，也得先说好，我可不要工钱。嗳！不要。嗳！真的不要！您若是不答应，那我就走了。”

“你总不能白侍候我吧？”雅娜又说道。

“嗳！不就侍候嘛，夫人。给钱！您还要给我钱！其实，我的钱差不多也赶上您的了。您胡乱抵押、借债，还有利息滚利息，您知道还剩下多少钱了吗？知道吗？不知道吧？那好，我敢说您的年金未必有一万法郎。不到一万法郎，听明白了吧？还是我来给您理个头绪吧，尽快着手做。”

她的嗓门又高起来，谈到欠息不及时清还，谈到有破产的危险，越说越激动，越说越气愤。由于女主人的脸上隐隐浮现一丝感动的微笑，她就急得嚷起来：

“这可不是笑着玩的，夫人，要知道没有钱，就只能受苦受累了。”

雅娜又抓住她的双手，握住久久不放，她心里总萦绕着这个念头，实在憋不住，便慢条斯理地说道：

“唉！我呀，就是没有运气，步步都不顺。我这一生交了厄运。”

然而，罗莎莉却摇摇头，说道：

“话不能这么说，夫人，话不能这么说。只怪您结婚选错了人。连对方是什么人都不了解，怎么就能随随便便结婚呢。”

她们就像两个老朋友那样，继续促膝谈心。

太阳升起来了，她们还在娓娓而谈。

十二

只用一周时间，罗莎莉就把庄园的人和事全管起来了。雅娜则事事顺从，随她怎么安排都行。现在，她跟当年的妈妈一样了，身体衰弱，腿脚不灵便，由罗莎莉搀扶着出去慢慢散步。这个女仆还时时规劝她，安慰她，说话又率直又温和，好像对待一个生病的小姑娘。

她俩总是谈过去的情景，雅娜喉咙哽咽，罗莎莉语调平缓，跟乡下人一样不动声色。老女仆多次提到打滚的利息问题，后来，她就要求把所有契约拿给她看。雅娜对经济事务一窍不通，她把契约藏起来是为了给儿子遮丑。

于是有一周时间，罗莎莉天天去费岗，请一位她认识的公证人给她解释这些契据。

终于有一天晚上，她服侍女主人上床之后，便坐到床头，突然说道：

“现在您躺下了，夫人，咱们就聊聊吧。”

于是，她把当前的状况全部摊开。

所有债务偿清之后，大约还剩下七八千法郎的年金，仅此而已。

雅娜回答说：

“我的孩子，还想怎么样呢？我心里明白活不了多久，钱怎么也够我用了。”

罗莎莉一听就发火了：

“够您用了，夫人，这有可能，然而，保尔先生呢，您一文钱也不给他留下吗？”

雅娜浑身一抖，说道：

“求求你，永远也别再跟我提起他。我一想起他就揪心。”

“我还非要跟您谈他不可，唉，您哪，雅娜夫人，连点勇气都没有。他干了糊涂事，可是，他不能总那么胡闹下去呀！将来他要成家立业，要有孩子。把孩子养大就得花钱。注意听我说，您还是把白杨田庄卖掉算了。”

雅娜霍地从床上坐起来：

“卖掉白杨田庄！亏你想得出来？哼！这事绝对不行！”

罗莎莉倒是不慌不忙，又说道：

“我说要卖掉，夫人，不卖掉不行。”

接着，她说明了这事的打算、计划和理由。

她已经找到一个买主，一旦卖出白杨田庄和附属的两个庄子，就可以赎回抵押出去的四个庄子，而在圣奥莱纳的那四个庄子，年收入可达八千三百法郎。每年提取一千三百法郎留做房屋修缮之用，还剩下七千，每年的花销打出五千法郎，这样就存起两千以备不时之需。

罗莎莉还补充说：

"其余的产业完了，全吃光了。从今往后，我来掌管钥匙，您明白吗？至于保尔先生，再也别想要钱了，一文钱也不给。要不这样，他也不会给你留下一文钱。"

雅娜默默地垂泪，喃喃说道：

"他若是吃不上饭怎么办呢？"

"他若是挨饿，就到咱们这儿来吃饭。这里总可以供他吃喝，供他睡觉。从一开始您就一个钱不给他，他也干不出那些蠢事来，您说是不是这个理儿？"

"他那是欠了债，不偿清他就身败名裂了。"

"您到了一个钱都没有了的时候，就能阻止他借债吗？您替他还了债，这很好，今后，您再也不替他偿还了，我就这样明确告诉您。好了，晚安，夫人！"

说罢，她就走了。

雅娜翻来覆去睡不着觉，心里总想着这次谈话：要卖掉白杨田庄，要搬走，要离开这座和她一生连在一起的邸宅。

第二天早晨，她看见罗莎莉走进房间，便对她说：

"我可怜的孩子，我怎么也狠不下心来离开这儿。"

女仆一听就发火了：

"嗳，夫人，非这么办不可。公证人和那个买主很快就要来了。白杨田庄若不卖掉，再过四年，您就什么也剩不下了。"

雅娜仍然颓丧地重复道：

"我离不开，永远也离不开。"

过了一小时，邮差送来一封信：保尔又向母亲要一万法郎。怎么办呢？雅娜没了主张，就跟罗莎莉商量。罗莎莉举起手臂，说道：

“我是怎么对您说的，夫人？哼！要不是我回来，你们母子俩就有好瞧的啦！”

雅娜无可奈何，只好依从女仆的意志，给保尔写回信：

我亲爱的儿子：

我再也没有什么可给你的了。你把我折腾破产了，现在连白杨田庄都不得不卖掉。但是不要忘记，你若是走投无路，回到老母亲身边，这里总有你的栖身之处。

被你害得好苦的母亲

雅娜

公证人和原先的糖厂老板若夫兰先生来了，雅娜亲自接待，并带他们仔细看了邸宅。

过了一个月，她在卖契上签了字，与此同时，她在巴特维尔村买了一所小康人家的房子，那所房子位于蒙梯维利大道旁，离戈德镇不远。

当天，她心痛欲碎，黯然神伤，独自漫步在妈妈的白杨路上，直到暮晚还流连不返，目光凄迷，泣别周围熟悉的景物：别了这海阔天空、这一棵棵树木、梧桐树下这张虫蛀的长椅；别了所有这些仿佛印入眼中、刻在心头的景物；别了这片灌木林、这片野山坡，还记得自己常坐在坡上眺望，还记得于连惨死的那天，自己就是站在坡上望着德·富维尔伯爵跑向海边；别了自己常常依靠伫立的这棵秃头老榆树；别了，整个这座熟悉的庭园。

还是罗莎莉前来，挽住胳膊强行把她拉回去。

一个约莫二十五岁的高个子庄稼汉在门口等候，他就像老相识那样，亲热地跟雅娜打招呼：

“您好，雅娜夫人，身体还好吧？母亲让我来帮您搬家。我想来看看您都要带走什么东西，我有空就运走点儿，这样就不会耽误田里的活计。”

他就是使女的儿子，于连的儿子，保尔的哥哥。

雅娜觉得自己的心都停止跳动了，然而，她又多么想拥抱这个小伙子。

雅娜端详他，想辨识他像不像她丈夫，像不像她儿子。他身体强壮，脸膛红润，像他母亲那样长着一头金发、一对蓝眼睛。不过，他也像于连。哪点儿像呢？怎么就像呢？雅娜也说不清楚，只觉得他整个相貌上有于连的影子。

小伙子又说道：

“您若是能立刻带我看一看，那就会给我很大方便。”

可是，新买的那所房子很小，雅娜还没有想好究竟该搬去什么东西，只得让他到周末再来。

这样，搬家的事占据了她的心思，给她在惨淡无望的生活中带来一点可悲的消遣。

她从一间屋子走到另一间屋子，寻找特别能令她忆起往事的那些家具。这类家具就像我们身边的朋友，不仅是我们生活的一部分，简直可以说和我们融为一体，而且从小就熟悉，一件件联系着我们欢乐或忧伤的记忆，联系着我们一生的各个日期，一件件曾是我们美好或黯淡时刻的无言伴侣，一件件在我们身边用旧衰老，布套有了洞，衬里撕破了，榫头部位松动，往日的光泽也消失了。

她一件一件地挑选，时常犹豫不决，心情紧张，仿佛要作出重大决策似的，决定了又翻悔，比较两把椅子的优劣，是要那张旧书案还是那张旧缝纫桌呢，总是拿不定主意。

她拉开一个个抽屉，追忆与此相关的往事，然后才自言自语地说："好了，就拿这件。"于是来人把这件家具搬到餐厅里。

她卧室的东西要全部带走，包括床、壁毯、座钟和全部家具。

客厅里的椅子也挑了几把，上面有她从小就喜爱的图案：狐狸和仙鹤、狐狸和乌鸦、知了和蚂蚁，还有那只忧郁的鹭鸶。

选完了东西，又在这要离弃的楼房里到处转悠，走遍了每个角落，有一天她登上了阁楼。

她大吃一惊，这么多物品，各式各样，有的损坏了，有的只是脏污，还有些不知道为什么搬上来。也许是看不顺眼了，也许是替换下来的。还有许许多多她熟悉的小摆设，忽然一日不知去向，她也没有留意，都是些她抚弄过的小玩意儿，这些毫无价值的小物品在她身边撂了十五年，天天视而不见，不料在这阁楼里猛又发现，堆在更为古旧的东西旁边，好似被遗忘了的见证，又好似久别重逢的朋友，突然显示其重要性，就连那些更古旧的东西，她也能想起她初到白杨田庄时都摆在什么地方。看着这些东西，就像见到来往很久而又未露真相的人，不料一天晚上，也没有什么特别的由头，他们就喋喋不休地讲起来，把别人没有揣度的全部胸臆和盘托出。

她一件一件察看，时时怦然心动，不禁自言自语：

"咦，这个中国茶碗，还是我打破的呢，那是一天晚上，再过几天我就结婚了。嘿！这是母亲的小灯笼，那是爸爸的手杖，他想撬开让雨水淋胀了的木栅门，结果把这根手杖别断了。"

这里还有许多东西她没见过，不能唤起她任何记忆，大概是祖父母或曾祖父母留下来的，都是遭遗弃的东西，早已过时，覆盖了灰尘，留放到如今，一副凄凉的神情。谁也不知道它们的历史和阅历，谁也没见过当初选择、购买、拥有并喜爱它们的那些人，谁也不了解亲切抚弄过它们的那一只只手、欣赏过它们的那一双双眼睛。

雅娜摸摸这些小物品，拿到手上翻过来倒过去，在厚厚的灰尘上留下指痕。只有天窗的几块小玻璃透下一点惨淡的光线，她在这些老古董中间流连了许久。

她仔细察看几把三条腿的椅子，搜寻着看看能不能唤起点记忆，还察看一个暖床铜炉、一个仿佛见过的破脚炉，以及一堆不能再用的家常物品。

然后，她把要带走的捡在一堆，下楼叫罗莎莉去拿。女仆看到这些破烂就来火，不肯搬下去。雅娜本来没有任何意愿了，这次却坚持不让，罗莎莉只好照办了。

一天早晨，于连的儿子，那个年轻的庄稼汉德尼·勒科克赶来大车，要运头一趟东西。罗莎莉跟去了，以便卸东西照看一下，给家具安排地方。

只剩下雅娜一个人了，她心情极度凄惶，又在楼里游荡，从一间屋走到另一间屋，以狂热爱情般的冲动，抱吻一切她不能带走的东西，亲亲客厅壁毯上的大白鸟、古老的枝形烛台，遇到什么就亲什么。她的眼泪刷刷流下来，发疯似的从一间屋窜到另一间屋，然后出去向大海“道别”。

时值九月末，天空阴霾低沉，垂压着大地。海涛昏黄而愁惨，望不到尽头。她在悬崖上伫立许久，痛断肝肠的思绪，像海涛一样涌上心头。直到夜幕降临她才回还，这一天的苦痛抵得上她从前最伤心的时刻。

罗莎莉已经回到邸宅在等候她。老使女觉得新房子好极了，敞亮爽快得多，不像这个大箱子一样的楼房，连大路的边也不挨。

一个晚上雅娜都垂泪不止。

庄户知道庄园卖出去的消息之后，对雅娜的礼貌也就表面上过得去，背后却都叫她"疯婆子"，也说不出为什么这样叫，想必是他们出于粗鲁的本能，看出她那日益严重的病态的多愁善感、她那过分的胡思乱想，看出她那可怜的心灵被不幸的遭遇搅乱了。

动身的头一天，雅娜偶然走进马厩，听见咕噜一声，不禁吓了一跳。原来是杀杀那条狗，这几个月来她忘记照看了。杀杀活得比一般狗长些。现在双眼瞎了，身子已瘫痪，趴在一堆干草上，由吕迪芬照管。雅娜抱起杀杀，亲了亲，便带它回房间。杀杀现在圆滚滚的像只木桶，四条腿僵直，走起路来要叉开，摇摇晃晃十分吃力，它叫的声音也像给儿童买的玩具木狗了。

雅娜自己的卧室家具搬空了，这一夜睡在原先于连的房间里。最后一日终于天亮了。

她起床时气喘吁吁，疲惫不堪，就好像跑了一大段路似的。院子里停着一辆大车，已经装上了箱子和余下的几件家具。后面还有一辆双轮马车，是拉女主人和使女的。

只有老西蒙和吕迪芬留守邸宅，等待新主人来接管，然后他们就各自投奔亲戚，不仅靠雅娜给办的一小笔年金生活，而且他们自己也有一些积蓄。他们是府上的老仆人，年事已高，现在变得既啰唆又无用了。马里于斯成了家，早就不在庄园里干事了。

将近八点钟，开始下雨了，这是微风细雨，冷飕飕的，从大海方向吹来。马车要盖上油布。树叶萧萧飘落下来。

厨房的桌子上有几杯牛奶咖啡冒着热气。雅娜坐下，拿起一杯小口喝着，然后站起来，说了一句："走吧！"

她戴上帽子，搭上披肩，在罗莎莉给她穿套鞋的当儿，她哽咽着叹道：

"你还记得吧，我的孩子，咱们从鲁昂来的那天，雨下得多大啊……"

说着，她猛然一阵痉挛，双手按住胸口，仰面倒下去，失去了知觉。

她像死了一样，这种状态持续了一个多小时，才慢慢睁开眼睛，泪如泉涌，还一阵阵抽搐。

她的情绪稍许平静下来之后，又觉得浑身十分虚弱，连站都站不起来了。罗莎莉担心再迟迟不走她又要犯病，便去叫自己的儿子。母子俩把她扶起来，抬到车上，扶她坐到油布盖着的木凳上。老使女也上了车，挨着她坐下，用毯子给她裹上腿，再把一件大斗篷披在她的肩上，然后打着伞给她遮雨，这才喊了一声：

"快点儿，德尼，咱们走吧。"

年轻人跳上车，在母亲身边挤出点地方，只搭上了一条腿。他挥动鞭子，马便跑起来，步子一冲一蹿，车上的两个妇女也随着上下弹动。

行驶到村口拐弯的地方，他们瞧见一个人在大道上徘徊，那是托比亚克神甫，他知道她们要走，似乎专门在那里等候。

神甫站住，好让马车过去，他一只手撩着道袍大襟儿，怕溅上泥水，下面露出两条穿着黑袜子的瘦腿，再往下便是一双沾满污泥的大皮鞋。

雅娜垂下眼睛，不愿意同他的目光相遇。罗莎莉完全了解情况，一见他就来火，嘴里咕哝道："没人味儿，没人味儿！"她又抓住儿子的手，说道："抽他一鞭子。"

于是，年轻人趁着从神甫面前经过的当儿，猛然将车赶到辙沟里，哗地溅起一注泥浆，兜头带脑洒了神甫一身。

罗莎莉乐不可支，回过身去还向他挥拳头。神甫在那里只顾用一块大手绢擦泥水。

马车行驶了有五分钟，雅娜突然嚷道：

“哎呀！咱们把杀杀丢下啦！”

德尼只好停车，跑去找狗，马缰绳则由罗莎莉拉住。

年轻人终于抱来那条胖得变了形的秃毛狗，把它放在两个女人的腿下面。

十三

马车行驶了两个来小时，到一座小砖房前面停下。小砖房坐落在大路旁，周围是一个果园，长着修剪成纺锤形的梨树。

果园四角各有一个棚架，披挂着金银花和铁线莲，园里一块块方形菜畦，间隔的小径两侧便是果树。

这座小宅院围着一道又高又茂盛的树篱，隔着一片耕地还有一家庄户。前面大路边上一百步远处开了一家铁匠炉。其余人家，最近的也相隔有一公里。

这里视野宽展，周围是科地区平原，农舍星罗棋布。每户庄稼院都有个苹果园，由四排双行大树围起来。

一到新居，雅娜就想歇息，可是罗莎莉不准，怕她又要胡思乱想起来。

从戈德镇已经请来了装修的细木木匠。不必等最后一车东西，他们立刻动手先安排已经运到的家具。

布置房间很费周折，需要时间考虑和反复商量。

过了一小时，行李车到了栅门口，要冒雨卸东西。

到了晚上，房子里一片混乱，到处都是随便堆的东西。雅娜十分困乏，上床倒下便睡着了。

一连几天，雅娜都忙着安家，终日疲惫不堪，没有闲工夫伤怀了。她甚至还有点兴趣，要把新居布置得漂亮些，心里总想儿子肯定要回来。她原先卧室里的壁毯，现在挂在餐厅兼客厅的屋里了。二楼有两个房间，她精心布置出一间来，在她心中命名为“不来卧室”。

另一间留给她自己用。罗莎莉住在上面阁楼旁边的屋里。

这座小宅经过一番修整布置，倒也雅致可爱，雅娜刚搬来的一段时间，还是挺喜欢的，只是觉得缺点什么，但到底缺什么又不清楚。

一天早晨，费岗的那位公证人派文书给她送来三千六百法郎，是家具店老板估价留在白杨田庄的家具所付的款项。雅娜接过这笔钱，心中喜不自胜，等那人一走，她就急忙戴上帽子，要尽快赶到戈德镇，好把这笔意外之财汇给保尔。

她正沿着大路匆匆走去，不料迎头碰上从集市返回的罗莎莉。老使女生了疑心，但还没有立即猜出事情的真相。不过雅娜什么事也瞒不住她，她一了解，就放下篮子，大发了一通脾气。

她握起拳头叉在腰上，大叫大嚷，然后左臂挎着篮子，右臂挽住女主人回去，一路上还没有消气。

回到家里，老使女立刻让雅娜把钱交出来。雅娜只好交出钱，但私留了六百法郎，但是罗莎莉已有戒心，当即拆穿她的伎俩，逼着雅娜把钱如数交出来。

不过，罗莎莉倒同意把瞒下的这笔钱汇给保尔。

几天之后，保尔写来一封感谢信："我亲爱的妈妈，我们正在穷困里不能自拔的时候，得到了您的极大帮助。"

雅娜在巴特维尔还是住不惯，总觉得不能像从前那样畅快地呼吸，现在更加孤单冷寂，更加六神无主，更加渺茫无望了。她时常出去转转，一直走到韦奈伊村，再从三塘村绕回来，可是刚一回到家，就又要起身出去，仿佛忽然想起没有到该去的地方，没有到向往的地方去散步。

天天如此，天天产生这种奇特的愿望，她却不知道是何缘故。然而在一天傍晚，她无意中讲出一句话，这才恍然大悟，发现内心不安的情由。她坐下来用晚餐时，感叹一声：

"唉！我多想看看大海呀！"

她强烈渴念的，正是大海，正是她那二十五年来的伟大邻居，正是大海那咸味的气息、那震怒的浪涛、那滚雷的轰鸣，以及那呼啸的狂风，正是她在白杨田庄每天早起凭窗眺望的大海，日夜呼吸的大海，正是她像不知不觉爱上一个人那样钟情的大海。

杀杀那条狗还活着，一直躁动不安。它到这里的当天晚上，就钻进厨房的食橱下面，再也赶不走了。它整天趴在那里，几乎一动不动，只是偶尔翻翻身，发出低沉的咕噜声。

可是天一黑下来，它就起身朝园子大门走去，一路踉踉跄跄，撞到墙壁上，在外面走几分钟就够了，又回到屋里，支起前腿坐到还有余热的炉火前，只要两个女主人离开睡觉去，它就哀号起来。

杀杀彻夜哀号，声音幽怨而凄切，偶尔停歇一个时辰，重又哀号就更为凄厉。不得已就把它拴在房子前面的一只木桶里，可是它又在窗户下面号叫。后来，他们可怜它已经病残，快要死了，又把它安置在厨房里。

雅娜再也睡不着觉了，总听见狗的哀吟和骚动。显然狗也明白它已经离开老窝，要极力辨识自己所在的新屋是什么地方。

没法儿让它安静下来。白天还好，在万物活跃的时候，它似乎意识到自己双目失明，有了残疾不能动弹了。可是一到夜晚，它就不停地游荡，仿佛在黑夜中万物都失明了，它才敢出来活动似的。

一天早上发现它死了，她们才大大松了一口气。

时近隆冬，雅娜陷入了无可奈何的颓丧中。这并不是折磨心灵的那种深悲剧痛，而是一种凄惶无主的黯然惆怅。

她无以排遣，精神再也提不起来，连个关心她的人都没有。门前大道向左右延展，难得见到车踪人影。偶尔一辆轻便马车疾驶而过，只见车夫红红的脸膛，身上的罩衫迎风鼓成圆圆的蓝色气球。一对农民夫妇从天边走来，远远望去显得极小，越来越扩大，从门前过去之后，又逐渐缩小，直到随着起伏的地势出现在无限伸展的白色地平线上，望去就像两只小虫子了。

到了又长出春草的时候，一个穿短裙的小女孩每天早晨从栅门前经过，看着两条沿大路沟边吃草的瘦奶牛。黄昏时分，她又往回走，慢腾腾地跟在牛后面，像睡着了一样，每隔十分钟才跨一步。

每天夜晚，雅娜都梦见自己还住在白杨田庄。

梦中还是从前的情景，跟父母亲在一起，有时甚至还有丽松姨妈。她重又做着已成过去而遗忘了的事情，似乎搀着阿黛莱德夫人在白杨路上散步。每次醒来，她眼角总挂着泪珠。

她也时刻想念保尔，思忖道："现在他在干什么呢？他怎么样啦？有时他也想念我吗？"她每次缓缓地散步，走在两家农舍之间的低洼小路上时，头脑里就翻腾起所有这些折磨她的念头。不过，她尤为痛苦的是，那个陌生的女人抢走了她儿子，引起她难以平息的嫉妒。正是碍于这种仇恨，她才没有行动，没有去找保尔，闯进他的寓所里。她恍若看见那个情妇立在门口，问她："您到这儿来干什么？"她做母亲的自尊心，受不了这种相遇的场面，而她作为一生清白、毫无疵玷的女性，心气高傲，越来越痛恨沉迷于肮脏的肉欲、心灵也变得懦弱的男人种种卑怯的行为。她想到性欲的种种龌龊的阴私、下流淫秽的狎昵，想到难分难解的交欢不言自明的种种秘密，便觉得人类实在猥劣不堪。

春夏两季又过去了。

秋天又到了，带来灰暗的天空、惨淡的乌云和连绵的秋雨。这样生活下去，雅娜厌倦到了极点，于是决意试一试，尽最大努力把她的不来争取回来。

现在，年轻人那股热恋劲儿想必冷却下来了。

雅娜给儿子写信苦求哀告。

我亲爱的孩子：

我写信恳求你回到我身边。想一想吧，我年老多病，又孤孤单单，终年只跟一名老使女做伴。现在，我住在大路旁的一所小房子里，非常凄凉。如果有你在跟前，我这境况就会完全改变。在这世上我只有你这一个亲人了，可是七年没见到你啦！你永远也不会了解我这一生多么不幸，我的心在你身上又寄予了多大希望。当初你是我的生命、我的梦想、我唯一的希望、我唯一的爱，而你却丢下我，叫我多么想念啊！

喂！回来吧，我的小不来，回来拥抱我，回到你的老母身边，老母绝望地向你伸出手臂。

雅娜

几天后，保尔回了信。

我亲爱的妈妈：

但愿我能回去看你，然而我一文不名。给我汇点钱来，我就能回去了。本来我就打算去看你，同你谈谈一个计划，这个计划如能实现，我就能按你的要求做了。

和我患难与共的那个女子，对我无限慷慨，无限钟情。我不能再迟迟不公开承认她那始终如一的爱情和忠心了。而且，她的举止温文尔雅，一定能得到你的赞许。她很有学问，看的书很多。总之，你想象不出她对我一直是多么好。我再不向她表示感激，就显得太不通情理了。因此，我要请求你准许我娶她。你会原谅我总是离家不归，我们也要一同住进你的新居。

你若是认识她，就一定会立刻同意我的请求。我向你保证她是个完美出众的人。我确信你准会喜欢她。至于我，没有她我就不能活。

急切地盼望你回信，我亲爱的妈妈，我们衷心地拥抱你。

你的儿子

保尔·德·拉马尔子爵

雅娜惊呆了，信放在膝上，坐在那里一动不动，猜出这又是那女人的诡计。那女人一直把持她儿子，连一次也不放他回家，显然是等待时机，等待有那么一天，老母亲因盼子心切，伤痛欲绝，再也顶不下去了，就会软下来，什么都会答应他们。

保尔执迷不悟，不顾一切地爱那个女人，这简直撕裂了母亲的心，给她造成极大的伤痛。雅娜反复念叨："他不爱我，他不爱我。"

罗莎莉进来了，雅娜结结巴巴地说：

"现在，他要娶她啦！"

老使女吓了一跳，赶紧说：

"嗯！夫人，您可不能答应啊！保尔先生不能要那个破烂货。"

雅娜精神垮了，但是并不甘心，她答道：

"这事儿么，我的孩子，绝对不成。既然他不愿意回来，那我就去找他。走着瞧吧，我和那女人，看最后谁占上风。"

她当即给保尔写信，说她即将到达，另外找个地方见他，不去那个婊子住的寓所里。

继而，她收拾行装，等待回信。罗莎莉把女主人的衣物装进一只旧箱子里，她正叠一条连衣裙，觉得又旧又土气，便高声说道：

"真的，您出门连一件像样的衣裳都没有。我不能让您这样就走了。您这样会给大家丢脸，巴黎那些小姐太太们会把您当成佣人。"

雅娜就由着她安排。二人一同去戈德镇，选了一块绿色花格布料，交给镇上的一个女裁缝去做。接着，她们又去公证事务所，拜访每年要到首都住上半个月的鲁塞勒先生，向他打听些情况。算起来，雅娜有二十八年没到过巴黎了。

公证人一再嘱咐她们怎样躲车，怎样防小偷，建议她们口袋里只放够花的钱，其余的要缝在衣裙的衬里中。他还详细介绍了中等餐馆，特别指出有两三家是女客最爱光顾的，最后提到他本人下榻的火车站附近那家诺曼底旅馆，到那儿就说是他介绍去的。

巴黎和勒阿弗尔之间通火车已有六年，到处都在谈论这件事。然而，雅娜一直陷于忧伤痛苦之中，还没有见过引起整个地区变革的那种蒸汽机车。

保尔却没有回信。

雅娜等了一周，接着又等了一周，每天早晨都上大路去迎邮差，声音颤抖地问道：

“马朗丹老爹，没有我的邮件吗？”

马朗丹因节气不调而嗓音沙哑，他总是这样答道：

“这一趟还是没有，亲爱的太太。”

肯定是那女人不让保尔回信！

于是，雅娜决定立即动身，她想带罗莎莉一道去，但是老使女不肯，怕这样会多花旅费。

而且，她也只准女主人带上三百法郎，还补充说：

“钱不够了给我写信来，我会让公证人给您汇去。给您多了，又要进到保尔先生的腰包。”

十二月的一天早上，德尼·勒科克赶车来，要送她们去火车站。主仆二人上了车，罗莎莉要一直送到车站。

她们先问清了票价，买了票并办理好托运行李的手续之后，便站在铁轨旁边等待，要弄明白火车那东西到底怎样运行，越想越觉得神妙，反而不考虑这趟旅行令人伤心的目的了。

终于远处传来汽笛声，她们回过头去，望见一架黑色机器，个头越来越大，发出隆隆的巨响，拖着一长串活动小房子，驶到她们面前停下。一名乘务员打开一扇车门，雅娜哭着拥抱罗莎莉，然后登上一节车厢。

罗莎莉也动了感情，冲她嚷道：

“再见，夫人，一路平安，早点儿回来！”

“再见，我的孩子。”

汽笛再次长鸣，整个一列车启动，起初缓缓行驶，继而越来越快，不久便达到惊人的速度。

雅娜进去的这个小包厢里，已有两位男客，各靠着一个角落在睡觉。

雅娜望着田野、树木、庄院、村落飞驰而过，她从未见过这样的高速，难免心惊胆战，只觉得身不由己，卷入了一种新生活，被拖进一个新天地，那不是她的天地，不是她那宁静的青春、她那单调生活的天地。

傍晚火车就开进了巴黎。

一名搬运夫拎着雅娜的箱子。雅娜不善于在乱哄哄的人群中穿行，跟人撞来撞去，她怕失去那人的目标，慌慌张张地跟在后面，几乎是一路小跑。

到了旅馆的账房，她急忙说明身份：

“我是鲁塞勒先生介绍来的。”

旅馆老板娘身体特别肥胖，神态很严肃，她坐在柜台里面问道：

“鲁塞勒先生是谁呀？”

雅娜目瞪口呆，又讷讷地说道：

“就是戈德镇的公证人呀，每年来巴黎他都在您这儿下榻。”

胖太太明确说：

“这很可能。我不认识他。您要一间客房吗？”

“是的，太太。”

一个伙计提着箱子带她上楼去。

雅娜心里很难受，她坐到一张小桌子前，要了一碗肉菜和一只鸡翅膀，叫人送到客房。从拂晓到现在，她还没有吃饭。

她心情阴郁，在一支烛光下用餐，而思绪万千，想起她蜜月旅行归来时经过这座城市，正是在巴黎逗留的那几天，于连的性格初显朕兆。然而那时候，她正当妙龄，春风得意，有一股潇洒飞扬的劲头，现在却感到自己衰老了，变得畏畏缩缩，意志薄弱，往往自惊自扰。她吃完饭，便凭窗观望行人熙熙攘攘的街景，想出去走走又不敢，心想自己准会迷路，干脆上床睡觉，吹灭了蜡烛。

可是外面的喧闹、到一座城市的陌生感觉，以及旅途上烦乱的心情，这些都影响她睡觉。她一小时一小时地挨过去。街市的喧嚣渐渐平息，但是大都市的这种半休息状态令人躁动不安，她难以成眠。她久住乡下，早已习惯田野静谧的酣睡，人畜草木无不沉沉入梦。而现在，她总感到周围有神秘莫测的骚动，总听到难以捕捉的声响，仿佛是从旅馆墙壁透进来的。有时地板咯咯响两下，有时是关门的声音、叮叮的铃声。

快到凌晨两点钟时，雅娜迷迷糊糊刚要睡着，忽听隔壁客房一个女人连声叫喊，她霍地从床上坐起来，接着又隐约听见一个男人的笑声。

越接近拂晓，她想念保尔的心情就越急迫，天刚蒙蒙亮就起床穿好衣裳。

保尔住在老区城心岛的野人街。雅娜遵照罗莎莉的嘱咐尽量节俭，决定徒步前往。天空晴朗，寒风刺痛肌肤，街上的人行色匆匆。雅娜沿着别人指点的街道走去，尽量加快脚步，走到头该往右拐，往前走一段再往左拐，到了一个广场上还得问路。可是，她没有找到广场，只好向一家面包店老板打听，面包店老板指的路线却不一样，她循着走去还是不对头，于是她又左问右问，东一头西一头，最后完全迷路了。

这下她可着慌了，简直乱走起来。她正想叫一辆马车，忽然望见塞纳河，于是沿着河滨大街走去。

约摸又走了一小时，她终于踏入野人街。这是一条小街巷，两侧黑乎乎的。她走到门口停下脚步，心情万分激动，再连一步也迈不动了。

不来，就在这儿，住在这所房子里。

雅娜感到两膝和双手颤抖。过了半晌，她终于跨进门，穿过一条走廊，看见门房的小屋，递上一枚银币，请求道：

“麻烦您上楼一趟好吗？告诉保尔·德·拉马尔先生，就说他母亲的朋友，一个老妇人在楼下等他。”

门房答道：

“他不住在这儿了，太太。”

雅娜浑身打了一个寒战，又嗫嚅地问道：

“啊！那么……现在，他住在哪儿？”

“不清楚。”

雅娜一阵眩晕，险些昏倒，呆了好一阵说不出话来。

她强打精神，才重又镇定下来，讷讷地问道：

“他什么时候离开的？”

于是，门房详详细细地告诉她：

“离开有半个月了。一天晚上，他们悄悄地走了，再也没有回来。他们在这一带到处欠人家钱，因此您该明白，他们是不会留下地址的。”

雅娜眼前火光金星乱窜，就好像有人冲着她连开几枪。然而，她有个坚定的念头支撑着，依然站在那里，神态显得平静而沉稳。

她要打听清楚，找回不来。

“那么，他走的时候，什么话也没讲吗？”

“哼！什么话也没有，他们是逃债溜走的，就是这码事儿。”

“不过，他总要托人来替他取信吧？”

“通常是我交给他们。再说，他们一年也收不到十封信。对了，就在他们离开的前两天，我还上楼给他们送去一封信呢。”

毫无疑问，这正是她寄来的那封信，她急忙说道：

“请听我说，我是他母亲，特地找他来了。喏，给您十法郎。您若是有什么消息，听说他什么情况，就到勒阿弗尔街的诺曼底旅馆给我送个信儿，我一定重重酬谢。”

说罢，她就匆匆离去。

来到街上，雅娜又脚步匆急，好像有要紧事情似的，也不管走向哪里，有时沿着墙根行走，同扛包裹的行人相撞，有时也不看来往车辆就穿行街道，招来车夫的喝骂。她根本不注意人行道上的石阶，几次险些绊倒，一味失魂落魄地向前奔走。

她猛然发现来到一座公园，这时感到身体十分疲乏，便捡了一条长凳坐下，一坐似乎坐了很久，流下了眼泪也没有觉察，只是看见行人停下来瞧她才意识到。她觉得身上很冷，站起来要走，可是她疲惫虚弱不堪，两条腿都站不稳了。

她想进一家餐馆喝碗热汤，可是又碍于羞惭和胆怯的心理不敢进去，生怕别人看出她那很招眼的忧伤神情。到了第二家餐馆，她在门口站了一会儿，往里面张望，看见顾客都坐在那里用餐，于是又畏缩不前，心中念叨“到下一家我就进去”，抽腿走掉。然而到了下一家，她照样没有胆量进去。

最后，她到一家面包店，买了一个月牙形小面包，在街上边走边吃。她口里十分干渴，又不知道上哪儿找喝的，就只好忍着点儿。

她走进一个高大的门洞，又来到一座由拱廊环绕的花园，认出是王宫御花园。

在阳光下走了许久，她感到身上暖和过来一些，便又坐了一两个小时。

这时，一群人进来游园，他们衣着服饰华丽，见面相互致意，谈笑风生，都是幸福快乐的人，女子个个漂亮，男子人人富有，显然他们只为打扮和享乐而活在世上。

雅娜夹在这样一群珠光宝气、神采飞扬的人中间，不禁心慌起来，她急忙站起身想逃开，然而转念一想，说不定能在这地方碰见保尔，于是又开始游走，窥视每一个游人的面孔，不停地走来走去，脚步总是怯小而急促，从花园的一头走到另一头。

有些人回过头来瞧她，还有些人指着她咯咯大笑。雅娜发现这种情景，就赶紧跑掉了，心想别人准是嘲笑她这副样子，嘲笑她这件绿色花格子长裙，这还是罗莎莉挑选的布料，照她指定的式样让戈德镇的女裁缝做的呢。

雅娜甚至不敢再问路了，不过途中还是鼓起勇气打听，最后总算回到了旅馆。

这天的后半晌，她就坐在挨着床脚的椅子上，一动不动地待到吃晚饭。晚餐还像昨天一样，要了一碗汤和一点肉食。吃完饭她就准备上床睡觉，每个动作都按习惯机械地来做。

次日她去警察局，请他们帮她找回儿子。警方不能向她做出任何保证，但是答应帮她寻找。

从警察局出来，她就在街上游荡，总希望能碰见保尔。在这熙熙攘攘的人群中，她觉得比落到荒野还要孤单可怜，还要走投无路。

傍晚回到旅馆，她得知保尔先生曾托人来找过她，说是明天再来。一股热血立即涌上心头，她通宵没合眼。可能是他吧？对，肯定是他，尽管见到他的人所描述的样子又不像。

早晨九点来钟，有人敲门，雅娜高声说："请进！"她张开手臂，正要扑过去，不料进来的却是个陌生人。那人道了扰，说明来意，是要讨还保尔欠他的一笔债。这时候，雅娜真想哭一场，但她不愿意让人看出来，悄悄用手指抹掉眼角的泪珠。

那人是在野人街的门房那儿听说保尔母亲来了，他找不到年轻人，就找母亲讨债。他掏出一张字条，雅娜不假思索地接过来，看清上面的款数是九十法郎，便掏出钱来付给他了。

这一天，雅娜没有出门。

次日来了一批债主。雅娜只留下二十法郎，其余的钱全付给他们了。她给罗莎莉写信，说明她现在的处境。

她在等候老使女回信期间，不知道做什么好，不知上哪儿去消磨这凄苦惨淡的漫漫时光，没有一个人可以说上一句贴心话，没有一个人了解她的困苦。她只好天天上街游荡，信步闲走，毫无目的，现在她只有一个念头，尽快回去，回到她那冷清清的大路旁的小住宅里。

几天之前，她还觉得受不了那份凄清的环境，无法在那里生活，而现在却相反，她明显感到自己唯有在那里才能生活下去，她那沉闷枯索的生活习惯，已然在那里深深扎根了。

一天傍晚，雅娜终于接到回信和二百法郎的汇款。罗莎莉在信中写道：

雅娜夫人：

快回来吧，我不能再给您寄钱了。至于保尔先生，等有了他的音信，我再去找他。

此致

敬礼

您的仆人罗莎莉

一个寒冷的早晨，雅娜冒雪动身回巴特维尔。

十四

此后，雅娜不再出门，也不再走动了。她每天早晨准时起床，到窗前望望天气，然后下楼到客厅，对着炉火坐下。

她坐在那里，整天整天的不动一动，眼睛就盯着火苗，任凭愁思乱冲乱闯，一幕幕重睹她那不幸遭遇的可悲场景。暮色渐渐侵入小客厅，而雅娜仍然一动不动，只是偶尔给炉火添点木柴。这时候，罗莎莉就把油灯端进来，高声说道：

“喂，雅娜夫人，您要活动活动，要不然，今天晚上您又不想吃东西了。”

她的头脑里经常萦绕着固定的念头，陷于毫无意义的忧虑中。在这病态的头脑里，微不足道的事情都显得至关重要了。

大多数时间，她还生活在过去，生活在旧时的岁月中，她念念不忘早年的生活，以及她在遥远的科西嘉岛上的蜜月旅行。那久已淡忘的海岛风光，又赫然在她眼前的炉火中映现出来。她想起了那次旅行的全部细枝末节、全部鸡毛蒜皮的事情，以及在那里遇见的所有人的面孔。导游若望·拉沃利那张脸总在她眼前晃动，有时还恍若听见他的声音。

继而，她又想到保尔童年的温馨岁月，当时，孩子吩咐栽生菜秧苗，她就和丽松姨妈并排跪在肥沃的泥土上，两人竞相献殷勤讨孩子喜欢，看谁栽的秧苗长得快，看谁的收获多。

雅娜嘴唇翕动，轻声呼唤："不来，我的小不来，"就好像她在跟儿子说话。于是，她那遐想的神思便停留在这个名字上，有时一连几小时，她用手指在空中比画这个名字的拼音字母。她对着炉火慢悠悠地画着，在想象中看到画出的字母，接着又觉得画错了，便抬着发酸颤抖的手臂，从第一个字母重新画起，坚持把名字写完整。可是一旦写完，她又从头开始。

最后，她支持不住，笔画全乱了，不觉写成别的字，心里烦躁得简直要发疯。

雅娜身上滋生了孤独者的全部怪癖，家里随便什么小物品挪动了位置，她都要发脾气。

罗莎莉常常逼她走动走动，把她拉到大路上。可是刚走了二十分钟，她就赶紧说："孩子呀，我实在走不动了。"于是，她就坐到路边上。

不久她就憎恶任何活动，早晨赖在床上不起了。

她从小养成一种习惯，唯一保持不变的习惯，那就是喝完牛奶咖啡，她就一骨碌起床。而且，她有些过分看重早晨这杯牛奶咖啡，一回不喝也不行，比少什么东西都难受。每天早晨，她都盼着罗莎莉送咖啡来，有点像盼情人一样。满满的一杯刚放到床头柜上，她便翻身坐起来，一口气喝下去，显得相当贪吃。然后，她掀开衾被，开始穿衣裳。

然而，这种习惯现在慢慢改变。她把杯子放到碟子上，先是坐在床上出一会儿神，后来干脆又躺下了，而且这种懒劲日益严重，躺在床上的时间越拖越长，直到罗莎莉又进来发了火，逼着她把衣裳穿上。

雅娜似乎完全丧失了意志，老使女每次同她商量事儿，向她提个问题，问她有什么想法，她总是回答："我的孩子，你看着办吧。"

她这一生连续遭难，认为自己交了厄运，也像东方人那样相信人生祸福自有前定了。她目睹自己的美梦一个个化为泡影，自己的希望一个个落空，就不敢再有所企望了，现在碰到最简单的一件事，她都要整天整天地犹豫不决，觉得自己一动就出错，得不到好结果。

她动不动就咕哝道：

"我这一辈子，就是命不好。"

罗莎莉一听就嚷起来：

"您还没有去干活糊口呢，还没有早晨六点必须起来去上工呢，您若是到那种地步又怎么说呢？世上有多少女人都不得不过那种穷日子，等到人老了，就要在穷困中死去。"

雅娜却答道：

"你也不想想，我孤苦伶仃啊，儿子抛下我不管啦！"

罗莎莉就大发雷霆：

“这也算个事儿！哼！多少孩子应征去当了兵！多少孩子到美洲去谋生了啊！”

在罗莎莉的心目中，美洲是个虚无缥缈的地方，想发财的人跑到那儿去，却再也不见回来。

罗莎莉又说道：

“到时候总要分开的，老年人和年轻人，就不适合待在一起。”

最后，她就恶狠狠地结束争辩：

“他若是死了，您又怎么办呢？”

话讲到这地步，雅娜就不再吭声了。

开春天气渐渐转暖，雅娜身上也稍微有了点气力，然而她刚恢复点活力，就又投入忧虑苦思中，越陷越深了。

一天早晨，她上阁楼找点东西，随手打开一只木箱，发现里面装满了旧日历，看来这是按照乡下人的习惯，把逐年用过的日历保存下来了。

她仿佛找回了自己过去的岁月，面对这一大摞方形硬纸板，她不禁感慨万千，有一种说不出来的滋味。

她把旧日历搬到楼下的客厅里。这些旧日历规格不一，有大有小，她按年份排列在桌子上，忽然找到最早的年份，就是她带到白杨田庄的那份日历。

她久久注视这份日历，上面画掉的日期，还是她出修道院的第二天，即从鲁昂动身的那天早晨用铅笔画掉的。想起那情景，她止不住哭了。这是一个老妇人面对展现在桌上的自己悲惨的一生，缓缓流下的凄凉的眼泪、可怜的眼泪。

她要把自己从前的所作所为，几乎一天不落地找回来。这个念头刚一萌生，就很快变得无比强烈，顽固地困扰她了。

她把发黄的纸板排好，一份一份钉在墙壁的挂毯上。然后，她对着一份日历，可以看上几小时，心中暗道："这个月，我都有什么事儿呢？"

她一生值得纪念的日期全部标了记号，这样，围绕一件重大事件，前前后后的具体情况就能一点点复现，再集中衔接起来，有时整整一个月的情景都能弄得一清二楚。

她能集中意念，凝神专注，极力搜索记忆，终于把她回到白杨田庄头两年的情景几乎全部清理出来。她那段生活的遥远往事，竟然如此容易、如此清晰地在她脑海中浮现。

后来几年的情景却一片模糊，有时混淆纠缠不清，有时跳跃留下空白。往往有这种情形，她探头注视一份日历，不知呆了多长时间，神思在追思"旧日"，就是想不起来一件事情是否发生在这一年份。

逝去时日的这些历表，在客厅围了一圈，就好像耶稣受难的版画，雅娜从一份走到另一份，忽然，她把椅子移到一份日历前，坐在那里一动不动地观看，神思悠然前往追寻，一直坐到夜幕降临。

等到万物在温暖的阳光下复苏，田里的作物开始生长，树木发绿了，园子里苹果树盛开粉红色的花球，芳香弥漫原野，雅娜也忽然躁动不安了。

现在她坐立不定，一天总是走来走去，出出进进，有时经过一座座庄园，游荡很远，仿佛因为巨大的遗憾而特别亢奋似的。

看到一朵雏菊从一簇青草中探出头来，看到一束阳光滑进树叶之间，看到车沟积水映现一抹蓝天，雅娜就怦然心动，触景生情，立刻百感交集。这些都在她身上唤起遥远时期的感觉，犹如当初她这少女在乡间幻想时激动心情的回声。

那时候，她企盼着未来，心中产生过同样的悸动，也品尝过春暖花开时节的这种温馨和撩人的醉意。现在，她重又发现这一切，然而未来已经成为陈迹。面对这种景物，她心中又喜悦又悲伤，就好像大地复苏的永恒欢乐，如今透进她干枯的肌肤、冷却的血液和颓丧的心灵里，只能投下一点淡淡的痛苦的美意。

不过，她也觉得周围万物都多少有些变化。太阳不如她年轻时那么温暖了，天空不那么蓝，青草不那么绿，鲜花不那么艳丽芳香，也不那么醉人了。

然而也有些日子，她内心又充满了生活的舒适感，重又开始遐想、希望和期待。因为，不管命运多么严酷，在天气晴和的时候，人怎么能不产生一点希望呢?

仿佛受她心灵冲动的鞭策，她径直往前走，一气走几小时。可是有时，她又戛然止步，坐到路边，考虑起伤心的事情。为什么她没像别的女人那样获得爱呢?为什么她连最普通的幸福都没得到，过上平静的生活呢?

还有的时候，她一时忘记自己已经衰老，忘记这一生的路就要走完，前景再也无所希冀，仅仅剩下几年孤独凄凉的生活。她忘记这一切，竟然又像从前十六岁时那样，心中产生种种甜美的憧憬，安排余年的美好未来。继而，残酷现实的沉重感又砸在她身上，仿佛腰被压断了似的，她支撑着站起来，脚步迟缓地往回走，嘴里不住地咕哝：“唉！真是个老疯婆！真是个老疯婆！”

现在，倒是罗莎莉时刻提醒她：

“嗳！夫人，您还是安稳点儿，干吗这么乱往外跑？”

雅娜则忧伤地答道：

“有什么办法呢，我就像‘杀杀’快要死的时候那样了。”

有一天早晨，老使女提前一点时间走进她的卧室，端给她一杯牛奶咖啡，放到床头柜上便说：

“哎，快喝了吧，德尼在门口等着我们呢。我要到白杨田庄办点事儿，我们一起去吧。”

雅娜非常激动，好像要晕过去了，穿衣裳时手都发抖，一想到又能看见那可爱的故居，她就感到心里发慌，浑身绵软无力。

天空晴朗，明媚的阳光照耀大地。那匹小马也特别快活，不时撒欢跑一程。马车驶进爱堵风村时，雅娜心口突突跳得厉害，连呼吸都困难了。接着，她望见栅门两侧砖砌的柱子，不由得低低地感叹两三声：“啊！啊！啊！”仿佛面对震动她心灵的东西。

马车停到库亚尔家的院落里，罗莎莉和她儿子去办事。庄户趁主人不在，把钥匙交给雅娜，请她在白杨田庄里转一转。

雅娜独自一个人前去，走到古老邸宅临海的一面，她站住审视了一会儿，觉得从外观上看，这座灰色高大的建筑物毫无变化，窗板都关着，只有黯淡的墙壁抹上了阳光的微笑。

一小段枯树枝落到她的衣裙上，她举目一看，是从梧桐树上掉下来的。她走近那棵大树，伸手抚摸青灰色的光滑树皮，就像抚摸一只动物似的。她的脚在草中触到一块烂木头，原来是那张长椅的残片。安放椅子的那天，正巧于连初次登门拜访，后来她和家里人经常坐在上面。

她走到正门，前厅的那扇双开门很不好开，那把生锈的大钥匙怎么也拧不动，费了半天劲，弹簧才吱吱咯咯响起来，插头松动了，可是门扇还是有点滞，她用力才推开。

雅娜立即上楼，几乎是跑到她原来的卧房去的。进去一看认不出来了，墙壁裱了淡色的花壁纸。不过，她一打开窗户，面对她从前无比喜爱的整个景观，望着那片灌木林、那道榆树墙，望着那片荒野，以及那远处看似不动的点点棕帆的大海，她不由得激情满怀，感奋不已。

接着，她在这空荡荡的大楼里到处转悠，边走边瞧，发现墙壁还有她所熟悉的斑点。走到石灰抹的间壁墙的一个小洞前，她停下脚步，想起这洞是她父亲弄出来的。男爵念念不忘年轻时的勇武，每次经过这里，总爱拿手杖当兵刃舞动，对着这面墙壁挥刺。

她在妈妈卧室门后靠床的暗角里，找到一枚金头细别针，现在想起来还是她从前插在那里的，后来忘记了，多年没找见，谁也没有发现。她取下金头别针亲了亲，觉得这是一件无比珍贵的念心儿。

她到处走，在没有重新裱糊的房间里观察壁饰，辨认几乎看不见的痕迹，重又见到帘布的图案、大理石花纹和年久发乌的天花板暗影在想象中所幻化的怪异形象。

她蹑手蹑脚，独自在这静悄悄的大楼里游荡，就像穿越一片墓地。她的一生就葬在这里。

她下楼到客厅，窗板关着，里面很暗，半晌分辨不清物品。继而，她眼睛渐渐适应了黑暗，这才慢慢认出有飞鸟图案的高高挂毯。壁炉前摆着两张扶手椅，就好像刚才还有人坐过。凡是生命都有自己的气味，同样，这间客厅也始终保持一种气味，这种淡淡的，但是能够辨认出来的气味，这种老房间所特有的模糊的温馨气味，沁入雅娜的心肺，陶醉她的记忆，把她笼罩在往事的氛围中。她呼吸急促，嗅着这种陈年的气息，目光始终盯着那两把坐椅。她的意念过分集中，突然产生了幻视，恍若看见她父母坐在炉火前烤脚，这是她从前常见到的情景。

她十分惊恐，连连倒退，后背撞到门框上，于是靠住以免跌倒，而眼睛仍然死盯着那两把扶手椅。

幻视已然消失。

她不知所措，愣了几分钟，这才慢慢镇定下来，想赶快逃开，害怕自己真要神经错乱了。这时，她的目光偶然落到刚才靠过的门框上，立刻瞥见刻在上面的不来身高梯。

油漆上留下浅浅的刻痕，一道道间距不等。用小刀画出的数字标明她儿子的年龄，多少月长多高。有的是男爵画的，字体大些；有的是她画的，字体小些；有的是丽松姨妈画的，字体显得抖动。雅娜恍若看见从前那个金发儿童就在她面前，小脑门儿贴着墙让人量身高。

男爵高声说："雅娜，这一个半月，他又长了一厘米。"雅娜想起这些，便怀着爱心狂吻门框。

这时，忽听外面有人叫她，是罗莎莉的声音："雅娜夫人，雅娜夫人，吃午饭啦，大家都等着您呢！"

雅娜昏头昏脑地走出来。别人跟她说话她也不明白是什么意思了，别人给什么她就吃什么，她听别人交谈却不知道谈的是什么。她当然也跟询问她身体状况的庄户说了几句话。她由着别人拥抱亲她，也亲亲伸给她的脸蛋儿，然后上了马车。

马车驶远，隔着树林望不见白杨田庄高高的屋顶了，雅娜一阵心痛欲裂，感到同她的故居从此永别了。

他们回到巴特维尔。

雅娜刚要走进她的新居，忽然发现房门底缝有一件白色东西，这是她出门时邮差塞在那里的一封信。她当即认出是保尔寄来的，心里一阵惶恐，拆信时手直发抖。信上写道：

我亲爱的妈妈：

我没有给你早点写信，是不想害你来巴黎空跑一趟，而我马上就要回去看你了。眼下我遭受巨大的不幸，处境极为艰难。我妻子快要死了，三天前她生了一个女孩，而我手头一文钱也没有，不知如何安置孩子，暂时由女门房用奶瓶给她喂奶，可我真怕失去孩子。你肯抚养她吗？我没钱送出去喂养，真不知道该怎么办。盼你火速回信。

我爱你，妈妈。

儿保尔

雅娜瘫在椅子上，连呼唤罗莎莉的气力都没有了。等老使女进来，她俩又一起把信看了一遍，接着面面相觑，许久不做声。

罗莎莉终于开口：

“夫人，还是我去把小家伙抱回来吧，总不能把孩子丢在那儿不管啊。”

雅娜答道：

“去吧，我的孩子。”

她们又不讲话了。过了一会儿，老使女又说：

“您戴上帽子，夫人，我们先去戈德镇问问公证人。如果那女人快死了，为了孩子以后着想，保尔先生就得赶紧娶她才是。”

雅娜默默地戴上帽子。一种不可告人的由衷的喜悦洋溢在她的心田，这是她极力掩饰的一种昧天良的喜悦，是教人脸红而内心却暗自庆幸的一种可耻的喜悦：她儿子的情妇快要死啦！

公证人详详细细地给予指点，老使女还请他反复解释了好几遍，她觉得心里有数，不会出差错了，这才说道：

“丝毫也不用担心，现在，这事包在我身上。”

她连夜动身去巴黎。

雅娜心乱如麻，挨过了两天，考虑什么事情都集中不了精神。第三天早晨，她接到罗莎莉的一封简信，只说她下午乘火车回来。多一句话也没有。

将近下午三点钟，雅娜求邻居套车，拉她到伯兹镇火车站去接罗莎莉。

她伫立在站台上，眼睛望着笔直的轨道，只见两条铁轨往远处延展，直到天边就合在一起了。她不时看看钟，还有十分钟，还有五分钟，还有两分钟。时间到了！然而远处的轨道上毫无动静。她正自纳罕，忽然望见一个白点，看出那是烟，接着望见白烟下面一个黑点渐渐扩大，飞驰而来。庞大的机车终于减速，轰隆轰隆从雅娜面前经过。雅娜瞪大眼睛注视一扇扇车门。好几扇门打开了，乘客下车，有穿罩衫的庄稼人，有挎篮子的农妇，还有头戴软帽的小市民。终于发现罗莎莉了，只见她抱着一个布包似的东西。

雅娜想迎上去，可是双腿发软怕跌倒。老使女看见她了，便跟往常一样，不慌不忙地走过来，说道：

"您好，夫人，我回来了，还真费了点周折。"

雅娜嗫嚅问道："怎么样？"

罗莎莉答道：

"哦，昨天夜里，她死了。他们结了婚，小家伙抱来了。"

她把孩子递过去，但是孩子包得严严的，根本看不见。

雅娜机械地接过来，主仆二人走出火车站，上了马车。

在车上，罗莎莉又说：

"保尔先生等安葬完了就回来。明天，还是这个钟点，这回没错。"

雅娜喃喃说道："保尔……"话却没有说下去。

太阳西沉，鲜亮的夕照铺在田野上，而绿色的田野则点缀着油菜花的金黄色和虞美人的血红色。一片清明笼罩着万物萌生的安宁的大地。马车飞快地奔驰，赶车的农民催马快跑，用舌头嘚嘚打着响。

雅娜一直举目望着前方，只见一群群飞燕箭一般掠过天空。猛然间，她感到一股暖烘烘的热气，一种生命的温煦透过她的衣裙，传到她的大腿，浸入她的血肉中，这正是睡在她膝上这个孩子的体温。

这时，她心情无比激动，忽然掀开婴儿的盖头，露出她还没有见过的面孔，这就是她儿子的女儿。这个脆弱的小生命受到强烈光线的刺激，睁开了蓝色的眼睛，翕动着小嘴。雅娜立刻紧紧地拥抱她，双手托起来连连吻她。

罗莎莉又高兴又嗔怪，赶紧制止她：

“好了，好了，雅娜夫人，别这么亲她了，您会把她弄哭的。”

接着，她无疑是针对自己心中的念头，又说道：

“喏，人这一生，既不像想的那么好，也不像想的那么坏。”

（全文完）

名家评论

他文思敏捷，成就卓著，不满足于单一的写作，充分享受人生的欢乐。

——［法］左拉

《一生》出版之后，莫泊桑知道这将触动资产者的良知。但是他并没有治疗的良方。面对那些说三道四，他倒挺开心。然而，新闻界一开始反应就很良好。保尔·阿列克西在《觉醒》上载文："妇女们都将相信，原来她们不同程度上都是雅娜，她们能找到自己的激情，而且更为感人……身体健壮，文笔泼辣，语句铿锵有力，如运动员那样朝气蓬勃，我在书中找到了完整的莫泊桑。"

——［法］亨利·特罗亚

我不知道公众舆论会把这部小说的成功捧得多高。小说获得的成功是毋庸置疑的，我要说的是……作者已跨出一大步，站得更高了，他的个人风格脱颖而出。居伊·德·莫泊桑先生开始时是作为左拉的学生，现在已经走出了学校。

——［法］菲利浦·吉勒

居伊·德·莫泊桑不失为一个卓越超群、完美无缺的文学巨匠。

——［法］安德烈·纪德